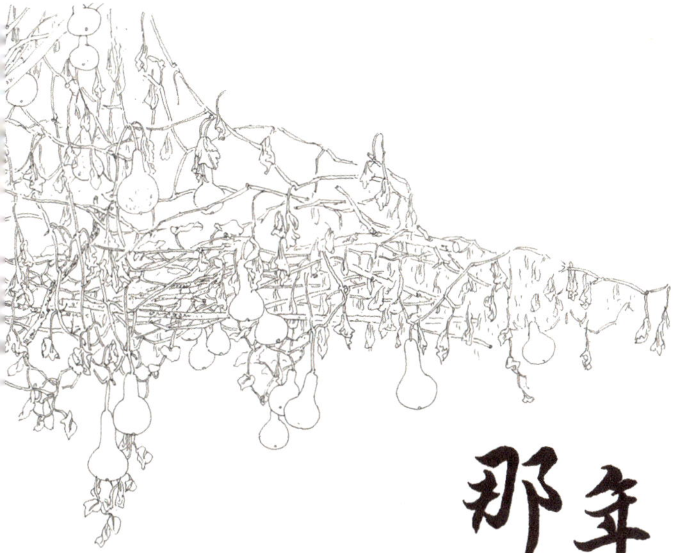

高明 著

那年，看电影

山东教育出版社

图书在版编目（CIP）数据

那年，看电影 / 高明著．—济南：山东教育出版社，2017

ISBN 978-7-5701-0041-5

Ⅰ．①那…　Ⅱ．①高…　Ⅲ．①散文集—中国—当代　Ⅳ．① I267

中国版本图书馆 CIP 数据核字（2017）第 310439 号

那年，看电影

高明　著

主　管：山东出版传媒股份有限公司

出版者：山东教育出版社

（济南市纬一路321号　邮编：250001）

电　话：（0531）82092664　**传真**：（0531）82092625

网　址：www.sjs.com.cn

发行者：山东教育出版社

印　刷：山东临沂新华印刷物流集团有限责任公司

版　次：2018年1月第1版　　2018年1月第1次印刷

规　格：710mm×1000mm　16开本

印　张：17.25

印　数：1–3000

字　数：199千字

书　号：ISBN　978-7-5701-0041-5

定　价：45.00元

（如印装质量有问题，请与印刷厂联系调换）

印厂电话：0539—2925659

序

写给沂水蒙山的情歌

高明是歌者，是用一支支情歌向你诉说心中所爱的歌者。

高明是沂蒙的子息。他爱沂水，爱蒙山，爱这方生他养他的山水。他对沂蒙诉说不尽的情歌，是与生俱来的，也是与时偕行的。那不舍昼夜地奔涌、洋溢着期盼和梦想的沂水母亲河，那春节天际间燃起生命音符、充满着激情和挑战的美丽焰火，那悠悠沉思的孝河怀古，那亦真亦幻的雪夜思亲，高明笔下的文字，强烈地表现出他对故乡魂牵梦萦的情愫。为沂蒙的昨天他骄傲，为沂蒙的今天他自豪，为沂蒙的明天他欢笑。他为沂蒙的鼓与呼、赞与颂、歌与唱，他用生命对沂蒙的每一次深情凝望，都是一曲能把沂蒙红燃烧成火的炽热。

高明对沂水蒙山诉说的情歌里，流淌着对沂蒙人民的长长咏哦。他爱沂水蒙山，爱这方生他养他的土地，更爱在这方土地上创造历史、书写辉煌的父老乡亲。他为父兄树碑，为姐妹立传，为沂蒙游子增光，为沂蒙骄子添彩，为沂蒙文化继已往，为沂蒙精神开未来。渊子崖军民的悲壮浴血，临沂市民的文明风情，开元老总的文化自觉，保洁员小王的善行义举，对沂蒙百姓的各美其美、美人之美和美美与共，高明总是以其深厚的才情和敏锐，长年累月地去发掘。人们通过他的娓娓诉说，看到了沂蒙普通人的伟大、寻常事的圣洁、成功后不变的初心。

高明为沂蒙放歌，为沂蒙乡亲放歌，也为那些走进沂蒙、热爱沂蒙的人们放歌。在他为这个群体立照、存记、述辉煌的诉说里，众多老将军、大教授、外交官、著名艺术家等各方各界人士对沂蒙的情，对沂蒙的赞，对沂蒙的无私奉献和美好祝福，悄然拨动着沂蒙人的心弦，成为他们弥足珍贵的集体记忆。一座座青山紧相连，一朵朵白云绕山间，一片片梯田一层层绿，一阵阵歌声随风传。谁不说高明那一曲曲情深意长的诉说，织就了一条条大美沂蒙连接今天中国和世界的心灵纽带呢。

高明是沂蒙赤子，也是沂蒙的兵。从军报国使他的生命里融入了革命军人的基因，历史里有了一辈子都不后悔的骄傲。一如他爱沂蒙，爱沂蒙乡亲，他也爱军队、爱战友、爱自己因之青春多彩的军旅人生，他的情歌里始终激荡着人民解放军军歌的铿锵旋律。千里雪原野营拉练的猎猎红旗，英雄连战友聚首的举杯壮怀，那年放电影、看电影的军营青葱记忆，追念老首长甘洒热血写春秋的心潮澎湃，15年的军旅岁月，不时从高明的心底汩汩涌来，在他的笔下流光溢彩，在他的诉说中情满天涯。

高明爱沂蒙、歌沂蒙、赞沂蒙，在浓浓的沂蒙情中，屹立着不朽的沂蒙魂，辉耀着真理穿越历史拥抱未来的沂蒙之光。在那些如诗如画、如痴如醉的歌唱里，有沂蒙的高粱红，有沂蒙的谷子香，有沂蒙的青山绿水、花海柳浪，更有太阳普照沂蒙大好河山的万丈光华。在那些蕴含史鉴哲思、启人心智的诉说中，有王羲之，有颜真卿，有诸葛亮，有沂蒙传统文化的星光灿烂照古今，更有沂蒙母亲，有沂蒙红嫂，有“沂蒙六姐妹”，有沂蒙的革命风雷感天动地泣鬼神。“你是灯塔，照耀着黎明前的海洋；你是舵手，掌握着航行的方向。年轻的中国共产党，你就是核心，你就是方向。我们永远跟着你走，人类一定解放！”吟咏着这首在沂蒙抗日烽火中创作传颂的红色经典，高明对作者抗大革命老人沙洪的深度采访，对外公革命烈士赵正阳的深情缅怀，对中宣部原副部长翟泰丰赠送画作《沂蒙颂》的纪实报道，对军委原副主席迟浩田回忆沂蒙军民鱼水情的现场记录，无不澎湃激荡着当年沂蒙军民肝胆相照、前赴后继、铁心“跟着共产党走”的豪情壮志，也无不激励生发着新沂蒙儿女爱党爱国、自强不息、对“人类一定解放”的坚定理想信念。文章千古事，思想为灵魂。正是那些人生的沉思感悟，历史的大道启迪，以及对生活理想和生命追求的直抒胸臆，使高明的沂蒙之爱，从情感的表面进入了思想的肌质，具有了感人至深、荡气回肠的高度和深度。

沂蒙是根，军队铸魂，党的光辉照在心。高明生长在用乳汁养育了军队养育了党、用小车把革命胜利推过了长江推向全中国的沂蒙山，生长在与沂蒙人民“水乳交融，生死与共”铸就沂蒙精神、为中国革命建设和改革立下不朽功勋的人民军队，生活在中国人民在中国共产党领导下前所未有地走近世界舞台中心、前所未有地接近实现中华民族伟大复兴梦想的历史新时代，这些都决定了高明的爱是大爱，情是大情，歌是大歌。因为他一生魂之所系、情之所至、心之所爱并为之永远引吭高歌的，就是我们的党、我们的军队、我们的国家、我们的人民。这也是高明文思泉涌、取之不竭、用之不尽、新作迭出的根本所在。

高明散文新集付梓，奉此为序，以表达我与他多年的友谊、对他为人为文的认识理解和欣赏尊敬。又赋为赞：

巍巍蒙山怀，亲亲沂水情。

大美沂蒙颂，歌者数高明。

孙临平

2017年国庆节于北京

（作者系著名诗人、解放军报社原副总编、少将。）

目录

附　录

后　记

印象于丹

近年来，北京师范大学于丹教授在中央电视台《百家讲坛》《文化视点》等栏目通过《〈论语〉心得》《〈庄子〉心得》《〈论语〉感悟》等系列讲座普及传播传统文化，以生命感悟传播我们中华民族的精神基因，在海内外文化界产生了广泛的影响。她的几本解读经典的心得已成为我案头和枕边之书。我时常翻阅，受益良多，自然心中也就对她生发出几多敬佩之情。

沂蒙金秋，硕果飘香。于丹教授对临沂情有独钟。9月26日，她在山东省组织的“尼山论坛”做主题发言后，又不辞辛劳、风尘仆仆地来临沂参加市里组织的“慈孝论坛”，做题为《临沂慈孝文化与构筑和谐家庭》的主题报告。我有幸作为报告会的主持人，心甚乐之。

这一天惠风和畅，天朗气清。报告会开始前半个小时，市体育馆门前已是车水马龙、人头攒动。临沂社会各界——机关、企业、学校，还有两鬓如霜的老人和戴红领巾的孩子，共两千多人参加了报告会，旨在目睹于丹教授的风采。下午三时报告会开始，当我陪同于丹教授步入会场时，全场报以热烈的掌声，表示欢迎。

于丹教授看上去40多岁，中等身材，身着一身合体的深色西装，态度谦和，雍容典雅，又不失庄重大气。在报告中，她以深厚的古典文化修养，用标准的普通话，以优美的手势，阐述了在新时期构建和谐心灵的重要性；以渊博的学识、生动的故事、通俗亲切的演讲诠释了相对枯燥的学术观点，深入浅出地告诉人们要追求内心的从容与淡定，要达到不忧不惧；要善于解构苦难，而不要人为地加重苦难；要在先贤灵光的感召下英勇前行，不要在负面情绪的影响下裹足不前，从而达到雅俗共赏的境界。

于丹教授不愧是著名的文化学者，她思想前瞻，观点新颖，思维严谨，旁征博引地阐述了仁爱的真正含义。她说，仁爱以恭、宽、信、敏、惠五行于天下，“恭则不侮，宽则得众，信则人任焉，敏则有功，惠则足以使人”，解答了现代社会人类经常身处困惑的原因并提供了解决的方法，“只有让心变得强大，才能托起生活中或彼或此的纷繁诱惑和艰难选择”。

说到儒道两家的不可分割性时，于丹教授以强调的语气说，儒家教我们仁爱忠恕，教我们在大地上做圣贤；而道家以其“天地有大美而不言，四时有明法而不议，万物有成理而不说”的出世、超脱的情怀教我们在生命的长空中做个逍遥人。只有真正做到社会、自然、自我三重关系统而合一，达到一个动态的平衡，那生命就能够创造最大的价值。因此，和谐社会，一定是始自心灵。心灵的权力掌握在每个人的手中。

在报告中，于丹教授还援引了曾子、荀子等圣贤的言论事迹和临沂历史上七孝的故事，迅速拉近了与临沂人的距离，使大家听起来很有亲切感。典雅的历史名句，通俗易懂的故事，富有哲理的语言，引起了广大听众的共鸣。她的精彩报告，唤起了我们对中华古典传统文化的重新思考，使我们进一步开阔了眼界，提高了境界。报告会现场秩序良好，多次爆发出热烈的掌声。整个报告持续了近两个小时，许多听众听得如痴如醉，意犹未尽。

秋高气爽，夕阳美好，一抹晚霞挂在西边的天际。报告会结束已是下午五时许，于丹教授顾不上休息，更换便装后，兴致勃勃地在我的陪同下参观了王羲之故居。秋日的故居，绿树成荫，芳草菲菲，晋韵古风，翰墨飘香，在繁华的闹市区独取一份宁静与安逸、古典与风雅，于熙熙攘攘的商业气息中彰显历史的厚重感与浓郁的文化魂。她很认真地听着讲解，细致了解书圣的相关情况。我为她讲述了洗砚池得名的来历。相传王羲之幼时在此练习书法，每次练字完毕，都要到他家旁边的一个池塘里涮笔洗砚，天长日久，原本清澈透明的池水被墨汁染得乌黑，遂为洗砚池留下了“故居砚池美名扬，琅琊书台幽香飘”的千古美谈。于丹教授久久流连，脸上写满了庄重与崇敬。

在晋墨斋旁，我们一起吟诵谢安的兰亭诗：“相与欣佳节，率尔同褰裳。薄云罗物景，微风扇轻航。醇醪陶元府，兀若游羲唐。万殊混一像，安复觉彭殇。”她很是享受故居的人文自然环境，盛赞故居的修复与管理。在巨大的《兰亭序》石碑前，我们合影留念。踏着落日的余晖，我们依依不舍地离去。

在返回宾馆的车上，我不失时机地向于丹教授介绍临沂的悠久历史、灿烂文化以及红色文化，尤其是近年来发生的巨变，聊得很是投缘。谈兴正浓，她忽然提出不回宾馆吃晚饭了，要我安排一家最具临沂特色的小店就餐。我认真思考后，带她沿沂蒙路，过祊河大桥，来到位于北城新区的康康糁府。糁府店面不大，装修得挺雅致。临窗而坐，心旷神怡。于丹教授对我说，在吃的问题上，她历来反对铺张浪费，也不讲究珍馐名馔，只求吃得随意可口。这小餐馆很合她的心意。冻猪头肉、油炸全蝎、炒牛蒡丝、炖小草鸡，四菜一上来，一桌五人便开喝了。于丹教授十分爽快，三杯红酒过后，便和我们开始了从容而又无拘无束的神聊漫侃。热气腾腾的甲鱼糁端上来了，于丹教授先尝了一口，连声道：“好喝，味道好极了。”我热情洋溢地给她讲了当年乾隆皇帝下江南，路过沂州府品糁的故事，以及“糁”字的来历及其“热、辣、香、肥”的特点。于丹教授听得津津有味。店老板贾先生乃一儒商，更是十分热情。于丹教授吃着刚出炉的烤牌，连喝了五小碗糁，我又为她盛了一小碗，取“六六大顺”之意，她欣然应允，并真诚地对我说：“去了那么多地方，这是吃得最有特色的一次！临沂糁果真名不虚传！”

饭后，我陪于丹教授观赏临沂城的夜景。先驱车绕市行政办公楼一周，后又驶在滨河大道上。在夜幕下，璀璨灯光逶迤前行，沂河两岸，灯光闪闪，五光十色。看到两岸美不胜收、目不暇接的美景，她感慨地说：“我去过国内很多城市。南方城市洋气而不大气，北方城市大气而不洋气，临沂是既大气又洋气，实在是太美了！”我们先从滨河国际广场向回转，车停在沂蒙广场，这里到处是载歌载舞和悠闲散步的人们。漫步沂河畔，举目是满眼的秀色，遍地是迷人的夜景。整个滨河两岸，华灯齐放，河水倒映，波光粼粼。细细品味“环荫深处秋波碧，沂河两岸金风细”的风情，我向她自豪地遥指霓虹闪亮的326米高的临沂新广播电视发射塔和湖中呈扬帆状的大型水上实景《蒙山沂水》演出现场。

河面上吹过一阵凉爽的风，清风拂面，感觉良好。望着皎洁月光下像一条漂亮蓝丝带的沂河水和河边垂钓的人们，于丹教授心生感动，由衷地说：“临沂人民生活在这样的环境里真是太幸福了！”她向我打听临沂滨河岸畔的房产价格，笑称真想把家搬到临沂来。相会的快乐时光总是短暂的，于丹教授要乘当晚十点的航班回北京。在送行的路上，我们交换了名片，并相互赠书留念。在送给我的书的扉页上，于丹教授挥笔写下了“天地之大，美在其中”的留言，感叹这次来临沂所体会到的美丽与震撼。她说，这次来临沂待的时间太短，没看和没看够的实在太多，下次她要带家人一起来看大美临沂，再来朝拜书圣，并表示以后在讲课和报告中，她要多讲讲临沂厚重的文化与巨大的发展变化。听到于丹教授对临沂的赞誉不绝，作为临沂人我油然而生一种自豪感和幸福感。

作别时，我们互道珍重。于丹教授情不自禁地对我说："高老兄！临沂是我向往的地方，我一定还会再来的。"

（原载2010年9月30日《齐鲁晚报》）

开元的文化自觉

今年，入冬后的第一场雪悄然而至，它比往年来得更早些，给人们带来了欢乐。

11月底的一个晚上，餐后，我站在居住的沂河花园小区内，望着绿化带上点缀的白雪，望着夜空中如雾如梦、飘飘洒洒、婀娜多姿的雪花，望着远处在雪花的摇曳和霓虹灯的闪亮下显得更富有诗意的开元·上城国际大厦，心生几多感慨。

晚八时许，我与忠山先生相约，在开元·上城的天福茶社，以茗会友，畅叙幽情，趣论城市建筑文化。

忠山先生，姓李，今年50岁出头，是山东开元置业发展有限公司的董事长。这些年因工作的关系，我们交往较多，情趣相投，甚为相得。准确地讲，我是他的业主，因为我所居住的沂河花园是他十年前开发建设的。还有一个重要原因是，我们都有从军的经历，又都是1986年底转业的军官。在部队时，我在陆军团政治处当过宣传干事、组织股长，他在北京军区工程兵任过军务参谋。我俩都有浓郁的军旅情结，共同语言自然就多了起来，每当说到部队生活，都津津乐道、乐此不疲。

这几年，忠山先生自觉将文化融入城市建筑当中，在21世纪初，带领企业开创了临沂地产开发的几个先河：第一个引入外地的规划设计单位，打破了千篇一律的军营式建筑布局；第一个把营销策划、广告推广融入项目；第一个在项目开发之初就同步建设配套学校；第一个聘请外地优秀的物业管理顾问；第一个将园林景观与环境配套引入地产项目。这些在今天看来常规的做法，却在十年前对城市建设起到了带头示范和标杆作用。众人言，这是忠山老总开拓创新，勤于学习，有文化底蕴的表现。

忠山先生爱好广泛，尤其喜欢读书、写作、摄影、运动。他长相帅气，谈吐儒雅，满腹经纶，乍一接触给人的印象不像房地产开发商，倒很像个学者，文绉绉的，很是斯文。2002年，他去欧洲考察20多天归来后竟在香榭丽都小区开盘典礼上举办了介绍欧洲建筑艺术的摄影展。百余幅欧洲的哥特式、古罗马式、法国古典式等风格的建筑照片让临沂人大开眼界，一时轰动全城，引各界人士纷至沓来参观学习。

前年，他到英国学习考察，细心观察，处处留意，边行边拍照片做记录，一路走来竟写满了一个厚厚的笔记本。回来后，他很快就写出了一篇一万两千多字的游记散文《英伦建筑印象》。他在文中大谈英国的建筑文化、建筑理念和对古代建筑的保护，最后由衷地感叹道："建筑是历史的，也是现在的，更是未来的！建筑是凝固的音乐，建筑是遗憾艺术，不可以随意重来，需要的是把建筑遗憾降到最低，用来书写新的历史。"

香榭丽都是临沂第一个引入园林景观规划的小区。良好的地理位置，优美的居住环境，风格独特的楼房，与水体、树木、花卉、雕塑、亭廊相映成趣，令人赏心悦目。漫步小区，池边垂柳依依，鸟语花香，脚下绿草青青，园内整洁漂亮。在树下的长椅上，热恋的青年喃喃细语、情思绵绵。在小广场上，休闲锻炼的人们脸上写满笑意，滑旱冰的孩子来回穿梭，扭秧歌的中老年人兴高采烈，跳现代舞的年轻人活力四射，好一幅和谐盛世图！

前不久，临沂市有关部门就城市园林绿化规划、绿地设计方案、绿地率等指标对城区80多个居住小区进行了为期一个多月的调查评估，开元置业承建的以开元·上城为代表的数个滨河高档小区全部达标。开元·上城作为全市园林绿化的典范得到社会各界广泛认可。

“依法经营，规范管理，诚实守信，和谐发展”是忠山先生和他的团队的经营宗旨。近年来，他们潜心打造品牌，建设宜居家园，建筑面积达200多万平方米，入住万余户，这些建筑都不同程度地融入了多元化的文化元素。所开发的香榭丽舍项目的园林景观，通过挖掘临沂的书法艺术，突出了行云流水、上善若水、大隐于市、悠游于艺的设计主题，就连小区的座椅也是古代竹筒的形状，小区的路径和园林造型融入了篆、隶、楷、行、草的元素，打造了景观空间中的书法自然，成为临沂城市建设的亮点。而开元·上城的院落设计，倡导传统文化与其在现代社会的和谐回归，将生活的私密性与开放性很好地结合，让城市生活变得更舒适、更自然，成为高层宜居住宅的典范。这些文化元素的传承和演绎，使开元·上城能在全国众多开发项目中脱颖而出，水到渠成摘得国家“广厦奖”。山东省省长姜大明来临沂考察途经开元·上城社区时，连声称赞：“做得有品位，有文化，有特色。”

洗砚池翰墨香凝，五贤祠乾隆诗论。为以书香涵养整个企业，忠山先生在公司广泛开展读书活动，以文化人，要求员工在临沂光辉灿烂的历史文化、可歌可泣的革命文化、丰富多彩的民俗文化、独具特色的商旅文化中，感悟生活，品味人生，做好工作。

装帧精致、设计精美、内容精当的《开元》是开元地产精心打造的一本散发着浓郁文化气息的期刊。设置“聚焦”“汇点”“品鉴”“宜居”“视界”“城事”“格调”等栏目，围绕城市建筑、城市文化、城市发展，真实记录企业前进的脚步和城市成长的记忆，也不乏市内外的专家、学者主动给《开元》撰文投稿，受到业主和社会的欢迎与好评。

说到文化，我对忠山先生说，文化最大的特质，就是具有极强的渗透性、持久性，像空气一样无时不在、无处不在，深刻作用于经济社会发展和人们生产生活。因此，从一定意义上讲，所有的人类活动都自觉不自觉地受到文化的影响。增强文化自觉意识，就是要让各行各业的人，都能自觉接受先进文化的影响，自觉担当起传承优秀文化传统的责任，并最大可能地对文化建设发挥积极的作用。忠山先生端起茶杯，慢慢呷了口茶，笑着说，您老兄可真是个职业宣传家。

讲到这里，忠山先生深有体会地道：文化是城市的精神与灵魂，而建筑作为物质载体，是城市文化最重要的表达方式，是承载城市记忆的重要符号。他接着又说，城市是一本打开的书，从中可以看到它的抱负。看看一个城市的建筑，就能感受到这个城市的居民在文化上追求什么，因为建筑传承着城市的历史和文化。我不禁点头称赞。

我说，过去，城市的记忆似乎只停留在达官显贵的故事中或者名人故居等，而随着平民社会的到来，城市将越来越多地印下普通居住者的痕迹。

我在想，我们的城市正是因为拥有李忠山先生这样一些具有高度文化自觉和前瞻性的房地产开发商，才塑造出临沂一个个新的城市文化地标与建筑地标，为古城增添了新的城市记忆。

不言而喻，在市场经济充斥整个社会的今天，我们要清醒面对建筑这一城市记忆的承载体。希望我们的房地产开发从业者，要像开元置业一样，不但要做好一个实践者，而且应力求成为一个城市文化自觉的思想者，用智慧和情感努力让建筑表达城市的精神、气质和性格，做百年建筑的先行者和探索者，使普通人的居所也能成为临沂的城市基因，成为历史的记忆。

窗外不时传来阵阵风雪的簌簌声，室内茶香弥漫，不知不觉晚十点多了。走出茶社，一阵寒风吹来，我急忙把上衣领竖起。远处我居住的小区内灯火通明，如诗如画，纷纷扬扬的小雪飘到脸上清凉畅快，我心却特别温暖。

（原载2010年9月30日《齐鲁晚报》）

总裁临沂行

这些年来，我写过一些文章，但写总裁的还是第一次。盖因这位总裁可不一般。他叫刘长乐，是全国政协科教文卫体委员会副主任、凤凰卫视董事局主席、行政总裁。这是一位备受社会关注的奇人。

有人说他像一尊神秘的大佛，有着不可测的能量，被企业界誉为领袖人物，称他为“佛商”；有人称他是“疯子”，带领着一群“疯子”闯进世界华语媒体圈，造就了一个人和一个团队的“凤凰传奇”。

金秋沂蒙，惠风和畅，到处一派丰收景象。9月27日，刘长乐总裁利用应邀来山东参加“尼山论坛”的机会专程到临沂祭祖。因此，我得以近距离地接触了解这位传奇人物。

刘长乐因出生在上海长乐医院而得名，祖籍山东莱芜，姥姥家在苍山县二庙乡危屯村。他的父亲刘向一，1948年曾任中共兰陵县委第一任书记，母亲谷玉荣当过县妇联主任。哥哥刘全胜在中华人民共和国成立前夕在苍山县出生，其籍贯一栏到现在还写着“苍山”，原任总参装备部少将，现已退休。父亲今年95岁，母亲85岁，都是离休多年的老干部，仍健在。

上午十点左右，刘长乐一行在省委宣传部有关领导的陪同下，来到苍山。他身着深色夹克衫，高大魁梧的身材，儒雅又豪放的性格，让人很有亲切感。

他看到父辈战斗生活过的地方发生的巨大变化很欣慰。他对我们说，1957年自己6岁时到过一次苍山，那时是和家人坐火车到徐州，又转汽车到新沂，是他舅舅推着独轮车步行一天把他接回家的。那时苍山给他留下的印象就是贫穷、落后。53年后再回苍山，长乐总裁心情分外激动。在为外祖父、外祖母、舅舅、姨母扫完墓，看望完亲属后，他看到苍山县城、农村面貌变化之大，文明富裕程度之高，赞不绝口，为苍山的发展变化感到由衷的自豪和兴奋。

中午，我们到罗庄江泉城大酒店共进午餐。长乐总裁形容自己的第一感觉是“吃惊”，没想到作为革命老区的临沂能够拥有这么先进、豪华的大酒店。午餐时，我们用特色家乡饭招待贵宾。玉米、花生、地瓜、土豆端上来了，香喷喷的煎饼端上来了，他吃得格外香，并激动不已。他说，就是在香港，这个酒店也是顶级的。

市委书记连承敏同志带领我们一起陪同刘长乐总裁沿滨河大道参观了滨河景区和书法苑。丽日晴空，滨河风光秀丽旖旎，城市建筑错落有致，一群白鹭在水面上盘旋后飞向远处的橡胶坝。这百里水域似瑶池、秀水绕城蓝作带的瑰丽景观给长乐总裁的视觉和心灵带来了强烈的冲击。“续一把蒙山柴，炉火正旺；填一瓢沂河水，情深意长……”赞叹之余，他情不自禁地哼唱起那首家喻户晓、耳熟能详的《沂蒙颂》。

在书法苑，他兴致勃勃地观看了碑刻书帖，听取中国书法文字演变与发展介绍，关切地询问书法苑二期工程的进展情况，称赞书法苑“有文化，有品位，有价值”。

长乐总裁认真地对市领导表示，自己的工作没有做好，临沂发生了这样梦幻般的变化，凤凰卫视却没有很好地向香港、向世界好好宣传推介，今后要利用凤凰卫视的传媒优势宣传好、报道好临沂，为临沂提高知名度和美誉度出把力。在听闻F1摩托艇世界锦标赛即将在临沂沂河上举行时，他高兴地对市广播电视台周鲁超台长说，把大赛的相关资料传给他，要在凤凰卫视播出，并随即向工作人员下达了宣传临沂的工作安排。

因时间原因，长乐总裁未能参观心仪已久的王羲之故居和汉墓竹简博物馆，他只好依依不舍地离开临沂。在分别时，我注意到，长乐总裁的眼睛湿润了。

（原载2010年10月9日《鲁南商报》）

东华出使

国庆节长假后，东华发来短信言，国家主席胡锦涛已于近日签署国书，任命他为中华人民共和国驻汤加王国特命全权大使。他将于10月16日离京去香港，从香港飞新西兰，再从那儿转机去汤加赴任。

接到短信，我既感到高兴自豪，又有依依不舍之情，不禁浮想联翩，感慨万千。回想东华的成长进步，毋庸置疑，是知识改变了他的命运，环境改变了他的生活。

往事历历在目。东华姓王，但多年来我一直习惯直呼其为东华，这主要是因为有亲切感，还因他年龄比我小一些。而他对我的称呼就是简单一个字“哥”。他1961年出生在临沂，父亲王崇贤是中华人民共和国成立前参加革命的老干部。20世纪70年代后期，我们两家分别住在临沂二中一个大院前窗对后窗的两排房中。我爸和他爸又同在一个单位工作，后来我姐和他姐又成了妯娌，两家关系自然比较密切。那时，我在陕西部队当兵，他在当时的临沂汽车二队当工人，探家时总能见到他。他给我留下的印象是，细高的个子，宽宽的额头，性格内向，文质彬彬，善于思考，衣着朴素，很爱学习，和我的两个弟弟玩得很好。

后来我知道，东华于1975年底，未满15岁高中没毕业就当了工人。在车队时，他先干零杂工，后来又做汽车保养工。在工作中，他技术熟练，任劳任怨，勤勤恳恳，获得车队领导和工友们的一致好评。1977年恢复高考后，他胸怀大志，决心考大学，做一个对国家有用的人。他的师弟宋德烈跟我讲过，为了复习功课，夏天工厂宿舍里室内温度高，没有风扇也没有蚊帐，他大汗淋漓，任凭蚊虫叮咬，全然不顾；冬天，宿舍里没有取暖设施，他冻得瑟瑟发抖，脚后跟都红肿了，仍坚持不懈。为了学好英语，他上班间隙、走路、吃饭，一有时间就背诵英语单词，还借工友的小录音机来听英语。就这样他以顽强的毅力、拼搏的精神，白天上班，晚上学习，有时甚至通宵达旦，星期天节假日从不休息，用三年多的时间自修完了初中、高中的全部课程，英语专业尤为突出。

功夫不负有心人。1981年7月高考，他取得了良好的成绩，特别是英语竟得了96分（总分100分），成了当年山东省的英语单科状元。在口试时，考试老师的评价是："语言熟练，发音准确，浑厚标准。"他以高分被北京第二外国语学院录取。

寒来暑往，光阴荏苒，四年的大学生活很快过去了。1985年毕业时，他以优异的成绩被直接分配到外交部工作。这件事成了当年临沂汽车二队和周围人津津乐道的话题。他的求学故事也成了一个传说，被临沂二中的老师向一届又一届的毕业生讲述。我妈在世时，每当说起学习，就唠唠叨叨地拿东华来教育我的弟弟、妹妹以及我们的下一代要像东华那样刻苦学习。

东华到外交部工作后，工作认真，作风踏实。他先在非洲司任科员，又在肯尼亚大使馆当随员、三秘。1992年回国，他又在外交部国际司任三秘、副处长、一秘；1997年香港回归时任外交部驻香港公署一秘；1999年澳门回归时又任驻澳门公署一秘、参赞等职；后任常驻联合国代表团参赞，回国后担任了外交部新闻司副司长。无论在哪个岗位，他都忠于祖国，恪守职责，积极努力，有良好的口碑和人际关系。

2006年秋，我（时任市旅游局局长）随市主要领导去巴西考察，要在圣保罗举行经贸洽谈活动。东华介绍我去询求驻圣保罗总领事李姣云的帮助。我们受到了李总领事的热情接待和大力支持。李总领事讲，王东华司长老家来的客人，我必须要安排好。在她的帮助下，我们在圣保罗的活动非常顺利。

2007年7月，东华被中央组织部安排到陕西省安康市挂职担任市委常委、副市长。年底，我和他的高中同学——时任市长助理的李兴军专程赴安康看望他。真是好事多磨，那天上午我俩从西安乘小飞机飞安康，经半个多小时的飞行，眼看飞机就要着陆了，我从飞机上甚至已经看到东华带领随行人员手持鲜花站在安康机场迎接我们了，可就在这时，机舱传来空姐的声音："因安康机场地面不具备着陆条件，很抱歉，飞机只好返航。"我们只好飞回西安，在战友的帮助下，下午换乘火车，经过四个多小时的旅途，当晚十点多才到达安康。他乡会故友，我们都很开心。东华在那里工作认真，求真务实，口碑良好，很受当地干部群众的欢迎。2009年7月初，他离任回京时，市直机关的干部数百人自发地组织了隆重的欢送仪式，这让东华十分感动。

东华家庭生活幸福，但为了工作，他和妻子很多时候是两地分居的。妻子刘彬（老家在辽宁省鞍山市）是比他晚两届的北京第二外国语学院的同学，现在在中国驻洛杉矶总领事馆工作。今年18岁的儿子王宸在那里随母亲读大学，学习金融财务专业。自1997年6月东华父亲病故以来，东华只要是在国内，每逢春节和重大节日，无论工作如何繁忙，他几乎都要抽空从北京开车带着夫人和孩子回临沂看望已80多岁的老母亲，在并不宽敞的家里住上一夜，陪老人聊聊天，和兄妹叙叙情。他还在有限的时间里，看望当年学校的老师、工厂的师傅和工友，不忘那份纯真的亲情。

东华为人厚道，作风稳健，亲和力强。这几年，因工作需要我有机会和在外交部工作的临沂老乡或其他同志接触，说起东华，大家对他的工作和人品都是交口称赞。让我感动的是，去年夏天，外交部前部长李肇星来临沂考察工作，他不顾旅途疲劳、时间紧张，在市领导和我的陪同下，专门看望了东华的老母亲李姨，还请李姨吃了一顿饭，称东华是个有出息、很有发展前途的外交官。李肇星部长还十分高兴地与李姨和我合影留念。

天降大任于斯人也。今年6月25日，全国人大常委会批准王东华担任中国驻汤加王国特命全权大使。7月中旬，他奉命从我国驻印度孟买总领事职务上回国。中秋节前，他专程从北京回来向亲朋好友告别。市领导刘彦祥、王秀君等设宴专门为他送行。在行前的宴会上，大家欢聚一堂，虽无丝竹管弦之盛，但气氛热烈，足以畅叙友情。我们诚挚地向他祝贺，酒至酣畅，我情不自禁地吟诗一首：

东华兄弟要出使，沂水蒙山惜别时。
亲朋好友殷相送，盼君名就报归期。

吟毕，有友人问，为什么是“沂水蒙山惜别时”呢？东华的好朋友，在场的市政府钱迎伟秘书长讲，他向市外事和史志部门了解过，东华可能是中华人民共和国成立后临沂唯一的一位驻外大使。我想，这的确是千万临沂人民的光荣和自豪。

言罢，东华起立动容地说："这杯酒我敬在座的各位。国家派我驻外当大使，我一定不负重托，不辱使命，不辜负家乡父老乡亲的期望，干好工作。"接着，他满怀深情地端起一杯红酒，一饮而尽。

春华秋实，惠风和畅。东华走了，他到那遥远的南太平洋岛国汤加当大使了。我在心底，默默地为他祈福，祝他平安顺利。

（原载2010年11月8日《齐鲁晚报》）

送别洪军

11月16日，气温骤降，寒风凛冽。

上午九点四十分左右，正在办公室埋头工作的我被一阵急促的手机铃声惊起，看到手机屏幕上显示的是“小董”时，一种不祥的预感涌上心头。因为小董从未给我打过电话，有事也只是偶发短信联系。我迅速调整忐忑不安的心情，接起电话，那端传来她悲痛的声音：“我是张洪军的对象小董，洪军不行了。”我的心顿时一沉，急忙问：“他怎么了？”哭腔传来：“洪军走了。”

洪军身患肝癌，因为病情严重，走也许在意料之中，但我万万没想到他会走得这么快，走得这样急，走得这么匆忙。我和部里的同志急忙赶到医院，看到号啕大哭的洪军母亲，看到神情悲凄的洪军妻子，看到病床上洪军那张再也不会醒来的面孔和因病魔而变得骨瘦形销的身体，不禁眼眶一热，泪水止不住地流下来。真不敢相信，张洪军——我们的好同事、好朋友、好兄弟，你在人生的旅途中刚走过了38载，正是在单位和家庭挑重担的时候，就这样走了，永远地走了。

嗟夫！天妒英才，年寿不永。回到机关，中午在食堂吃饭，我的心情非常难过，碰见市政府钱迎伟秘书长，说起洪军的事，钱秘书长连称：“太可惜了，洪军是个好同志，是个好人。”

洪军是山东乐陵人，1972年12月出生于江西萍乡，1991年入曲阜师范大学中文系学习，因表现突出，1993年7月在学校就入了党。大学毕业后，他来临沂工作。2002年2月，他通过公务员招考考进临沂市委宣传部新闻出版科当干事。那时，我担任分管新闻的副部长。洪军到部工作后，意气风发，认真学习，努力工作。大家都夸洪军是个好苗子，大有培养和发展前途，我也为有这样得力的工作骨干而高兴，并在工作中与他结下了深厚的情谊。

洪军在部里主要做舆情和新闻宣传工作，先后担任舆情科科长、新闻出版科科长，较长时间从事新闻宣传工作，参与了近年来市里的各种大型活动。新闻科工作比较繁忙，要做好上级新闻单位记者采访的组织协调，还要做好与市直新闻单位的联系、指导等工作。他满怀热情，任劳任怨，连续八年考核优秀，多次受到嘉奖。他在2009年全国城市公共文明指数测评中荣立三等功，受到了领导、同事和记者们的一致好评。

洪军做工作思路清晰，办事稳重，人缘很好，脾气特别好，是个热心人，不管遇到什么不开心的事情，碰见什么困难，他都能乐呵呵地从容应对。

今年6月初，洪军因患病住进市人民医院，他的病情牵动着部里每一位同志的心。市委宣传部各位领导和不少同事多次前去看望慰问。市人民医院尹传贵院长亲自安排，给予了很大的关照。医护人员精心地为其治疗。部里的同志们为帮助洪军及家人，在背后做了许多工作。前段时间人民医院血库出现血荒，输血困难，部办公室刘景栋同志得知后，不声不响地到医院献了300CC血。近期我的工作比较忙，白天时间紧，但多次利用晚上的时间，到病房看望洪军，陪他聊天，找医生了解病情，并试图利用土方为其治疗。领导和同志们的悉心关怀，给病中的洪军和家人极大的安慰。

我手机上至今依然保留着他病重期间给我发的几条短信，每每回看，感慨不已。8月底的一个傍晚，我正在陪客人吃饭，突然收到洪军发来的短信：“向您汇报一个好消息，今天做CT检查结果显示，我的肿瘤面积缩小了三分之一。衷心感谢您对我的关爱。”我十分兴奋，从心底高兴，与客人共同举起祝福的酒杯，祝愿洪军早日康复，企盼老天开眼，奇迹出现。

市人民医院的医生曾对我说，肝癌晚期这种病一般只能坚持三个月到六个月，洪军顽强地与病魔战斗了近半年的时间，这已经是奇迹了。话虽如此，但我始终不能释然，怨上苍不开恩，恨医生无回天之力。这么好的一个同事，这么优秀的一个青年，这么年轻的一个父亲，难道就这样离我们而去了？

11月18日上午十点，临沂市殡仪馆万芳大厅摆满了花圈，张洪军的遗体告别仪式在这里举行。大厅里站了数百人，他们从四面八方赶来，这中间有洪军的亲朋好友、同学、同事，大家默默无语两眼含泪，来送洪军最后一程。我怀着沉痛的心情，介绍了洪军的生平。当低沉的哀乐响起，抬头看着洪军遗像那张熟悉的面孔，一股热泪不由自主地流下来。

洪军啊！你的妻子还年轻，她需要你；你的女儿还幼小，她需要你；你白发苍苍的父母，更需要你。洪军，你怎么就走了呢！其实我知道，这不是你的本意。你是如此眷恋自己的家人，眷恋着你的同事和朋友们，眷恋着你热爱的工作。因为你知道，人不只是为自己活着，也是为那些爱自己并为自己所爱的人活着。

此时，我不由得想起鲁迅先生的诗：

岂有豪情似旧时，花开花落两由之。

何期泪洒江南雨，又为斯民哭健儿。

部里分管新闻的刘广阔副部长对我说，洪军的QQ名字是“凤凰涅槃”，我希望能如他所愿，像凤凰般经历烈火的煎熬和痛苦的考验，获得重生，并在重生中达到升华。

洪军，你走了，一路走好啊！你将永远活在我们心中。

（原载2010年11月19日《齐鲁晚报》）

绿城南宁

绿色，是生命的象征，也是人类家园的底色。

南宁市作为广西壮族自治区的首府，是一座历史悠久、风光旖旎的南国名城，是“大地飞歌”放飞的地方，有着“青山环城、碧水绕城、绿树融城”的城市风格，因植被丰富、四季常青、诗情画意而闻名华夏，被誉为“中国绿城”。

今年11月中旬，临沂市文明城市学习考察团一行，千里迢迢，慕名来到这里。虽是初冬时节，但一踏上南宁的土地，目之所及的绿色猝不及防地扑面而来，湖水依旧那么清，树叶依旧那么绿，清新润爽的空气让人倦意顿消，不禁感叹这里真是“满目葱茏生秀色，众人欢笑几多情”。

走进南宁，处处绿叶婆娑，槟榔、棕榈等亚热带风景树，遍布城区内外。整座城市融入绿色的影像中，绿的街道，绿的楼宇，举首是绿，低头是绿，放眼是绿的世界，闭目是绿的遐想。“果树上街”是南宁的一大特色。每逢挂果时节，路边枝头的累累硕果便成为绿城一道独特的景观。这些南国佳果，给幸福的南宁人带来了芳馨的四季，也构成了富有亚热带风光的园林风貌特色。南宁市文明办主任冯力女士自豪地告诉我们：绿色是南宁的旗帜。近年来，我们围绕建设“生态南宁”实施了多种形式种植，目前，城区绿地率已达到

32.77%，绿化覆盖率达到39.65%，人均公园绿地面积达到12.47平方米，这已远高于建设部对国家园林城市的考核标准。

气候条件的优越，生态资源的丰富，使南宁常年春意盎然、花果飘香。自然的厚爱给了南宁独特的韵味，也让南宁人对自然、对绿色产生了深厚的情结。南宁人爱绿、惜绿的感情是深深透在骨子里的。绿，更是当仁不让成为南宁靓丽的城市名片。南宁市委常委、宣传部部长吕洁女士在介绍南宁的几个城市品牌时，就把“中国绿城”这一品牌放在了首位。她说，每座城市都有着自己独特的性格，但未必都有传奇。近年来，南宁市不断加大建“绿”力度，将“迪拜国际改善居住环境良好范例”城市、首届“中国人居环境奖”、中国东盟博览会永久举办地、“联合国人居奖”等桂冠，逐一纳入囊中，向世人昭示着南宁的宜居程度和无穷魅力，也进一步彰显了良好的绿色植被对其城市综合竞争实力提升的能力。她的简单几句话就勾勒出南宁这个昔日西南边陲小城今朝已成为区域性国际城市的传奇轨迹。

我们一行徜徉在翠绿如玉的南湖之畔，流连在绿树成嶂的青秀山，漫步街头时又与果树丰实的诱人芳香邂逅。南宁，城在林中，林在城中，树木的“绿”给我们一行留下了极为深刻的印象。南宁建“绿”的做法值得我们学习借鉴。他们确立绿色理念，开展绿色行动，从2002年起，市里就立法将每年的3月定为植树月。配套绿化与主体工程同步设计、同步建设、同步竣工的做法让“绿”随着这座现代化都市一同成长。“军民共植林”“警民共建林”“东盟友谊园”等形式多样的纪念林让更多的单位和市民以植树为荣。现在，认种、认养绿树、绿地已成为南宁市民的“新宠”。

白昼渐行远去，夜幕降临，南宁的风情万种，妩媚柔情都情不自禁地流露出来。因我市在今年的城市公共文明指数测评中荣获地级市全国第一，这让南宁市感到惊讶和敬佩，我们一行在这里受到高规格的礼遇和接待。南宁市领导亲自陪同参观并介绍情况。返回宾馆时，大巴行驶在民族大道上，在路灯的烘托下，路两边的阔叶乔木、棕榈树、杧果树、榴梿树、灌木丛显得柔和、静谧和多情。以国际大酒店为中心的众多楼群与平静无痕的南湖毗邻，景在水中，水中有景，长桥卧波，绿荫掩映，袅娜多姿，宛如一幅舒展的图画。

这时，我打开车窗，一阵舒适的风儿轻轻划过脸庞，一丝淡淡的余香飘来，一对青年男女相挽从车旁闪过。我暗自思忖，生活在南宁的人们是多么幸福啊！

南宁的绿色总是从远方一直延伸到人的脚下，深入到人的心底，直至让人的身心完全浸润到绿色的海洋里。身处绿城，我深切感受到南宁人对“绿”的认识是极为深刻独到的。在南宁人眼里，“绿”的概念不仅仅是青山环城、碧水绕城和绿树融城，更是一份人与自然、城市和谐相处的生活情怀和一份朴素的散发着幽幽草木芬芳的原生态信仰。我想，正是这份超脱了独特地理和气候条件的情愫，成就了其绿城的根本所在吧。

在与自然的亲密接触中，南宁人渐渐形成了温润、亲和、包容的性格。这座城市充满着浓浓的人情味。“能帮就帮”的南宁精神是这种人情味的升华。这种精神，在南宁热情质朴的水土中滋养，在开放包容氛围的熏陶里生长，在薪火相传中成就。居民邻里间的互助互爱，为蕉农排忧解难的“爱心香蕉”行动，都彰显着这种精神的强大作用。

人与自然的亲近，人与人的友爱，昭示着居民文明素质的提升。自20世纪90年代中期至今，南宁不断加大精神文明建设的力度，并取得了可喜的成绩。

1999年，南宁市被评为首批“全国创建文明城市工作先进市”，2009年初又荣获“全国文明城市”称号。

南国虽好，非吾故乡。南宁归来，我的脑海不断涌现着绿色的画面。令人振奋的是，我市在全国城市公共文明指数测评中取得了去年全省第一、今年全国第一的骄人成绩。在打造高品质宜居生活环境的今天，大美临沂的底色——生命之绿也正日益丰盈起来。然而环顾身边，我们的日常生活中还存在一些“贱绿”“毁绿”行为：有的人为满足一己之私，可以毫无惭色地攀花折木；有的人为贪图一时之便，可以任意踩踏新植的草坪；更有甚者，仅仅因为担心将来遮阴，便狠心找来强酸、开水将幼小的苗木活活烧死……每当心中闪过这一幕幕，总感觉我们离绿城南宁更遥远了。我想，那绝不仅仅是地理位置上的南北差异，更多的是绿色生态建设、保护理念上的悬殊；转念又一想，天地造化、自然禀赋是永远无法复制的，但那种爱绿、建绿、护绿、惜绿的绿色情怀和生态理念，是完全可以通过后天努力逐步树立养成的，一如南宁灵魂深处那份超脱了独特自然禀赋对生命绿色的情愫。

想到这里，临沂城满目绿色又仿佛呈现在我的眼前，顿觉精神抖擞，信心百倍，心想明年春天一定约上三五好友种上几行树苗，身体力行为大美临沂增绿，以实际行动绿染沂蒙，让那一汪化不开的浓绿永远留在身边，留在心底，更造福于民，让我的父老乡亲生活得更幸福。

大美临沂的底色应该是绿色的，甚至是更绿的。

（原载2010年12月3日《临沂日报》）

又见老将军

辛卯年春节前夕的北京，惠风和畅，到处洋溢着欢乐喜庆的节日气氛。1月20日上午，我们一行在新任临沂市委常委、宣传部部长李建华的带领下，怀着千万沂蒙人民对迟浩田上将的崇高敬意与深情厚谊，去老将军家拜年。

这一天的京城，气温虽然较低，但天朗气清，冬日的阳光给人增加了几分暖意。早上八点半，我们走进了老将军位于后海的四合院。院内冬青依然翠绿，高大的塔松霜重色亦浓，正门上方两个大红灯笼在风中摇曳。在宽大的客厅的墙壁上，张挂着老将军戎马岁月各个时期的照片。老将军与邓小平、江泽民、胡锦涛等中央主要领导人的合影格外引人注目。

在迟浩田将军和古巴劳动党总书记卡斯特罗同着戎装亲切握手的合影旁的另一张照片引起了我们的关注。据工作人员介绍，这张照片是1998年2月初，时任中共中央政治局委员、国务委员、中央军委副主席、国防部部长的迟浩田第一次作为国防部部长率中国军事代表团访问日本时，与日本防卫厅长官久间章生会见记者时的合影。将军身着上将军服，身后是鲜艳的五星红旗，他打着坚定有力的手势，从容自信的面容上写满了威严与刚毅。久间章生着西装在日本国旗下向迟将军恭敬地行鞠躬礼。这张意味深长的照片令人过目难忘，也让每一个中国人感到自豪和骄傲。

老将军用过早餐，健步来到会客厅，像会见久别的亲人一样亲切热情地与我们逐一握手。当我把李建华部长介绍给老将军时，老将军高兴地握住她的手亲切地说：“又是一员女将，希望您为宣传沂蒙再立新功啊！”建华部长认真地向老将军表示，一定努力工作，不辜负他老人家的期望。当得知建华部长的父亲在当年攻打孟良崮时是在华东野战军第九纵队时，老将军高兴地说：“我们是一个部队的战友啊！”

我作为一名曾经的军人向老将军致军礼，握住老将军那双温暖有力的手，望着老人慈祥和蔼熟悉的笑脸，心生感动，倍觉亲切，感觉仿佛在仰望崇高和伟大，不禁一股暖流涌上心头。老将军虽已年逾80，但身板硬朗，精神矍铄。他安排工作人员端上水果、泡上热茶，热情地招待我们。

房间里蝴蝶兰、水仙花、兰花竞相争艳。我不禁浮想联翩。20多年来，因工作关系，我曾多次见到将军，听他回顾艰苦难忘的战争岁月，听他深情动容地诉说沂蒙情怀，听他热情洋溢地赞美临沂的发展变化。拜见将军时的那一幕幕感人的场景又在脑海中不断回放。

回想第一次见到将军是1987年5月16日，在蒙阴县召开的纪念孟良崮战役胜利40周年大会上，时任济南军区政委的迟浩田战地重游，又回到阔别多年的沂蒙山，见到了许多分别多年的老首长、老战友和父老乡亲们。他动情地吟诵了亲笔书写的长诗《伟哉，孟良崮》：“八百里沂蒙八百里情，孟良崮啊，今日又见你面容……”那饱含深情的诗句回响在蒙山沂水间，震撼着千万沂蒙人的心田。

其时，我作为一名营职干部刚从部队转业不久，在当时的临沂地委宣传部新闻科工作，带着记者采访纪念大会盛况。在纪念大会结束后，时年58岁的迟浩田兴致勃勃地登上孟良崮主峰，在整编74师师长张灵甫击毙处，他挥动有力的手势，充满激情地向与会者详细讲述了战役的经过，满怀深情地回顾了当年沂蒙人民踊跃拥军支前的动人事迹。

在采访中我们得知，在战争年代，将军先后负伤7次，其中4次在沂蒙山区。孟良崮战役期间，年仅18岁的迟浩田担任营部书记，激烈的战斗打响后，他拎着从敌人手中夺来的卡宾枪，腰系6颗手榴弹，和战友们一起在枪弹的呼啸中，踏着荆棘、乱石，越过山涧、峭岩，追击着敌人，并光荣负伤。

“没有沂蒙父老乡亲，我迟浩田绝活不到今天！”这是后来迟浩田最常说的一句话。从那以后，将军与沂蒙这块奉献的土地，与这里的父老乡亲们结下了永久的不解之缘和不了之情。

中华人民共和国成立后，无论将军战斗生活在哪里，他始终关注沂蒙、情系沂蒙、热爱沂蒙，为临沂的发展鼓与呼。只要临沂有重要建设项目，他都竭尽全力、千方百计地给予支持帮助；只要临沂有重大活动，无论是在北京还是在临沂，他都在繁忙的工作之余挤出时间尽可能地出席，而且每一次我都能有幸一睹将军的风采。

将军从中央领导职位上退下来后，仍时刻关心牵挂着沂蒙老区的发展。令我永远难忘的是，2003年10月16日，临沂举办了纪念王羲之诞辰1700周年暨首届中国临沂书圣文化节，将军应邀出席活动。17日下午，我带着记者在临沂沂河宾馆再次采访老将军。他对临沂的一片深情，令在场的每一个人动容。

我充满敬意地问将军：“您这是第几次来临沂了？”他动情地讲：“太多喽，从1985年算起，这应是第七次了。昨晚住在沂河边，我夜不能寐。每次来临沂，给我最大的感受就是有一种回到家的感觉。吃着家乡的饭，喝着家乡的水，见到家乡的亲人们，倍感亲切。”说到这里，老将军声音哽咽，老泪纵横，一时无语。此刻，我们被这位身经百战、意志刚强的老将军对沂蒙的柔情深深感动。

2009年上半年，临沂市委宣传部联合山东电影制片厂等单位拍摄电影《沂蒙六姐妹》。此片作为中央宣传部和国家广电总局确定的山东省向中华人民共和国成立60周年献礼的唯一一部影片受到各方关注。市里请老将军为电影题写片名。他不仅让秘书用特快专递寄来，还拖着痊愈不久的身体出席了6月15日在北京京西宾馆举行的首映式。看完电影，老将军动情地说：“这部电影又让我回到了激情燃烧的岁月，又让我打了一场孟良崮战役，又见到了当年那些舍生忘死支前的大姐们，我永远忘不了她们。”

老将军请我们饮茶、吃水果。他自己匆匆上楼，取回了事先为我们一行人亲笔写好的贺年卡。这时我才恍然大悟，昨晚老将军的秘书高仁良要我把今天来访人的姓名用短信发给他的缘故。我双手接过大红的贺年卡，看见老将军用那笔力雄健、刚劲有力的字体写道：“祝高明同志，兔年快乐，阖家安康，与时俱进，万事如意。”落款：“迟浩田　姜青萍　2011年元月”。

老将军的夫人姜青萍阿姨告诉我们：“迟浩田的老家在山东招远，可很多人以为他的家乡是沂蒙山，因为他对沂蒙感情太深了。”

是啊！将军情系人民，人民爱戴将军。这就是我们的迟浩田老将军。看他那深情的目光，听他那昂扬的声音，我耳畔又响起了他在纪念孟良崮战役胜利50周年大会上吟诵的长诗《美哉，沂蒙山》的诗句：“孟良崮的清泉，化作我身上的热血，沂蒙山渗透了我全部的血管……”

会客厅里亲情弥漫，建华部长代表市主要领导和全市人民向老将军拜早年，并送上新春的祝福，祝福他老人家健康长寿、阖家幸福。老将军很是高兴，要我们转达他对市领导和沂蒙父老乡亲的亲切问候。说起临沂之变，老人兴奋地说：“临沂变化太大了，可以说是日新月异，旧貌换新颜。”说到这里，老将军又强调：“临沂的变化得益于一个好的领导班子和勤劳勇敢的人民，相信临沂会有一个更加美好的未来，临沂一定会成为山东甚至全国最美的城市之一。”

接见气氛亲切热烈，老将军拿出自己刚出版不久的《迟浩田传》和《迟浩田军事文选》两本书并亲笔签名赠送给我们，并与我们分别合影留念。当我把新出的散文集《那年，放电影》呈给他时，老将军认真翻看，并拿着书与我合影留念，这更让我感动万分。

话未尽，情未了。半个多小时的时间很快过去了，临走时老将军嘱咐我们转达他对家乡沂蒙人民的问候。因老将军患有支气管炎，室外天气寒冷，工作人员婉言劝他不要出门送客，但当我们上车临行之际，却发现老将军已身着大衣棉帽，站在门口以军人的标准站姿向我们挥手告别。老将军的身躯是那样的伟岸，如同院中那葱绿的塔松威严挺立。

（原载2011年1月28日《临沂日报》）

春节随感

冬去松梅送旧岁，春来桃李迎新年。

吃过年夜饭，看完央视春晚最后一个节目，推开窗户，一股带着春意的清风拂面而来，令人倍觉清爽。沂河岸畔，灯火通明，不时有礼花在夜空中绽放出五彩缤纷的光环，鞭炮声仍在稀稀拉拉地响个不停。

嘀——嘀，手机短信的铃声响起，是远在广州的战友胡秀堂将军发来贺信："一夜连双岁，五更分二年，给老战友拜年，祝春节快乐。"我猛然意识到，庚寅年已过，辛卯年到来，岁月老人又把我引入了新的一年。

树增一轮，人添一岁，日月轮回，逝者如斯。正月初一上午，身着唐装，泡上一杯热气腾腾的香茗，望着窗外奔流不息的沂河水，年过半百的我，对流年的牵念、感怀、叹惋，就像小石子般叮叮咚咚地抖落在苍茫记忆的水面上，清楚而尖锐，乃至惊心而动魄，亦徒然生出一番切入心骨的"时间太快"的况味。

在春节这欢庆热闹的气氛中，我心底却多了几许无奈和愁绪。因为我知道，时光匆匆，又走过了一年，人会在春节的钟声中不断地老去。每每回头看走过的路，有过梦想和渴望，有过欢乐和失落，有过成功和失败……让我对春节也有了更多的理解和思绪。

我以为，春节是一部科学史诗。融“时代元素”，汇“传统基因”。它，字里行间流淌着中华民族优秀传统文化基因，篇章里展示着科学发展的脉络。其核心功能：一是亲近自然，协调人与自然的关系；二是促进家庭和睦、宗族团结，协调人与人的关系。

中国人向来有除夕守岁的习俗。我记得小的时候，除夕，天刚黑，街道上就安静下来了。家家的灯光亮着，室外却是黑的，不时有爆竹声划破夜空。吃过晚饭，一家人靠在炉火旁，母亲把早已准备好的瓜子、花生、柿饼、糖块等零食摆在小饭桌上，全家人围坐着吃东西，母亲则和姐姐在一旁包水饺。母亲说：“不要睡觉，要守岁，守到十二点后，过了年，吃几个水饺才能上床。”

为什么要守岁？那时候我是不明白的，直到读书后，才知道守岁其实是大有意义的。它既有对如水般逝去的岁月的惜别留恋之情，又有对来临的新春的美好希望之意。古人在一首《守岁》的诗中写道：“相邀守岁阿戎家，蜡炬传红向碧纱。三十六旬都浪过，偏从此夜惜年华。”珍惜年华是人之常情，所以，诗人苏轼也在自己的《守岁》名句中写道：“明年岂无年，心事恐蹉跎。努力尽今夕，少年犹可夸！”可见，寄希望于美好的未来，珍惜时光，提高生命的质量，是守岁的最基本意义。

记忆中，年画是童年过年不可缺少的一道靓丽风景。一进腊月的门，农贸大集上就有了卖年画的摊铺，在背风的市场一角，拉着长长的绳子，上面悬挂着各式各样的年画样品，还有在地上用石头块压着的。年画的内容丰富多彩，有神话传说、戏曲故事、民俗生活以及山水花鸟、松竹梅兰，真是琳琅满目，色彩缤纷，令人目不暇接。在熙熙攘攘的人群中，我和小伙伴们一起，一摊一摊地看年画。品味年画，成为我童年记忆中一个无法忘记的美丽符号。

年画不仅贴出了喜庆，也贴出了亲情。时光荏苒，年画已成为岁月久远的记忆。如今行走在繁华都市中，早已无法领略童年时看年画、贴年画时的喜悦了，但年画曾经固有的一种质朴与生活韵味已经深入我的脑海。

春联——辞旧迎新、增福添彩的小小宣言与祈盼，是过年家家要贴的。小时候，都是父亲写春联，我们兄弟几个找来板凳，忙上忙下，先把去年的已经有点泛白的春联除扫干净，再把崭新的春联用打好的面浆小心翼翼地贴上去。除了门上，那影壁墙上、树木上甚至箱子上，几乎凡是有关生计的一些大件物什上，都会有它闪动的影子。红纸黑字，或红纸金字，新鲜喜人。这是春节独有的符号，它来自古老农耕历史的深处，传承至今，少有变化。这是一种悠远的吉庆，一点隐隐的希冀：五谷丰登、财源广进、耕读传家、梅雪报春、平安即福……

那红纸黑字或红纸金字跳跃的是居家心声，是一种喜气和激动。它像喜鹊登上红梅的枝头，报喜纳福，瑞气盈门。有些地方还把红色剪纸贴到窗户的小物什上，更给春节增添了浓郁的艺术色彩。

春节的钟声是时间流逝和生命成长的标记，是新一年希望的曙光。在春节里，我们触摸新的一年，我们把梦交给远方，在远方留下前进的足迹。我们一路追寻，一路欢歌，洒下一路汗水，燃起了生命的音符，充满了激情和挑战。

在这新春伊始的日子里，回忆往事、憧憬未来是一种回顾和思考，更是一种激励与奋发。它让我们学会不断地向前，学会珍惜生命中每一缕的时光。

在一年岁月逝去的同时，我们又增添了新的希望。生活的每一天都是新的。我们面对崭新的一天，需要的是自信与进取。“黄河走东溟，白日落西海。逝川与流光，飘忽不相待。”我们不常拥有春节，却时时拥有今天。新春是新的起点，让我们把握今天，共同祝福美好的明天。

（原载2011年2月12日《鲁南商报》）

盼望下雪

近一段时间，我特别盼望下雪，前些日子竟在晚上梦见临沂上空，大雪飞扬。

2月13日晚，我在陶然居大酒店参加公务接待活动。八点多走出店门，就被漫天飞舞的雪花吸引住了，我心中十分惊喜，兴奋异常。这场辛卯年的第一场雪虽然比以往来得更晚一些，但我梦想成真了。兴致所至，我索性步行回家。

我真的爱这悄然而至的雪，在我毫无准备的时候，它悄无声息地来了。

雪花，如雾如梦，飘飘洒洒，缠缠绵绵，婀娜多姿，巧笑倩兮，步履轻盈，没有以往那般猛烈，却有种淡淡的美。雪花摇曳在都市闪亮的霓虹灯下，变得五彩缤纷。纷纷扬扬的雪花为临沂这座城市增添了一份初春的情趣，也增添了一份感动。

雪花，多么美妙的物象啊。它是寒冷的标志，也是温暖的信使。轻柔的雪花飘落在脸上，痒酥酥的，滑到嘴边凉丝丝的。此时我呼吸着清新湿润的空气，真正感受到与大自然亲切接触的惬意与舒畅。

雪花，争先恐后地飘着，似朵朵梨花，似片片柳絮……纯洁，晶莹，像一个个洁白的小天使降临人间。我忘情地站在街头，虽然衣服被打湿了，也全然不顾，心里十分高兴。

一路走来，到处是像我一样欢乐的人们，大家都在驻足观望空中翩翩起舞、上下飞旋的雪花，每个人的脸上都洋溢着笑容，一起欢庆瑞雪的到来。几只小狗穿着喜庆的红色小“羽绒背心”，在大街上欢快地追跑着。一对走在回家路上的母子，小男孩竟挣开了妈妈的手，掀开后背上的棉衣，露出细嫩的皮肤，任雪花飘落在身上，引起一片笑声。在火车站前的广场上，一对青年男女在嬉笑中拿起相机捕捉初雪的风姿。下雪了，真的像过节一样喜庆，远处不时传来鞭炮声和人们的欢笑声。临沂城的夜空因这场雪变得更加的美丽。说句心里话，大家已经期盼下雪太久了。从去年秋天至今，临沂已经有四五个月没有雨雪天气了，遭遇 60 年不遇的干旱天气，人们的生产生活受到了极大的影响。我偶感风寒，一直未愈，皮肤变得干燥，浑身不舒服，呼吸也感到不顺畅。这段时间我每天都关注天气预报，盼望早日下雪。

有时我纳闷，老天不公允，其他地方都在下雪，为什么这里没有下雪呢？春节前，在去北京、济南出差时，我每天都会打电话给妻子云霞询问临沂是否下雪了。妻子笑称我想下雪想得快着迷了。如今这场雪总算来了，尽管迟了一些，雪量小了一些，但还是给了我深深的感动和极大的乐趣。

第二天早晨醒来，我忙不迭地打开窗户，做了一个深呼吸，感觉好极了。地面上已积起了一层薄薄的雪，窗外千树万树梨花开，好一派北国风光。远处的沂河像一条银色的巨龙在天际翱翔。窗前的桂树银装素裹，披着圣洁至极的美丽外衣，真不知是桂花如雪，还是雪如桂花。大地湿润了，空气清新了，顶着白帽子的冬青与松柏的叶子更加翠绿了。我想这种外表所渲染出的是另一种内在的空灵、湿润境界。古往今来，为雪作唱者，成千上万，如“终南阴岭秀，积雪浮云端”“窗含西岭千秋雪，门泊东吴万里船”“梅须逊雪三分白，雪却输梅一段香”云云，好是好，但将雪的意境，写得精妙绝伦者，可谓不多。正因如此，我不敢写意境，只想吐一点心灵的感觉。

带着观雪的好心情行驶在上班的路上，滨河大道上的车辆很多，路面上的雪被碾轧结了冰，车速很慢，但每辆车在相会时的态度都十分谦和礼让，甚至没有了平时常听到的鸣笛声，看来这场雪让所有人的心情都好了起来。

车行至沂蒙广场旁，透过车窗，我看到广场上，一片白茫茫的。在灿烂的阳光和白皑皑的白雪辉映下，参军参战、拥军支前的雕塑显得更加雄伟壮观。沂河边一尊尊千姿百态的园林石被积雪冷瑟地包裹着，一棵棵冬青树在霜欺雪压下，显得更加好看。许多大人领着孩子在雪地上玩耍嬉戏，还有人砸开冰钓鱼，尽情享受下雪带来的快乐。我不禁想起了崔健的那首著名的歌曲《快让我在雪地上撒点野》。

在清晨阳光的照耀下，路上的冰雪渐渐地开始融化。由于来往行人的踩踏和过往车辆的碾轧，马路中间裸露出了弯弯曲曲的路面，好像一条水蛇在蜿蜒地游动。马路两侧镶嵌着两条洁白的花边，花边上面不时会出现一两个没有规则的小窟窿，那是从路旁绿化树上融化滴落下来的雪水的杰作。树的枝丫上开着一朵朵雪白蓬松的花儿，有的无可奈何地从树枝上“沙”的一声滑落下来，有的还依依不舍、摇摇欲坠地挣扎在枝丫上。

俗话说：“瑞雪兆丰年。”近期为抗旱忙碌的好友——临沂市水利局局长申作信打来电话讲，这场雪是临沂今年来真正意义的降雪，可惜，降雪量还是太小了，对旱情只能是有所缓解，抗旱的任务依然很艰巨。我不禁双手合十仰天祈求，上苍啊，为了我的千万父老乡亲，再下一场大雪吧！

快到办公楼了，我意犹未尽地下车走在雪地上。松柏林旁的小径上的雪还没有被人踩过，在阳光的照耀下泛着银色的光，是那样的晶莹剔透。踩在雪地上，仿佛年轻了许多，仿佛又回到了原始的心地，像雪那样洁白，像冰凌那样透明，脚下那嘎吱嘎吱的声音，听起来很美妙。

走出一段距离后，回头望去，脚印清晰可见。深深脚印，脚印深深。正道直行，脚印在雪地上，也在人生的道路上，人生的道路又被浓缩在了串串脚印里。我想，从这些脚印中，能看到别样的风景，能找到最美的人生。

（原载2011年2月19日《沂蒙晚报》）

保洁员小王

近日，我认识了一个新朋友，是临沂城沂河岸边一个居民小区的保洁员，大家都叫他小王。严格来说，我们还算不上朋友，到现在我也不知道他叫什么名字。我们刚刚认识，他却要离开这里了。

我第一次知道小王，是半个月之前的一个周末的下午。那时，正在下雪，也许是辛卯年春天的最后一场雪。我正站在自家窗前看漫天飞舞的雪花，如嫦娥舒袖，天女散花，湿漉漉的，轻飘飘的，携珠带玉，为我居住的这座城市披上了美丽的外衣。

突然手机响了，是临沂开元地产的老朋友李忠山打来的，他给我讲了小王的事情。昨天傍晚，雪花飘飘，他所在小区的11号楼一楼的一户人家的侄女来看望亲戚，用蛇皮袋装了一些蔬菜，许是怕脏，在进门前把菜拿出来，将蛇皮袋子放在了门口。保洁员小王正好路过，看到蛇皮袋子，以为是被人扔的垃圾，但无意翻看时，发现里面有一女式坤包，包里有2800多元的现金、4张银行卡和2张存折。小王觉得失主一定很着急，就让幼小的儿子抱着包，他牵着儿子的手，冒雪站在门口等失主回来寻找。

一个多小时过去了，夜幕降临，小区内已华灯初上，但失主还没有来。小王父子顾不上吃晚饭仍在寒风中耐心地等待，盼望中，突然看见一位30多岁的女士急急忙忙走来。当一眼看见小王儿子怀抱着的包时，她惊喜万分。当说明情况从小王手中接过带着体温的坤包，看到冻得瑟瑟发抖的小王父子时，这位女士不禁感动得热泪盈眶。她动情地对小王父子和在场的居民说，她姓王，钱包里的东西是她的全部家当，是想去银行取钱买房子用的，不想一时大意忘在了那个蛇皮袋里，本来以为找不回来了，没想到碰到了好心人。说着，她拿出几百元钱要答谢小王，让他给孩子买点东西。小王执意推辞了。他的儿子在一旁不解地问："爸爸，你是收废品的，钱是我们捡的，咱怎么不能要？"小王认真地说："孩子，要记住，捡到东西要还给人家。这钱我们不能要，不是自己的钱花起来也不踏实啊。"儿子懂事地点了点头。

听完这个故事，我放下电话，看窗外雪花仍在飞舞，雪景更加壮观，小王的义举仿佛又为我们的城市增添了一道靓丽的风景。我心中顿生几许感慨，这就是我们的大义临沂人啊！

听到人们对小王交口称赞，我决定去认识一下这个身边的好人。可他早出晚归，工作比较忙，我去找了几次都没能见到。在几天前的一个晚上，我在两位热情女邻居的引领下，终于见到了小王。和我想象中的不太一样，其实小王不小，已40岁出头了。他细高的身材，着装整洁，面容一看就是个忠厚朴实之人。居室内摆设简单，有限的空间里堆放了不少杂物，唯一高档的电器是一台彩电，在地铺旁的台灯边，整齐地放着两摞书。我说明来意，想让他说说经常做好事的情况。小王忙不迭地摆手说："采访就不用了，我也没做什么，即使做了一点好事，也是作为一个沂蒙人应该做的。"

接着，小王又诚恳地对我说："我就转行不干这个了，这几年我一直忙里抽闲坚持学习，现已获得本科学历，要回村承包土地，搞科技农业了。"看到满怀自信，对生活充满憧憬的小王，我从心底为他高兴，同时又为我们小区走了这么一个热心人而感到遗憾。在道别时，我还有点依依不舍的感觉。

走出小王的居室，皓月当空，春风拂面，在摇曳的灯光下，我看到小区里一群身着运动装的女士在认真地舞剑，老人牵着孩子的手在悠闲地散步，又见柳条依依，像姑娘美丽的长发随风飘扬。生活真是十分美好。

（原载2011年3月30日《齐鲁晚报》）

开普敦写意

2006年9月底，在我们考察团一行到达约翰内斯堡的第二天，南非齐鲁商会会长孙先生就热情地介绍说，开普敦是南非好玩的地方，应该早点去那里看看。

当走出开普敦机场时，我发现这个位于非洲最南部的城市实在是太受上天眷顾了，毫不费力地造就了令世人惊叹的风景，如南非前总统曼德拉的放逐地——罗本岛、享有“上帝餐桌”之名的桌山和蜚声海内外的好望角。

在从机场到酒店的路上，我注意到，开普敦虽处非洲南部，却鲜有非洲土地的蛮荒景象，这里有着一派诗情画意的现代风情。开普敦依山傍海，是典型的地中海气候，温暖湿润。宽大的橡木遮阴蔽日。马路宽阔，旧时代的殖民建筑和欧式小楼遍布两边，还有远处蔚蓝的港湾和漫山遍野的葡萄园，美得仿佛让人感觉置身于某个欧洲国家。当然，这与开普敦那段不寻常的殖民历史有关，所以整个城市既充满了古典雅致的欧洲风韵，又不乏激情夸张的非洲元素。

我们徜徉在开普敦市区，目光所及，耸立着很多古老建筑，譬如古老的开普敦城堡、大教堂、国会大厦和国家历史博物馆等，它们汇聚在一起，不动声色地述说着开普敦曾经的历史变迁。为保护这些古迹，开普敦政府专门辟建了一条行人街——圣·乔治街。这条商业街在当地颇有名气。全长400多米的街道两边都是古色古香的欧式洋楼和工艺精品店，里面一些精妙绝伦的本土雕刻让我们爱不释手。

开普敦人热爱飙车，我想这可能是非洲激情与张力的最直观呈现。除此之外，开普敦人生活中必不可少的就是音乐。在开普敦最繁华的商业区，在各个大小不同的广场上每天都像是在举办音乐会，既能看到草根的乐队组合，又能听到摇滚明星的“嘶声怒吼”，在街边绿荫下兴许还会有某个杂耍艺人扣人心弦的技艺表演，南非特有的激情在这里表现得淋漓尽致。

导游是位五十七八岁的华人，姓林，个头不高，穿着比较随意，讲一口带有浓厚福建闽南语口音的普通话，对开普敦的情况非常熟悉，显得十分热情，话也比较多，不断地向我询问国内各方面的情况。

我向林先生问道，对开普敦的情况这么熟悉，在这里待了不少年了吧？他说：“在开普敦十多年，退休了，在家闲来无事，平时兼做导游，赚点零花钱，以补贴家用。”

在闲聊中，林先生告诉我，他当过兵。说起当兵，我像是在异国遇见了久别重逢的老战友，立马来了热情。我告诉他，我也当过兵。林先生讲他当了近30年的兵，我说我才当了15个年头。我就讲，你是老兵，我是新兵。说着我俩就论起资历来，林先生讲他1976年当连职军官，1983年当营职军官；我说我1978年当连职干部，也是1983年当营职干部。林先生说，你当兵比我晚，在军队晋升的比我快。我自作聪明推测说，你老家是福建，你大概是在福州军区东南沿海一线当兵吧？林先生讲，他是在东南沿海一线。我讲，你那个地方好啊，我是在兰州军区大西北黄土高原当兵。当我问林先生在哪个部队时，他慢条斯理地说是在台北当兵的。听这话我不禁一愣，瞪大了充满惊异的眼睛，心想，有意思，原来林先生是在国民党的军队，而我是中国人民解放军。我俩相视一笑。

林先生告诉我，他原来在南非工作，退休后，就在这里定居了。这期间，他曾两次回大陆，目睹了国内的巨大变化，十分渴望祖国统一，能够经常回去看看。

随后的时间里，林先生一路奔忙，服务到位，得知我是山东沂蒙人时，他说："当年孟良崮那一仗，国民党的军队输惨了，装备那么精良，一个整编师三万多人一下子就没了。"我说，那是因为国民党不得人心。林先生接着说："你说的也是。"

上帝或许对开普敦情有独钟，他在城市背靠的陡峭山头上生生削去一刀，创造出一个无可比拟的"山顶餐桌"。开普敦的地标"桌山"便由此而来。从山顶上看，整个城市就像是铺在桌山下的一块环状地毯，无论你置身哪个角落，都能看到它。开普敦人早就把这块自然之馈视为"福地"，几经改造，桌山已成为游览开普敦的必去景点。我们登上桌山，在装饰精美的餐厅里一边品尝地道的非洲美食，一边遥望大西洋的壮观美景，感叹道，这是何等的人间享受啊！

离开开普敦，在告别时，我和林先生互留了联系方式。林先生握着我的手说："如果有机会回大陆去山东，去你们沂蒙，你能带我去孟良崮看看吗？"我用力地握了握他的手，肯定地说："行，一定！"

（原载2011年第9期《东方青年》）

“文革”那年过中秋

中秋的早餐，女儿随意拆开包装精美的铁皮月饼盒，取出一个月饼，咬了一口，自言不好吃，放在一边，又选了一个，咬了一口，又云，没有味道，又放下，索性不吃了。

我有些不快地对女儿讲：“这可是济南的朋友专门托人捎来的特制高档月饼，怎么会不好吃呢？”

女儿嗔怪地讲：“还特制高档啊，都是些豆沙、枣泥的，连个五仁的也没有。”

沿滨河大道上班的路上，女儿的话又在耳畔响起。望着车窗外静静流淌的沂河水，我不禁想起了小时候过中秋吃月饼的往事。

1967年是“文革”的第二年，所谓的无产阶级“文化大革命”正在全国如火如荼地开展，革命造反派、红卫兵响应上级号召，要揪出党内大大小小的走资派，横扫一切牛鬼蛇神。那时被打成“右派”的爸爸正在临沂城北20多里路一个叫北店子村的完小教书，出身小土地出租者的妈妈也受牵连在相邻不远的另一个村庄当老师。

当时，在以阶级斗争为纲、极左路线的影响下，爸爸是无产阶级专政打击改造的对象，时常被造反派和红卫兵揪去批斗，我们家在学校和村里的处境比较艰难，每天都提心吊胆的。那年，我11岁，小学毕业不久，因初中停止招生，在学校复课闹革命，因是“右派”子女，常常受到同学们的歧视。那个时期，爸妈工资低，家里兄弟姐妹五个，最小的弟弟才3岁，还要接济在城里的爷爷奶奶，生活条件可想而知。

中秋节快到了，我们都盼着过节吃月饼。临沂农村有回礼的习俗，就是别人送你两包月饼，一般你要换个样再回两包给人家。月饼转来转去，有时说不定你们家送出的月饼碰巧转了一圈还能转回来。

可我眼睁睁地看着亲朋好友给我们家送的月饼都让爸爸妈妈转送给别人了。家里只有两包月饼了，这时爸爸又让我把月饼送给村里姓袁的大队书记家。我着急地说：“家里的月饼都送人了，那我们过节吃什么啊！”爸爸无奈地说：“家里出身不好，书记对咱还挺照顾，得谢谢人家啊。”妈妈苦笑着说：“咱再去买，一定让我儿吃上月饼。”听着妈妈的话，我得了许多安慰，并盼望着家里早点去买。

直到中秋节的上午，妈妈交给我一块钱，安排我去买月饼，并交代只能买一包，剩下的钱再去买斤肉好过节。我说：“妈，不能买两包吗？”妈说：“儿啊，家里实在是没有多少钱了，咱就买一包吧。”妈妈接着又说：“家里仅有的两块钱，还得赶紧进城送给你爷爷奶奶过节啊。”我点了点头，似乎也明白了许多。

我一溜小跑去了在大队部院内的村代销店，村会计兼代销员叫袁春来，是个30岁出头的高小毕业生，当时在村里算是有文化的人了，我平时喊他袁叔。他告诉我月饼4角8分钱一包。袁叔问我怎么只买一包月饼，我说剩下的钱还要去买肉过节。他自言自语道：“这个年月，家里吃国库粮公家饭的也不宽裕啊。”我好奇地问袁叔月饼是什么馅的，他说是青红丝冰糖馅，很好吃的。他说着用一把竹镊子从食品箱里取出八个月饼，放到铺在柜子上事先放好的两层深灰色包装纸上，包好后又压了一张带有毛主席语录的粉红色方纸，然后用纸绳捆扎好后交给我。

中秋节的晚上，当圆圆的月亮挂在天空时，爸爸才拖着疲惫的身体从公社集中劳动完赶回来。我们全家围坐在一起开始吃饭。我的目光一直盯在那包月饼上，急切地等待爸爸分月饼吃。终于，妈妈把八个月饼放在一个瓷盘里端上来了。爸爸叫着我的乳名说：“你和姐姐每人一个，妹妹和二弟每人一个半，小弟弟两个，剩下的一个我和你妈一人一半。”

这时不满10岁的妹妹说：“我和弟弟每人一个，不要那半个，爸爸妈妈每天那么累，不能吃一半，要吃就吃一个整的圆月饼。”8岁的二弟弟这时也懂事地点了点头说：“我也不吃那半个了，给爸爸妈妈吃。”这时我注意到，爸爸妈妈脸上露出了少见的幸福笑容。

那晚，皓月当空，秋高气爽。我觉得十五的月亮特别圆，也特别亮。

往事并不如烟，苦难岁月温馨的回忆，我永远难忘。

（原载2011年9月12日《齐鲁晚报》）

创城风情

临沂全民创城，创城为民，市民素质大大提高。市民参与创城的积极性是其他城市不能比的。

临沂市接受全国创建文明城市测评已经过去十来天了，但创城迎查中那些看似平常的事情，至今仍让人津津乐道，难以忘怀。

9月23日上午，临沂市向国家文明城市测评组汇报会议结束后，参加会议的山东省文明办专职副主任王红勇、副主任宫松章对我说："走！临沂创建全国文明城市搞得好，我们到老城区整体观察一下街上的活动情况。"我们一行驱车自北城新区出发，沿沂蒙路至金雀山路西行，转蒙山大道至解放路，东到滨河大道，闲看临沂街景，漫观创城风情。

雨后的临沂城，秋高气爽，风和日丽，鳞次栉比的高楼和郁郁葱葱的树木在秋日阳光下显得更加富有诗意。举目是满眼的秀色，抬头是满街青年志愿者迷人的红马甲。

一路行驶，天蓝、地绿、水清、街净、楼美、路畅、地洁。从街上流动的人群中，我注意到忙忙碌碌的人们的脸上写满了自信与自豪，仿佛在收获着希望和幸福，不禁心生感动。

大家在车上闲聊，听同事谈起测评期间的一件事。临沂市一辆车牌号为鲁QT0855的出租车，在沂蒙路载了一男一女两名乘客。乘客是外地口音，驾驶员听他们说要到蓝海酒店，就把他们送到了通达路老汽车站附近的蓝海大酒店。到了酒店，男乘客却连呼错了，驾驶员才明白他们是要去北城新区的澜泊湾酒店，驾驶员连忙道歉，立即调转车头沿蒙山大道至滨河路把客人送至目的地。

车至酒店，出租车驾驶员再次诚恳地向两位乘客表达了歉意，并退回因多跑路而产生的10元车费。谁知这两名乘客是国家测评组暗访的工作人员，他们为出租车驾驶员的文明诚信行为感动，连连称道："临沂在去年全国城市公共文明指数测评中是第一名，实至名归，出租车司机也是一流的。"

另一位同事说，他们小区有一位退休老干部，出去旅游的车票都买好了，得知创城检查的事情后，推迟了行程，退了车票，叫儿子、女儿把孙子、外孙都送到他家照看，让他们放心去做好创城的志愿者。

说话间车行驶到通达路与解放路东行的路口，在等交通灯的时候，街头右侧"大力弘扬沂蒙精神，创建全国文明城市"的广告牌在阳光的照耀下格外醒目。在斑马线上，一名年轻的男志愿者搀扶着一位年迈的老人走过马路，另一名女青年志愿者在帮助过马路的老人提行李。

这时，我们发现了有趣的一幕。一名高个小伙子在街上边走边抽烟，前后竟有三名身着红马甲的青年志愿者眼睛紧盯着他手中的香烟，随时准备去拣他扔掉的烟头。小伙子发现后很不好意思，连忙把烟掐灭并放进了自己的口袋。同时我们还注意到，另一位中年烟民把烟掐灭后步行了20多米，把烟头扔进了垃圾桶。

一阵秋风吹过，不远处，一片树叶慢悠悠地从树上掉落下来，还未等落地，已经有好几双手争相去捡。那红马甲像跳跃的火焰，照耀了人们的视野，暖到了人的心底。

在新华路与解放路交会处，一名头戴红帽、身着红马甲的年轻姑娘正在认真地打扫卫生。我们乘坐的车从她身边驶过时，我打开车窗向她挥手致敬。她正好起身看到了我们，她充满青春活力的脸庞上沁出了汗水，姑娘莞尔一笑，那笑容像幸福的花儿般灿烂，永远定格在我的心里。

王红勇感慨道："临沂全民创城，创城为民，市民素质真是大大提高啊！市民参与创城的积极性是其他城市不能比的。"宫松章接着说："这是因为临沂市委市政府创建全国文明城市'让城市更美丽，让市民更幸福'的理念深入人心，为老百姓干了实事，才得到了群众的衷心拥护和支持。"

汽车行驶在滨河大道上，放眼望去，沂水绕城蓝作带，百里水域似瑶池。宽阔的沂河烟波浩渺，几只白鹭掠过水面，朝远处那排壮美的橡胶坝飞去。

这时车内《谁不说俺家乡好》那悠扬动听的旋律又在耳畔响起，我感到心情特别愉悦舒畅。是啊，文明提升着我们的品质，更丰富着这座城市的内涵。生活在这样的城市里，作为一名临沂人，我们有什么理由不感到幸福与自豪呢？

（原载2011年9月30日《临沂日报》）

亲历“飞天”

进京去北京参加第28届中国电视剧“飞天奖”颁奖活动已经过去一段时间了，但那流光溢彩的“飞天”盛况却不时浮现在我的脑海。

“飞天奖”是中国电视剧最高政府奖。崇高的“飞天”荣誉，那些伟大的艺术梦想，见证着中国改革开放、经济社会高速发展的壮美时代，见证着中国成为世界第一电视剧生产大国、播出大国的文化奇迹，更留存着每一位观众的美好的视觉记忆。

当得知由中共临沂市委宣传部报送的电视连续剧《沂蒙》荣获第28届中国电视剧“飞天奖”长篇电视剧一等奖时，我兴奋不已，感到自豪和骄傲。受市委领导委托，我有幸代表摄制单位赴京参加了8月25日的颁奖活动。

初秋的北京，雨后，空气清新，惠风和畅，到处繁花似锦，一派生机勃勃。

按照“飞天奖”组委会的安排，我和《沂蒙》的责任制片朱伟等人，住进了位于西长安街路南的中国职工之家宾馆。在登记时，负责接待的工作人员问我是哪个剧组的，当我回答是《沂蒙》剧组时，这位漂亮的女士竟“哇”了一声，热情地说：“《沂蒙》是‘飞天奖’一等奖啊，你们真了不起！”这引来周围一片羡慕和钦佩的目光。

作为当代受众面最广、影响力最大的中国第一大众艺术，电视剧不断刷新着公众的关注度，不断创造着社会的热门话题。因此，今年的第28届中国电视剧“飞天奖”评选情况格外令人瞩目。

25日晚，容纳数千人的国家体育馆灯火辉煌，装饰华丽。五光十色舞台上的大型彩屏“‘盛世飞天’颁奖典礼”的字样分外醒目。各获奖剧组、众电视明星悉数盛装出场，在礼仪小姐的引领下走过红地毯。

此届“飞天奖”，《沂蒙》荣获长篇电视剧一等奖第一名，导演管虎、编剧赵冬苓分别夺得优秀导演奖和优秀编剧奖，主演迟蓬、马少骅获得最佳女演员、男演员提名奖。在山东电视剧历史上，《沂蒙》成为“飞天奖”的最大赢家，令人刮目相看。

在全场热烈的气氛中，晚八点盛典正式开始。优秀长篇电视剧一等奖开奖嘉宾——身着戎装的著名影视演员宋春丽、李幼斌乘彩色电梯从舞台上方下到颁奖台，满面春风的宋春丽充满激情地面向观众致军礼，她对李幼斌说：“大斌子，您说，如此盛大的颁奖典礼为什么让我们两个军人首先开奖呢？”李幼斌庄重地说：“因为我们当兵的任何事情都是要冲锋在前的。”这时现场一片欢笑。当宋春丽点击大屏幕，第一个出现《沂蒙》的字样时，全场报以经久不息的掌声。

踏着欢快优美的乐曲，山东省广播电视局局长刘长允和《沂蒙》的总制片人代表剧组第一组上台领奖。刘长允局长站在领奖台上面带笑容，手捧金光闪闪的奖杯，不断向全场的观众挥手致意，引来一阵欢呼声。

在颁奖现场，中央电视台著名主持人李瑞英宣读专家对《沂蒙》的点评：“该剧以自然朴素的风格，书写感天动地的人间大爱，电视剧所表现的，只是平凡的人生和淳朴的情感，但这平凡和淳朴里面，却蕴藏着熔铸民族精神的强大生命力。”

编剧赵冬苓上台领奖时激动地说：“一直到现在，《沂蒙》依然是我最喜欢的作品。这部电视剧不是靠强烈的戏剧冲突去解构故事，而是靠人物、靠细节、靠质感，否则在制作播出过程中任何一个环节出现问题都很难达到现在的效果。《沂蒙》的美誉度非常高，观众几乎众口一词说被感动、被震撼。事实证明，有品质的电视剧，最终是会有观众喜欢的。”

身材细高、帅气十足的青年导演管虎上台领奖时深情地说：“我父亲是临沂人，我有着深厚的沂蒙情怀。感谢临沂市委市政府，感谢临沂人民的支持，使我拍出了这部片子。过去一直忐忑，让我欣慰的是现在总算对得起沂蒙人民对我的期望了。”

我坐在颁奖舞台正面的贵宾席上，当领奖人回到座席，奖杯传到我手中时，手捧熠熠生辉的奖杯，我觉得沉甸甸的，感到这座奖杯分量很重。坐在我左边的两位女士不时向我微笑，目光一直盯着我手中的奖杯。当得知我是《沂蒙》剧组人员时，她俩禁不住地连声说：“看过《沂蒙》，这部电视剧真实质朴，太感人了，拍得太好了。”她们又小心翼翼地问我，能让她们摸一摸奖杯吗？高兴之余我欣然应允，我们一起拿着奖杯合影留念。右边来自美国派拉维国际传媒的一位田姓女士也诚恳地向我借奖杯。坐在她身边的一位美国人，竟把奖杯抱在怀里不停亲吻。田女士亲切地对我说：“你们真了不起！”

晚十点半，盛典结束。山东省广播电视局宴请山东获奖的《沂蒙》《我们的八十年代》《钢铁年代》三个剧组。在欢乐的气氛中，刚刚荣获本届“飞天奖”优秀男演员奖的陈宝国高兴地对我说：“我非常喜欢《沂蒙》这部电视剧，但我从没有去过临沂，听说现在临沂建设得特别美，很希望以后能有机会去临沂拍戏。”坐在旁边的著名演员冯远征夫妇也兴奋地说：“要去临沂我们俩也一起去。”他们还热情地跟我合影留念。

在《沂蒙》中扮演二儿媳心甜的青年演员孟霞诚恳地对我说：“作为一名临沂人能在剧中扮演角色，感到非常荣幸。今后家乡再拍电视剧，我一定要参加。”

值得一提的是，《沂蒙》是“飞天奖”迄今为止唯一一部由地级市选送的荣获长篇电视剧一等奖第一名的作品。被誉为“革命史诗巨著”的《沂蒙》，以朴素自然的风格书写感天动地的人间大爱。该剧的成功得益于真实的历史氛围、真实的情节细节、真实的人物形象、真实的情感流露、真实的语言表达，用真实的力量打动了亿万观众。

《沂蒙》首播以来，几乎囊括省里所有奖项，并荣获央视最佳首播剧奖、最高收视率奖、中国电视金鹰奖优秀电视剧奖，如今又荣获电视剧国家最高奖“飞天奖”，这是影片质量使然，更是伟大沂蒙精神的具体体现。

飞天沂蒙，感动中国！

（原载2011年第10期《东方青年》）

苏南行

冬日的阳光照在车窗内，给人们带来丝丝暖意。车离开临沂一路南行。12月9日下午，我们一行18人按照临沂市委领导的要求，赴苏南的常州和无锡两市考察学习精神文明创建工作。

夕阳西下，车渐行渐远，车窗外的树木匆匆闪过，大家在车内谈笑风生，畅谈文明创建工作和家乡的新变化，好不热闹。正常情况下六点半左右可到达常州，但汽车中途发生故障维修了近一个小时才好，车过扬州润扬大桥时已是万家灯火，繁星闪烁。

天气寒冷，夜色苍茫，常州市委宣传部的同志一路不停地打电话询问前行的位置，给我们带来几多温馨。下了高速公路，常州文明办的史、孔两位处长早已在那里等候，到市区酒店时已是晚上八点多了。常州市政协副主席张晓霞，原是市委常委、宣传部部长，一直耐心地等候我们。常州市文明办主任张火炫热情地告诉我们，张主席今天放弃市直部门的重要活动，晚上刚六点就到宾馆来欢迎我们，来到后，非常认真地在我们每个人的席签前摆放上带有她亲手创作的《富贵吉祥》牡丹画新年贺卡，而且是首发。这让大家十分感动。

席间，当我说起这次来贵地考察是中央文明办推荐的时候，张火炫主任真诚地讲："你们临沂在这次全国文明城市创建中取得那么好的成绩，让我们很敬佩。"张晓霞主席动情地对临沂市政协杨荣三副主席说："山东是我的婆家，临沂是我向往的地方，今天接待全国文明城市创建地级市第一名的城市——临沂，再等两个小时也甘心。"我们听了，心里热乎乎的。

第二天早饭后，在主人的热情陪同下，我们一行参观了位于常州市区中心的"道德大讲堂"。沿途我们注意到，这里高楼鳞次栉比，街道宽敞整洁，绿化带碧绿青翠，车辆川流不息，大街中间的公共汽车专用线标志清晰，盲道设置标准极高，一片江南城市的繁华秀色。

迈进"道德大讲堂"，大家的心灵被这里庄严肃穆、氛围浓厚的环境所触动。讲堂正中挂有统一的大型背景版，"道德讲堂"的标识是一枚"中国印"的形式，以"龙""道德""祥云"为设计元素，版上标有雷锋和孔子的彩色画像，正中一行醒目大字："积善之家必有余庆，积恶之家必有余殃"，令人深思，耐人回味。整个背景标版厚重大气，充分展现了中华民族优良道德传统的思想精华。

享有"天下名士有部落，东南无与常匹俦"之誉的常州，和临沂一样，是一座有着2500多年历史的文化古城，和临沂同为第三批全国文明城市。近年来，以"身边人讲自己事，身边人讲身边事，身边事教身边人"为主要形式的"道德讲堂"，是常州加强公民道德建设和精神文明建设的创新品牌，也是我们这次学习的重点。"道德讲堂"立足时代导向性，以弘扬社会主义荣辱观，加强社会公德、职业道德、家庭美德、个人品德等"四德"教育为主线，突出"善、诚、孝、强"四个关键字，积极倡导助人为乐、见义勇为、诚实守信、敬业奉献、孝老爱亲等五种行为，在全市反响很好。

春潮浩荡山河美，和风拂面满眼新。“积小德为大德，积小善为大善”的社会风尚，在常州得到大力倡导，他们在“道德大讲堂”，以“五个一”（唱一首歌曲，看一部短片，诵一段经典，讲一个故事，做一番点评）为基本流程，推行“六个我”（我听、我看、我讲、我议、我选、我行）的讲堂形式，做大公共讲堂，做优精品讲堂，做强示范讲堂，做好基层讲堂；同时，运用现代化手段，建成了“空中道德讲堂”“QQ道德讲堂”“网络道德讲堂”“手机报道德讲堂”等平台，形成了“纵向到底、横向到边、虚实结合、立体推进”的讲堂格局。目前，在全市已经开办各类“道德讲堂”5000多所，得到了中共中央政治局委员、中央宣传部部长刘云山同志的充分肯定。常州“道德讲堂”这个小切点，撬起了公民建设大工程，带动了群众践行道德，提升了市民文明素质，优化了城市形象。

10日下午，我们一行离开常州赴无锡考察。无锡市是中国吴文化、民族工商业和乡镇企业的发祥地，具有崇文尚教的社会之风。他们从20世纪90年代踏上文明创建之路，曾四次蝉联创建全国文明城市工作先进城市，是今年第三批全国文明城市的提名城市。在无锡，我们受到热情的欢迎。无锡市委宣传部刘部长由衷地对临沂市文明办的刘艳芬主任说：“临沂能在全国文明城市创建中名列地级市第一名真了不起、不简单，我们要好好向你们学习。”

近年来，无锡将志愿服务活动作为提升城市文明程度和市民文明素质的重要载体，大力倡导志愿新风，形成了富有特色的志愿服务“1+4”模式。“1”即构建一个强有力的志愿服务领导体制，建立起“文明委统一领导、文明办牵头协调、志愿者总会自主运行、部门齐抓共管、社会共同参与”高效、集中、顺畅的志愿服务工作领导体制。“4”即组建一批志愿服务团队，设立一批志愿服务基地，打造一批志愿服务品牌项目，推出一批志愿服务激励举措。

这天是星期天，我们注意到在市图书馆、民俗博物院、商店超市、社区中心等参观之处，都有志愿者忙碌的身影。许多是在校大学生、机关干部、退休职工和小区居民，他们都在利用休息日自发主动来参加志愿服务。无锡市文明办副主任商明自豪地告诉我：“在无锡志愿服务已经成为一种深入人心的风气，一种社会时尚。”

站在无锡市志愿服务中心21层高楼上，透过窗子眺望美丽的太湖，环视富有诗意的城市，我想起了唐代大诗人白居易的著名词句：“江南好，风景旧曾谙。日出江花红胜火，春来江水绿如蓝。能不忆江南？”目前，无锡市注册志愿者就达32万人，占城区常住人口总数的10.28%。他们对志愿者进行分类和组队，已建成72支一级志愿者服务队，600余支二级志愿者服务队，3000余支基层志愿者服务队，构建起劳务奉献、智力服务、应急援助“三大类型”志愿者队伍，涌现出“志愿者爱心车队”、“市民巡访团”、“欢乐义工”、“布衣钦差”、“小巷总理”、“城市啄木鸟”、国际友人志愿服务团、网络志愿者服务队等在内的一大批特色专业志愿者团队。无锡市志愿者先后被中宣部、中央文明办、解放军总政治部和团中央命名为“全国学习雷锋、志愿服务先进集体”。2010年6月25日，全国志愿服务工作研讨会在无锡召开，会议总结和推广了志愿服务“无锡模式”。

11日下午，我们结束了对两市的考察学习。在返程途中，大家在路上谈体会，论收获，讲感受，一致认为这次苏南之行，虽然仅有两天多的时间，但不虚此行。常州和无锡分别通过“道德讲堂”、志愿服务等精神文明创建的小切口，做好了文明城市创建的大文章。他山之石，可以攻玉。两市成功的经验做法，很值得我们学习借鉴。

道德力量是城市发展、社会和谐、人民幸福的重要因素，临沂市刚刚成功创建了全国文明城市，实现了千万沂蒙人民的光荣与梦想，但今后我们的文明创建之路应该说依然任重而道远。

（原载2011年12月19日《沂蒙晚报》）

城市之荣光

2011年12月20日，这一天注定是让千万临沂人民永远记住的日子。

这一天上午，京城风和日丽，艳阳高照。令人瞩目的全国精神文明建设工作表彰大会在北京京西宾馆隆重举行。临沂市以地级市第一名的最佳成绩荣获“全国文明城市”称号，令人刮目相看。

临沂获此殊荣，无疑是华夏大地寒冬里绽放的一枝光彩夺目的奇葩。因为，全国文明城市是评价一个地方社会经济总体发展水平、社会整体文明程度最高层次的综合性荣誉称号，是目前国内城市综合类评比中的最高奖项，也是最具价值和影响力的城市品牌。我有幸随市委主要领导参加了这次让人感到永远难忘和无比自豪的表彰会议。

早上，在与会代表下榻的中国职工之家宾馆集合候车时，省委常委、宣传部部长孙守刚和省文明办专职副主任王红勇与我们亲切握手，孙部长热情地说：“你们临沂在这次全国第三批文明城市表彰中，荣获地级市第一名，不仅是你们的光荣，也为山东争了光，希望你们继续努力。”

此时，曾在临沂任过市委书记，现任山东省委常委、青岛市委书记的李群走过来，满面笑容地对我们说：“临沂文明创建工作搞得好，不简单，为你们高兴，向沂蒙人民表示祝贺。”

说话间，老家是临沂的宁夏回族自治区区委常委、宣传部部长杨春光也主动走过来，由衷地说："我在外地工作，现在大家一提起临沂都佩服得不得了，城市变化大，文明创建结硕果，祝贺老家临沂，也为做一个临沂人而光荣。"几位领导的话，说得我们心里热乎乎、美滋滋的。

开会前，在京西宾馆一楼大会议室，我们见到了中央文明办专职副主任王世明。王主任是全国文明创建工作的具体负责人，他热情地与我们打招呼，紧紧握住市委书记、市人大常委会主任张少军的手说："你们临沂当了全国文明城市创建工作的排头兵不容易啊，向你们表示祝贺！希望你们再创佳绩！"在亲切友好的气氛中，少军书记春风满面地点头回应。

当我们身着正装，胸带大红的出席证，满怀豪情地步入会场时，我感到无比的光荣与骄傲，心情特别愉悦，环视整个会场，布置得庄重大气。在席签的位置落座后，旁边一位河南省郑州市的代表得知我们是山东临沂的时，马上起立，向我们表示祝贺。他十分真诚地说："临沂是革命老区，能在全国取得这么好的成绩，真了不起，向你们学习！"

上午十点半，40多位中央文明委成员单位的主要负责人在主席台就座。表彰大会在中央政治局委员、书记处书记、中央宣传部部长、中央文明委副主任刘云山的主持下开始，中央政治局委员、国务委员、中央文明委副主任刘延东宣读了表彰决定，中央政治局常委、中央文明委主任李长春在热烈的掌声中代表党中央向获奖单位表示祝贺，并做了重要讲话。

伴随着欢乐悠扬的乐曲，张少军书记和其他获奖代表第一批走上领奖台，这时台下响起了热烈的掌声。今年6月曾到临沂视察过工作的李长春同志亲切地与张少军同志握手，对临沂表示祝贺。在主席台上，我们注意到少军书记面带微笑、神采奕奕地抱着沉甸甸的奖牌，显得自信和淡定。

我和市委常委、宣传部部长李建华与市文明办主任刘艳芬从少军书记手中接过奖牌，心潮澎湃，十分激动，感到这块奖牌的确是沉甸甸的。它的分量确实很重。因为它承载着千万沂蒙人民的光荣与梦想，它是全市人民团结一致、众志成城、艰苦奋斗的结果，它凝聚着所有参与创城人员的汗水与辛劳。我仔细观看这块奖牌，它熠熠生辉，长约70厘米，高约55厘米，在红木镶嵌的钛质银底上“全国文明城市”六个红色大字周边镀金，在灿烂辉煌灯光的照耀下格外醒目。

好事连连，双喜临门，也就是在这一天下午在北京召开的2009~2011年度国家卫生城镇命名表彰会上，副市长王晓嫚又将“国家卫生城市”的奖牌领回。至此，加上我市之前成功创建的“全国双拥模范城市”“中国优秀旅游城市”“国家园林城市”“国家环保模范城市”，八年间，临沂市委市政府带领着全市人民广泛扎实开展的“一创六建”活动如愿以偿，成果丰硕，画上了一个圆满的硕大句号。

伟大的事业需要伟大的精神，而伟大的精神能够创造伟大的奇迹。八年来，在市委市政府的坚强领导和沂蒙精神的强力支撑下，全市人民以“志在必得，创则成功”的坚定信心，科学创城，为民创城，秉承“让城市更美丽，让市民更幸福”的理念，不断创造奇迹。

临沂的确是座创造奇迹的城市。回首当初，提出创建“全国文明城市”的目标时，有些人认为那是仰望崇高，犹如悬崖峭壁的鲜花可望而不可即。市委领导都坚定地认为，只要努力，一切都有可能。我们临沂人做到了国内许多城市十年二十年都没有做到的事情，踏破坎坷成大道，一路坚定地前行。2005

年，我市获得“全省创建文明城市工作先进城市”称号，2008年获得“全国创建文明城市工作先进城市”称号，在2009年和2010年的全国城市公共文明指数测评中，分别获得地级市全国第七名和第一名的优异成绩。今年又在全国文明城市评比中以全国地级市第一名的成绩入选，这不能不说是个奇迹。

前不久，我去江苏省无锡市考察该市文明城市创建志愿者工作情况，了解到这个城市十多年来已经连续四次获得全国创建文明城市先进市，距全国文明城市也只有一步之遥，但最终未能如愿。就全国来讲，332个地级市（包括地区、自治州、盟）都在抓创建，而这次受表彰的加上已复查合格的前两批地级全国文明城市，全国也仅有22个。这的确是凤毛麟角，这块牌子的含金量太高。

临沂成功创建全国文明城市的消息传出后，全国各地、社会各界对我市好评如潮，高度赞扬。北京、天津、上海、广州等十几个城市的有关部门专门来电话表示祝贺，兰州、长沙和鄂尔多斯等市还专门发来贺电。市内广大群众无不兴高采烈，欢欣鼓舞，奔走相告。广大市民一致认为，市委市政府坚持创城为民，依靠人民，把创城的重点牢牢放在改善群众生产生活环境上，让老百姓真正感受到创城带来的实实在在的变化和好处。市委副书记、市长张务锋高兴地说：“我们创城首先是把老百姓放在心上，为老百姓办实事办好事，所以才最大限度地调动起了广大人民群众自觉主动参与创城的积极性。”

同心掬得满庭芳，文明花开满园春。广泛深入的群众性文明创建活动，使我们这座城市的文明程度和公民文明素质不断提高，社会变得更加温馨和谐。

当下，沂蒙大地，一名名道德模范，一位位时代英雄，他们倾心播撒奉献爱心，传承中华美德，弘扬沂蒙精神，树立起一面面引领社会风尚的旗帜，他们用大义和大爱诠释了社会主义核心价值体系的精髓。

行走在临沂城，我们随处可见志愿者忙碌的身影，公共汽车上礼貌让座，乘电梯、购物、买票、就餐等自觉排队，创建文明城市的润物无声，细节文明正在融入沂蒙人民的生活中。点滴细节之间，有一种力量在生长。这力量来自这座城市逐渐深刻的文明气质。文明之风深深镌刻在我们这座古老城市的精神里。

清澈的沂河、沭河等八条河流碧波荡漾，两岸高楼鳞次栉比，宽阔的城市道路整洁漂亮……登上临沂市广播电视塔放眼望去，一个现代化的文明、美丽临沂城呈现在眼前。

万紫千红总是春，风好正是扬帆时。不言而喻，荣获“全国文明城市”称号，既是荣誉，更是动力，又是新的起点。文明是城市的永恒追求，文明创建之路任重而道远。

（原载2011年12月23日《临沂日报》）

梁晓声写意

六月的临沂骄阳艳丽，八百里沂蒙风景如画。

6月11日，正当央视一套每晚黄金时段45集电视连续剧《知青》热播的时候，该剧的编剧、著名作家梁晓声先生为写一部反映临沂发展变化的电影剧本，经我的战友、著名导演、山东电影制片厂厂长王坪介绍，到临沂采风。

梁晓声先生是我国当代著名作家，第十届、十一届全国政协委员。他祖籍山东荣成，1949年出生于哈尔滨一个建筑工人家庭，现居北京，任北京语言大学教授。20多年来，他创作了《这是一片神奇的土地》《今夜有暴风雪》《雪城》《师恩难忘》《年轮》等有影响的作品，为我国文学事业做出了很大的贡献。

20世纪80年代初，我在部队工作时就读过梁先生的小说，看过由他的小说改编的电视剧《今夜有暴风雪》，从而对这位充满思考与反思的作家心怀崇敬。

11日下午，我终于见到了这位仰慕已久的大家。梁先生中等身材，身着深色中式便装，头发后梳，两鬓有些灰白，浓眉大眼，目光坚定深邃，那张饱经沧桑的脸上写满了庄重和严肃。

虽然舟车劳顿，梁先生仍兴趣盎然，谈兴颇高。走出临沂规划展馆，梁先生在沂河边站定，举目望去，宽阔的沂河烟波浩渺，几只白色的水鸟掠过水面，岸畔矗立的如森林般的楼宇，远处市声熙攘的闹市通衢，遥望远天的云卷云舒，他不禁由衷地赞叹道：临沂让我惊呆了！

参观完王羲之故居，他说，这是平生第一次来临沂，虽然早就听说这里发展得很快很好，但以为无非多了几栋高楼和马路变宽了，怎么也没想到临沂会是这么美，城市这样大，人民的精神面貌如此的好，与想象的完全不一样。他感慨地说："我走过很多城市，像临沂发展这么快的城市国内真是少见，具有现代化大都市的全新感觉。"

第二天上午，陪同梁先生一行到蒙阴、沂南采风。在孟良崮战役纪念馆，他认真听着讲解员讲解的一个个可歌可泣的动人事迹，在一幅幅历史照片前驻足，在一件件革命文物前凝视，在一座座烈士墓前沉思。他虔诚地在陈毅元帅和粟裕将军的雕像前致敬，感叹老区人民参军参战、拥军支前的英雄业绩，庄重地在留言簿上挥笔写下"向伟大的沂蒙人民致敬"十个苍劲有力的大字。

他热情地和市县的有关同志合影留念。当要上车时，年轻漂亮的讲解员小严疾步跑来气喘吁吁地握住梁老师的手，激动地说："我非常喜欢您的作品，也是读着您的作品长大的，《知青》我每集必看，我们家亲友中有好几位是知青，大家看了都十分感动和受教育，我想和您单独合张影。"梁先生欣然应允。

汽车行驶在蒙山深处，放眼看去，到处郁郁葱葱、一片生机，岱崮地貌奇观像大山的肩膀上长着一颗巨人头颅，煞是壮观。一阵轻柔的山风吹过，梁先生深吸了一口气，高兴地说："沂蒙山清水秀，我真的要考虑在这儿安家了。"

行驶中，谈起电视剧《知青》，我向梁先生请教创作体会，梁先生说：

“我们做的不是一个商业片，是在尽我的文艺责任、文艺自觉，在如今风花雪月、穿越宫斗盛行的电视荧屏上，试图用自己的方式守护一份历史、一份责任。”他接着又庄重地说：“现今的人们似乎对那个年代非常淡忘，一无所知，自从20世纪80年代晚期后，中国影视中很少有知青年代的痕迹，作为过来人，如果再不用文艺和影视的方式记录下来，就是我们这代人的失职。”

在沂南马牧池沂蒙红色影视基地，梁先生认真参观了这里的每一个展馆，感受红色文化的熏陶，他为沂蒙人民在革命战争年代对中国革命的胜利做出的巨大牺牲和无私奉献深深感动。他拉住英雄母亲王换于的孙女于爱珍的手动情地说：“你奶奶真伟大、真了不起，是我们山东人的骄傲，是中国女性的骄傲。”其后，他在留言簿留言“沂蒙精神永放光芒”。

就餐时谈起养生，梁先生有自己的一套独特见解，他说，“修身”是养生学意义上的问题。“养性”，是通过思想精神，滋润人的灵魂。他认为能不能做到“养性”是有前提的：必须有阅读习惯的人才能真正较快地做到这点；是那些关注生活的人，同时也关注他人命运的人；适合那种能够懂得限制自己各种或某种欲望的人。梁先生除写作、读书之外，还经常参加一些体脑交替、动静交替的活动，比如打球、游泳、听音乐、物品收藏、观赏花卉或艺术作品等雅好，这对他来说是一种精神调理。

在我看来，梁先生是一位创作实力极强的著名作家，他的创作题材之广泛，在中国当代文坛确属少见。他亦以独特的视角、独特的思维、独特的情感、独特的抒发方式和独特的评说风格独树一帜。然而他又是十分注重内在精神修养的，而优秀的作品和优秀的人才，往往都离不开心智健康的人来创作和培育。

在和梁先生的接触中，我注意到他平易近人、和蔼可亲，讲话语速较慢，交谈中不时讲出“亲爱的同志”这个关键词。梁先生对我说，20多年来他发表了1700多万字的作品，全部是手工作业，这令我非常吃惊和敬佩。

在采风途中，我注意到喜欢吸烟的他总是把吸过的烟蒂认真地装在随身携带的纸袋里，并认真地说：“我可不能给临沂这个全国文明城市抹黑啊。”多可爱的老师啊！

一路走来，梁先生浮想联翩，感慨万千。因要回京参加国务院聘他为中央编译局特邀研究员的活动，13日中午他意犹未尽地乘飞机离开了临沂。

临行前梁晓声先生认真地对临沂市委常委、宣传部部长林国华说：“我和临沂有个约定，7月底前写出一部通过人物刻画充分展示临沂沂河两岸美景和新农村建设，反映临沂改革开放以来发生巨大变化的电影剧本，争取国庆节前后开拍。用精美的电影画面让世人真正了解今天的大美临沂。”

林部长笑着说：“谢谢梁先生，我们期待着。”

（原载2012年6月15日《临沂日报》）

情暖沂蒙

红色的沂蒙
神圣的土地
沂蒙精神
民族的骨气
为国家
为民族
宁死不屈

沂蒙母亲
锥血伴汗滴
沂蒙红嫂
乳汁挽兄弟
沂蒙六姐妹
抢救伤员闯火线
生死不惜
……

壬辰龙年，6月30日上午，首都北京，华夏电影有限责任公司九楼会议室，中宣部原副部长翟泰丰同志向革命老区临沂赠送画作《沂蒙颂》仪式正在举行。

火热的盛夏，火热的情。会议室里，翟泰丰这位年近80岁的老人，正在诵读他为《沂蒙颂》所配的诗。翟老神采奕奕，精神矍铄，声音抑扬顿挫，激情时如大河奔流，抒情时如小溪潺潺，犹如天籁之音，又似号角奏鸣。老部长把对党的忠诚，对国家的热爱，对沂蒙人民的深情演绎得酣畅淋漓。让在座的每一个人如山顶观霞，胸怀渐开。人们愈发感到老部长的情怀所浸染的崇高、坚定、纯净，对于我们的精神世界是何等的重要。

岁月流逝，真情永远。翟老创作的巨幅国画《沂蒙颂》，全面形象地再现了红色沂蒙这片神圣的土地，山山水水的雄伟壮丽，大战迭起，胜利危艰，沂蒙人民母送儿，妻送郎，最后一子送战场，爱党爱军，豪情天纵，独轮车铁流滚滚，担架队浩浩荡荡，红嫂乳汁救伤员，六姐妹全力支前，火线桥芳骨如钢，军民团结一致，用血汗夺取胜利的感人情景一一再现于我们面前。当年战斗的沂蒙再次走进了我们的心里。

人们常说，诗是有声的画，画是无言的诗，翟老以诗为魂，以画为骨，诗画结合，把对沂蒙的赞美诗意渗透于画中，如魂魄之于体内，气血之于脏腑，实现了对美的追逐与跨越。

国画《沂蒙颂》构图，风格独特，特色鲜明，以红色阳光普照沂蒙山区为衬景，映红了雄伟的大山，壮丽的瀑布，深藏山间的白石屋村、烟庄村……一村又一村。翟老以梦幻的手法，描绘了在群山峻岭之巅，数百人在高歌《沂蒙山小调》，那歌声透过山峦，飞向当年激情燃烧的岁月，传唱于全国亿万人民之中……于是在画面的一座座山村的云雾中，闪现出诸多英雄历史人物和群众，共达699人。

这是一幅充分表现沂蒙军民共同战斗的威武雄壮、波澜壮阔的历史记忆的图景，感动心灵的经典画作，它点燃了人们内心深处的温暖的记忆和热情的向往。

翟老饱经沧桑的脸庞写满了一位老共产党人特有的坚韧与刚毅，他声音洪亮，思路清晰，精辟的话语不时闪现。

艰苦是难忘的回忆，奋斗是永恒的主题。谈起沂蒙，翟老深情地说："我没有去过临沂，但那里是我魂牵梦绕十分向往的地方，解放战争时期，我在华北野战军当兵。1947年5月，华东野战军在沂蒙山区孟良崮全歼国民党整编74师，击毙师长张灵甫，扭转了战局。当时这一消息给了我们极大的鼓舞，我们华北野战军在这种胜利的振奋下，在华北发起了青风店战役，接着又攻克了石家庄。可以说，没有孟良崮战役的胜利，解放战争就不会胜利得这么快。"

话锋一转，翟老又说，多年来，我一直都在关注沂蒙的发展变化，为了创作这幅画我收集了大量的资料，旨在"忆沂蒙艰难之岁月，望沂蒙血泪之昨天，看沂蒙兴旺之今朝，自是灼烧激情，难抑诗吟之情，难放作画之笔，十昼夜特作画沂蒙昨日之长卷，并配吟此长诗。情感确真切，作品却笨拙"。

在座谈会上，翟部长这位学养深厚、感情丰富的党的宣传文化工作的领导者，向在场的同志严肃庄重地说，为了纪念建党91周年，我做了两件事：一是挤出十天的时间用四尺宣纸把14000多字的《共产党宣言》用毛笔认认真真地抄写了48张，目的是告诫和教育人们要进一步坚定共产主义信念，永远跟党走；二是又用十天的时间，创作了画作《沂蒙颂》，旨在发扬革命传统，弘扬民族精神。

翟老接着又强调说，创作《沂蒙颂》，就是为了让大家牢记党的宗旨，千万不要忘记我们的江山是在党的领导下，军民浴血奋战的结果，是人民用独轮车推出来的。特别是在新历史时期，我们要大力弘扬无私奉献、艰苦奋斗的沂蒙精神。

说起国画《沂蒙颂》中用的大片红色，翟老深情地对我说："沂蒙是块血染的土地，沂蒙的革命史是用鲜血浸染出来的，是血染的风采。"

在赠送仪式上，中共临沂市委常委、宣传部部长林国华女士向翟泰丰老部长转交了临沂市档案馆收藏证书，并代表临沂市委市政府向他赠送王羲之的《兰亭集序》。同时，华影公司执行董事长谷国庆先生向临沂市赠送了电影《沂蒙六姐妹》拷贝。

此前，《沂蒙颂》画作曾在3月25日《光明日报》上发表。作品刊登后，在全国特别是在临沂市引起了较大的反响和社会各界的关注。

林国华部长在仪式上动情地说，听了翟老语重心长、情真意切的讲话，精神上受到洗礼，情操上受到陶冶，思想上得到升华。翟部长长期从事宣传文化和理论研究的领导工作，多年笔耕不辍，挥毫泼墨，创作了大量思想性、艺术性、观赏性俱佳的书画作品，令人敬佩。

林部长接着又说，这次，翟部长历时十昼夜精心创作的国画《沂蒙颂》，再现了沂蒙这片红色沃土的神圣与光荣，展示了沂蒙人民永远跟党走的信心和决心，充分表达了老领导对沂蒙老区的深厚感情。这部精品力作对于进一步弘扬沂蒙精神、传承光荣传统、构建和谐社会将起到积极的推动作用，是对临沂人民的极大鼓励和鞭策。我们将好好地珍藏这幅作品，充分发挥它教育人、引导人、鼓舞人的作用，为全面建设小康社会做出更大的贡献。

翟泰丰同志，是位从小参加革命，始终为党的事业而奋斗的老共产党员。他1933年5月出生于河北唐山，1949年2月加入中国共产党，1947年3月入伍，在晋察冀三纵队八旅二十二团当战士。中华人民共和国成立后，他长期在京担任国有大型企业的领导工作；1981年后任北京市总工会副主席，中宣部秘书长兼办公厅主任；1991年任中宣部副部长兼秘书长；1999年3月当选为中国作协副主席，党组书记；1992年10月在党的十四大上当选为中纪委委员。前几年，他刚卸任全国政协常委职务。

在赠送仪式上，林国华部长热情洋溢地介绍了临沂灿烂悠久的历史文化，感天动地的革命文化，丰富多彩的现代文化，特别是近年来发生的巨大变化，并代表市委书记张少军、市长张务锋，热情邀请翟老和在座的同志到临沂检查指导工作，观光旅游。

翟老欣然应允，并高兴地说："临沂我是一定要去的，我要亲眼看看沂蒙老区发生的新变化，在有生之年为宣传临沂尽把力。"

翟老的夫人韩寒女士也自豪地说："我的老家就在临沂的莒南县，很多年没有回故乡看了，真想啊！"望着眼前这位身在京城、情系沂蒙的老部长，一股暖流涌上心头，我的眼睛禁不住湿润起来。

走出会议室，老部长那充满激情、铿锵有力的声音又在我的耳畔回荡。

不能忘呵

不能忘

那是沂蒙人民血汗

创造的沂蒙神奇

不能忘呵

不能忘

那是党和人民

血肉相连的

历史足迹……

（原载2012年7月6日《临沂日报》）

在唐诗中休闲

俱怀逸兴壮思飞，欲上青天揽明月。

轻轻拂去岁月的尘埃，历久弥新的唐诗，随手之间便能从文字中拈出清新、浪漫、刚健的情怀来。唐代诗人抒发大漠烽烟的边塞豪情，体现鸡犬桑麻的田园情趣，李白傲视公卿，杜甫忧国忧民，一如盛唐气象，是一种风骨，荡人心怀，令人激动，牵人情思。

我喜欢唐诗，就像长途跋涉之后于风景秀丽中小憩一样，让我劳累顿消，心情愉悦。我想人人如果能以唐诗为伴，就会拥有一个丰富多彩的世界。

每当我闲暇时，特别是晚间，临睡前，读一段唐诗吟诵那些如山岳、似流水、像花朵一样的诗句。“天姥连天向天横，势拔五岳掩赤城”“当流赤足蹋涧石，水声激激风吹衣”“春风桃李花开日，秋雨梧桐叶落时”……有时我会吟得如痴如醉，神采飞扬，有时又会诵得泪花闪闪，夜不能寐。

当在人生的道路上感到无奈时，我就朗读唐诗，渴望以它的清纯洗净我身上的污垢，以它的深刻剥离我的浅薄；渴望它能给我一双轻盈的翅膀，让我在“明月松间”的幽静里，在“清泉石上”的晶莹里，在“独坐幽篁里”的淡泊中，在“弹琴复长啸”的豪放里飞翔……这一切是多么的激情澎湃而又平和自然，又是多么的清明灿烂而又缤纷美丽。沉静其间，我无须去屈就什么，无须去迎合什么。那种快乐，能让我回归于清醒，也践行于真实。

如果我们还能从历史的上空倾听古老大地的回声，那么唐诗里文人墨客所表达的对理想和人生的企盼，就像一曲回旋待复的乐曲，在绵绵不绝地抒写着一个民族心灵深处的感受；就像花香浸过的雨声，悄然地洒进我的心野，也洒进我的梦乡。这使我喜欢在雨天读诗，而那种“野渡无人舟自横”的宁静，那种“天街小雨润如酥”的温润，总让我沉浸在追怀人生旧事的境地里，远离浮躁的世事，而拥有一片清亮的天地。

在唐诗里休闲，更是一种修炼。诗中的哲理和智慧，激情和神韵，笑意和泪水，不仅蕴藏着笼罩天地的大美，也蕴藏着永恒不灭的力量。“无边落木萧萧下，不尽长江滚滚来”“长风破浪会有时，直挂云帆济沧海”“沉舟侧畔千帆过，病树前头万木春”“兴酣落笔摇五岳，诗成笑傲凌沧海”……咏之味之，就有了激情的迸发、智慧的集合、浪漫的畅想、力量的凝聚，就有了一种灵魂的光芒，让我多了一份自信和昂扬。

读唐诗，我常想如能带一把长剑，举一杯烈酒，怀一腔柔情，牵着爱人的手踏遍关山秋月那是何等的豪迈。唐诗里的男人，那是精神层面的一种优雅。一位外国著名哲学家曾说过，如果可以选择，他愿意生活在中国的唐朝，或许他羡慕唐诗折射出的侠骨柔情。

有时，我在揣测唐代诗人的神色，是捻须而立，还是仰天长啸？是怅然浅唱，还是黯然沉思？当想象着那倾心而歌的豪迈时，我的耳畔就有了滟滟的千里水波，绵绵的青山鸟语……而双目如诗心亦如画，也向往如诗如画的人生了。

那么如何读唐诗呢？一是读唐诗、宋词，我主张读专家精品选本，提升阅读价值。《全唐诗》有49000多首诗，学界又有了《全唐诗补编》，又收入了

6700多首，总数达56000首，所以最好读专家精品选本，如集中了唐诗精华的《唐诗三百首》，编成于清代乾隆二十九年（1764），至今已经两个半世纪了，依然是最为流行的一个唐诗选本，是最为家喻户晓的。

二是读唐诗、宋词要特别注意从文献学上大胆追问真伪。中国古人有造伪书的坏习惯，所以胡适之先生说要“大胆的怀疑”。清代的梁启超在他的《中国历史研究法》中提出几条判断伪书、判断虚伪文本的方法。其中一条是：假如我们看到一个文本，其出现的年代非常晚，而它所假托作者的年代又非常早。比如说一首李白的诗，唐代、宋代、元代文献都没提到过，到清代突然出现了，隔了很多年。梁启超说，这就很可疑。最典型的例子是，唐代的柳宗元曾经写过一篇《天对》，内容就是一个一个地回答了屈原在《天问》中问的147个问题。传说屈原南游沅湘，见到了楚国先王的宗庙及王室公卿的祠堂中的壁画，“呵壁而问之”，写下了《天问》，对宇宙的秩序、人间的是非进行追问。唐代的柳宗元在《天对》中对每一个问题都给了一个答案。假如以此断定这篇《天对》就是先秦的作品，把它编到《楚辞补编》中去，就会犯文献学的错误。所以，把《全唐诗》作为研究对象的话，一定要注意去看《全唐诗补编》《全唐诗重出误收思考》。

三是阅读古人，要理解、同情古人，不要苛求古人，心灵与古人靠拢。李商隐“无题诗”多是朦胧诗、爱情诗，由于受封建礼教束缚，对爱情是“欲语又止”，说不清楚，不可能像现在这样直白、“快餐化”。王维“大漠孤烟直，长河落日圆”，描述美丽雄浑的塞外风光。当时全国仅5100万人口，在甘肃凉州沙漠上的不可能是炊烟，一定是烽火，而且是一把平安火（两把火有敌，三把火兵临城下）。当时正好打了胜仗，王维被派去慰劳军队，诗中流露出的自豪感，凸显盛唐气息。被郭沫若誉为“双子星座”的李白和杜甫，地位、成就齐名，但差别很大。李白的诗浪漫，代表盛唐之音；杜甫经历了十年安史之乱，亲身感受到中原人民饱受的苦难，诗歌表现了对社会的冷静观察。说到风格，张旭这个人的生活年代，跨初唐和盛唐。他在初唐的时候，跟张若虚、包融、贺知章四个人齐名，被称为“吴中四士”；在盛唐，他同样跟贺知章、李白等八个人齐名，被称为“饮中八仙”，所以他这个人既被看作初唐人，又被看作盛唐人。对于他的作品，闻一多先生说它是典型的初唐风格；而吴功振先生说它是典型的盛唐风格。其实初唐与盛唐诗的风格差别没有那么大，没有那么明显，两者之间是你中有我、我中有你。

我无法说清这种情怀，我只能说唐诗让我变得宁静而又从容，也让我有了一种浪漫情怀和感奋。“前不见古人，后不见来者。念天地之悠悠，独怆然而涕下。”我可以在诗中哭泣，在诗中欢笑，在诗中散步，也可以在诗中沉思。我可以没有金钱和权力，但一定要有唐诗。我无法拒绝它的优雅和辉煌，我需要呼吸它的芬芳的气息，我需要它抚慰我的心灵……

苏轼说：“发愤识遍天下字，立志读尽人间书。”读唐诗，我恨不能“再活五百年”。相比之下，倒是诗圣杜甫的“男儿须读五本书”更实在，低调一些。我不得不感叹吾生有涯而学海无涯，不禁暗自下决心，在耳聪目明的时候，尽我所能地多读唐诗，让自己的灵魂在书香中诗意的栖居，想来这也是人生的至境！

读书是一种需求，是一种追求，读唐诗更是一种享受。我想只有以书为友，才能让自己的生活更加充实，才能让自己的人生更加辉煌！

（原载2012年9月1日《鲁南商报》）

沂蒙新红嫂

在山东临沂商城，“朱老大”的名字很响，但比这个品牌更靓的是朱老大的拥军情。

不熟悉的人还以为朱老大是一位很“牛”的男性，其实她是一位50多岁端庄秀丽、温柔大气的中年女性，真名叫朱呈镕，是山东朱老大食品有限公司的总经理。

因工作关系，我和朱呈镕十多年前就认识，后来熟悉了，便习惯地和大多数人一样亲切地称呼她朱老大。有一次，当我问她为什么把品牌确定为朱老大时，朱呈镕慢声细语地对我说：“干事业要干就干大的，争第一，当老大。”话语中透着坚定与自信。

20世纪90年代后期，在临沂市毛毯厂工作了20多年的朱呈镕下岗了。曾经是“销售大王”“市级先进女职工”的她陷入了困惑，但她知难而进，绝不低头，从蹬三轮车开始，到卖糖葫芦，白手起家创办公司，安置下岗职工，逐步把事业做大做强，同时坚持不懈地开展拥军活动，成为“全国下岗职工自主创业示范点”“山东省双拥工作社会化示范单位”，被评为“山东省爱国拥军模范”。

今年春，老将军迟浩田亲笔为她题词“弘扬沂蒙精神”。朱呈镕在人生的道路上，不断走向辉煌。

蒙山巍巍风含情，沂水长长情有源。

谈起拥军，朱呈镕两眼放光充满深情，她说，之所以义无反顾地坚持拥军，缘于深厚的军人情结。我是唱着《沂蒙颂》，听着身为老革命的爷爷讲述战争年代的故事长大的。对部队的向往，对军人的崇敬，使我从小就有了做一名军人的志向，但由于各种原因，愿望没能实现；长大后，我又一心想嫁给军人，但婚事由父母包办，这一愿望又没能实现。军人的情结未解，多年的夙愿未了。当我创业成功，有条件，有能力时，我就把成为一名军人、成为军人家属的愿望，化作了拥军的强大动力，把对军人的满腔热情投入到深入持久的拥军活动当中。

2003年春天“非典”疫情发生后，朱呈镕从电视上看到北京小汤山医院一名医护人员不幸感染牺牲时，身边还放着一个盒饭，里面连菜都没有，看到此情此景，朱呈镕难过极了，连夜打电话急切地对我说：“老弟，我要去小汤山送水饺给解放军吃。”我说：“你不怕感染吗？”她动情地说：“战争年代我们沂蒙老区人民拥军支前，连死都不怕，现在又需要支前了，咱能不去吗？”

第二天下午，我和市里有关领导去为她送行，看她已经备好了1万斤水饺以及同事们路上吃的煎饼、咸菜，车上挂着“向战斗在抗‘非典’一线的人民子弟兵致敬！来自沂蒙山的问候！”的标语，握手告别时一阵寒风吹过，我的眼睛湿润了。

经过一夜的奔波，第二天早上八点多，朱呈镕她们到达小汤山医院，受到一千多名医护人员的热烈欢迎。当时在场的一位将军动情地说：“见到你们就像看到了战争年代的沂蒙红嫂，这些水饺比当年的鸡汤还香、比乳汁还甜，吃了你们送来的水饺，我们一定能够战胜‘非典’。”

2008年春节前，部分地区闹雪灾。朱呈镕在新闻上看到子弟兵在停电停水的困境下英勇抗击雪灾的事迹后，非常感动。为了让子弟兵能过上一个温暖祥和的春节，让最可爱的人过节时能够吃上热气腾腾的水饺，2月4日，也就是农历腊月二十九，她带车连夜奔赴河南信阳，克服重重困难，长途跋涉600多公里，赶在年三十的下午五点钟，给战斗在抗雪灾一线的部队送去了5吨水饺和60箱汤圆，受到官兵们的热烈欢迎。许多士兵激动得热泪盈眶，亲切地喊她“兵妈妈”。当她们第二天返回临沂时，已是爆竹声声万家灯火，正月初一的晚上。

在吉林“鸭绿江畔好五连”慰问官兵时，朱呈镕了解到四川籍战士张晓峰是个孤儿。朱呈镕主动请求说，“从今天起，我就是你的妈妈，年底退伍了，就到妈妈那里，我给你安排工作，给你买房子成家”。话没说完，小张便一头扎进朱呈镕的怀里，一边哭一边叫着“妈妈”，在场的官兵都感动地流下了眼泪。

现在张晓峰已转为士官，他和朱呈镕一直保持密切联系，去年冬天，当他收到朱妈妈寄来的毛衣、毛裤和保暖内衣时，激动地发短信说：“有妈就有爱，有妈就有家，请朱妈妈放心，儿子一定在部队好好干，把全部精力献给国防事业。”

朱呈镕常怀着感恩之心、敬爱之情，把尚健在的红嫂当成自己的母亲一样孝敬。1997年以来，她坚持每年看望用乳汁救伤员的红嫂明德英及其子女，还经常将健在的“沂蒙六姐妹”接到自己的家里，给老人们买衣服、洗澡、剪指甲，为她们查体。前年，朱呈镕还专门请油画家为她们绘制了高1.5米的油画肖像，陈列在公司的展厅里，用红嫂精神教育员工。

2010年春节前夕，朱呈镕带领沂蒙拥军慰问团到河南“铁军”叶挺独立团慰问官兵，为部队送去了水饺、汤圆、鞋垫、书籍、字画等慰问品，并表演了精彩的文艺节目。全团2000多名官兵列队欢迎，锣鼓喧天，气氛热烈。“千里拥军真情永驻，沂蒙铁军心手相连”的条幅格外醒目。她为官兵们做了一场沂蒙红嫂精神事迹报告，许多官兵被爱党爱军、无私奉献的沂蒙精神深深地感动，当场流下了激动的泪水。第二天返程的时候，部队回赠了一块“拥军楷模，铁军后盾”的匾牌。朱呈镕深情地说，这隆重热烈的场面让我终生难忘。

去年，为纪念建党90周年，她组织“沂蒙六姐妹”伊淑英等九位新老红嫂，历时三个月，精心绣制了带有“永远跟党走”字样的90平方米的巨幅党旗，专程送到北京天安门国旗护卫队，并请转献给党中央。国旗护卫队一位队长感动地说：“红嫂精神将永远激励我们为祖国站好岗。”

这些年的春节，朱呈镕先后有八次是带着水饺和慰问品在军营里和战士们一起度过的。朱呈镕认真地对我说；“春节是阖家团圆的日子，战士们容易想家，我要尽到兵妈妈的责任，为他们煮水饺，拉拉家常，说说心里话。我虽然牺牲了除夕夜与家人团聚的机会，但能和战士们一起过年，看到他们高兴的样子，我的心比吃了蜜还甜。”

到目前，朱呈镕已在军营认了一千多个兵儿子。她还热心当红娘，为16名军人成功介绍了对象。这些军人们经常给她打电话、发短信，有想不开的事也主动和她说，有的还经常到临沂来看望她。她总是像母亲一样倾听他们的诉说，做他们的思想工作，让他们安心服役。看到他们成长进步，朱呈镕感到特别幸福，非常欣慰。

十多年来，朱呈镕拥军行程10万里，足迹踏遍大半个中国，为部队送水饺100多吨，鞋垫3万多双，做报告130多场，文艺演出60场，累计捐款捐物300多万元。

朱呈镕常说：“一人拥军红一点，人人拥军红一片，全社会拥军的氛围越浓厚，钢铁长城才越坚固。”在她的积极倡议与临沂市领导和市民政局等有关部门的大力支持下，2009年11月23日成立了临沂市山东省第一家拥军优属协会，她被选为协会常务副主席，是法定代表人。近年来，许多退伍军人慕名而来，找她安排工作。她组织成立了退伍军人创业联盟，除了在她的公司安置36名退伍军人外，还积极引导他们自谋职业、自主创业。现在这些人有的已经成为企业骨干，有的已经创业当上老板。

今年6月28日，人民大会堂金色大厅，全国创先争优表彰大会在这里隆重举行，朱呈镕被授予“全国优秀共产党员”荣誉称号，并受到胡锦涛总书记的亲切接见。接见时，胡总书记握着她的手高兴地说：“拥军模范拥军好，希望你一定要发扬老区精神，把拥军工作做好，争取更大的光荣。”

北京归来，朱呈镕认真地对我说，一年365天，天天都是拥军日。我很庆幸为自己找到了一份永不退休的职业，拥军永远不下岗，生命不息，拥军不止。我一定牢记胡总书记的教导，把拥军工作进一步做好，把沂蒙老区与子弟兵的深情厚谊永远传承下去！

八一建军节前夕，朱呈镕从遥远的西藏给我打来电话，说她正和市妇联的同志一道，刚从青海西宁武警部队到拉萨，准备去武警部队拥军。我说，老大，那里缺氧，保重身体。那边传来爽朗的话语：“做拥军工作我浑身是劲，全身的细胞都被激活了，没问题。”

听到这里，我的耳畔仿佛又响起了那首经久不衰的《沂蒙颂》，蒙山高，沂水长……

（原载2012年11月15日《解放军报》）

情怀依旧

芸芸众生，茫茫人海，战友是个十分亲切的称谓，也是一个极为特殊的群体，每当提起来，就会想起硝烟弥漫的战场，生死相依的情谊，就会想起火热的军旅生活、激情燃烧的岁月、共同经历过的甘苦。

我是1986年底结束15年的军人生活，由部队的一名营职干部转业回家乡临沂工作的。我离开部队多年，一直以来，对战友聚会有着一种渴望和激情，期盼重逢的愿望，随着时间的推移而愈加强烈。

2012年10月13日午夜，我和同乡战友当年师篮球队的马津怀着急切的心情推开了桂林市新瑞宾馆的大门，映入眼帘的宾馆大厅上方红底白字的标语“欢迎，因为您的参加，战友聚会而精彩”格外醒目，我顿时感到很温馨，真有了宾至如归的感觉。

步入大厅，惊喜的是，30多年不见的老领导，原我们师文化科科长谭明和，一团和三团的电影组组长翟松南、石宁生正眼巴巴地盯着宾馆的入口，那神态仿若在翘首盼望远方归来的亲人，在看到我们进入大厅后，他们的眼睛瞬间点亮了。我急步迎上去，紧紧地握着老科长的手，激动地说：“老首长，您好，我是当年二团的电影组组长啊！”老人深情地说：“高明，你来了，这么多年没见，我们很想你啊。”瞬间，一股暖流涌上心头，我的眼睛湿润了。

数日前，阔别多年的老战友石宁生从南京打来电话说，我们曾经战斗过的47集团军141师宣传队、电影队、篮球队的文化工作者们将在广西桂林举行战友聚会。听到这个消息，我十分兴奋。是啊，离开部队26年了，真想这些老首长和老战友，恍然间，我仿佛又听到了那嘹亮的军歌、激越的军号和铿锵有力的队列口号声，回到了当年军营那永生难忘的岁月。

13日，我早早地准备好了行李，踏上了南行的飞机。一路上，我心潮澎湃，思绪万千，浮想联翩，军营往事和战友们的音容笑貌如同电影般在脑海里精彩回放，那过去的时光一幕幕仿佛就发生在昨天。想到即将见到那些亲爱的首长和战友们，我既紧张又高兴。

然而好事多磨，从临沂机场经上海转机到桂林，行程一波三折，本来晚上八点多钟到达的飞机，多次晚点后，在桂林机场降落时已是皓月当空夜里十一点多了。到达目的地时，虽然没有脑海中无数次想象的数名老战友重逢的那激动人心的感人场景，然而，古稀之年的老科长和老战友的深情等候，却让我进一步明白，这就是永远的战友情。

第二天一早，我见到了来参加聚会的60多位老战友，他们当中，年龄最大的已经70岁，最小的也近50岁了。有些战友依稀能看见当年风华正茂的风采，一眼就能认出来，而有些战友的脸上写满了岁月的沧桑，一下子还不敢贸然相认，这不禁使我感慨万千。

为了这次聚会，战友们放下身边的事情，不畏路途艰辛，为了那份浓浓的战友情，从大江南北、五湖四海赶过来。

籍贯西安市的原师宣传队女独唱演员王晓明，为了参加这次战友聚会，从大洋彼岸的美国专程赶来，她握住我的手高兴地说："鸟儿飞回旧巢，是为了享受昔日的温馨，战友聚会是十分宝贵的精神财富，是件大好事，工作再忙，路程再远也要回国参加。”

1966年从湖南常德市入伍的黄开元，原是我们团的文化干事，1978年从部队转业回老家工作，今年已经68岁了，我们已经30年没见了。当年，部队驻在陕西渭北高原的澄城县，我们同在团政治处工作，接触较多。他对我这个年轻人政治上关心，生活上帮助，闲暇时还指导我写诗歌，提高我的文化素养，是我的良师益友。这么多年来，我十分想念他。

这次来桂林之前，他千方百计找到我的电话，问我去参加聚会吗？一见面，我就认出了他。老人兴奋地说：“高明，分别这么多年了，这次战友聚会，我就是为了见你而来的。”我们紧紧地拥抱在一起。他深情地继续说：“我们从五湖四海走到一起不容易，能够坚强地走到今天不容易，分别30多年相聚不容易，要珍惜啊！”老战友真诚的话语，令我十分感动，难以忘怀。

原师宣传队的潘鲁滨、韩康两位老大姐，年近60岁，头发都有些花白了，在家享受儿女的关照，以弄孙为乐，为了这次聚会，她们跑前跑后，安排食宿和选点，累得嗓子都哑了，但老战友相聚的快乐，冲淡了她们奔波的疲劳。家在桂林的韩康说：“组织战友聚会，虽然累一点，辛苦一点，但很开心，也是一种享受。”这充分体现了她们对战友的深情厚谊和无私的奉献精神。

战友相见格外亲切，像亲人久别时的重逢，有诉不完的战友情，说不尽的知心话，气氛轻松愉快。大家亲切友好，共话往昔，谈笑风生，慷慨激昂，热闹非凡。在集体乘车时，一路欢歌，一程笑语，即兴表演节目，用歌声笑语共同来回忆那军营中的青葱岁月，找寻着心目中那年轻时的身影。在众人热烈掌声的鼓动下，我也即兴表演了节目。

16日下午，天朗气清，落日的余晖照在了桂林市七星公园，这里风光秀丽，景色迷人。战友们利用公园里带有巨型国旗背景的小舞台，在原师宣传队队员现任潇湘电影制作导演张欣的指导下，临时排演了一组节目。其又分主造型和两组次造型。大家满怀激情地再现了20世纪70年代那段非常时期的文艺演出场景，引来笑声一片和周围游客驻足观望。

此情此景，让随行年轻漂亮的晚辈小柳激动不已，她感慨地说："前辈们的这种思想，品格和情怀真值得学习，让我感动。"

看着我的这些虽然青春不在，但童心未泯、情怀依旧的老战友们，我的思绪又回到了20多年前那令人难忘的军营生活。

忆往昔，峥嵘岁月，我的老部队，中国人民解放军陆军第47军141师是一支英勇善战、屡立奇功、有着光荣革命传统的英雄部队，曾涌现出伟大的国际主义战士罗盛教、"老秃山功臣营"、"天德山英雄连"等一大批英模人物和英雄团体。1978年夏，我由团电影组组长提拔为步兵第422团1营1连副政治指导员，所在的就是这个英雄的连队。这个连队曾在抗美援朝战争中荣立赫赫战功，被授予"全国爱国卫生模范连"光荣称号。毛泽东亲自为我连题词："动员起来、讲究卫生、减少疾病，为粉碎美军的细菌战而努力！"志愿军归国后，我们师参加过援越抗美，对越自卫反击战等；在社会主义建设和改革开放中，又做出了积极的贡献。我能在这支部队当兵感到光荣和骄傲。

1972年底，我从临沂半导体器件厂参军，来到祖国的大西北，来到这支英雄的部队，先在连队当战士，后到营部当报话员。第二年5月初，我又被调到团政治处宣传股任电影放映员。那时，我放电影，制幻灯，写标语，搞宣传，布置会场，放广播，为机关和连队服务。由于表现突出，1976年夏，我刚满20

周岁时就被提拔为干部。我放了五年多电影，是部队培养我入党、当干部、上军校，也是在部队这所大熔炉里我得到了锻炼和提高。浓郁的军旅情结是我心中的永远。

在这次聚会中，我得知，有不少战友经历非凡。在改革开放的大潮中，他们发扬军队的好传统，好作风，面对艰难坎坷，不折不挠，勇往直前，为事业，为人民，为国家，艰苦奋斗，竭诚奉献，谱写了可歌可泣的人生诗篇，为我们创造了宝贵的精神财富。

由此，我认为，人生之路，军旅最珍贵；五彩世界，军营最难忘；至爱亲朋，战友最真诚。

同时我想，战友聚会不是简单的见面，而是一种互赠互慰的礼遇，是现实与浪漫结合的享受，是过去与现在连接的举动，是饱含友情的旅行，是诗化与美化的愉悦。战友聚会，能够陶冶情操，提升精神境界。

红尘滚滚，痴痴情深，聚散总有时，难舍也得分。

17日离别之时，我们双手紧握，四目相对，此时无声胜有声，此处无情胜有情。我心中默默祝福：好战友，一生平安！

有诗曰：那时我们正年轻，满怀豪情铸军魂。依依惜别几十载，聚首还是当年兵。

（原载2012年11月23日《临沂日报》）

沂河，我的母亲河

有河流经过的城市是幸运的，她会给城市带来无限的魅力。

临沂因水而生，因滨临沂水而名之。水的流淌，犹如生命繁衍和律动；水的波光，映照着人间喜怒哀乐。沂河犹如母亲般哺养了临沂这座有着2500多年历史的古城。

沂河，又名沂水，是发源于山东省境内的第一大河。她从泰沂山脉的南部走来，曲折蜿蜒近六百公里，流经八百里沂蒙大地，穿过临沂城，生生不息，润泽万物，流向大海。她从荒凉缓缓流向繁华，从远古悠悠流到今天。

只争朝夕的沂河水，不断歌颂着大地的美景、田野的耕耘、城市的壮丽以及人类的繁荣，向着海洋奔流。河水的涛声使人难忘。那蓝蓝的天空下，碧绿的沂河水不分昼夜地喃喃自语，执拗而又颇为得意地拍打着两边的河岸。

河上的景色，河里的鱼儿，河边的杨柳，河面水鸟的悠然姿态，这让我儿时的记忆如堤上的柳条迎风飘曳。

我的童年是与这悠悠的沂河水紧密相连的。小时候，我家就住在靠近沂河的临沂城北面。那时，我常听奶奶说“开了江风口，水漫兰山走，淹了临郯苍，捎带南邳州”的歌谣。临沂城在历史上多有洪水泛滥的记载。在我的记忆里，下雨时父母总不让我出门，生怕我跑到沂河边玩耍，被湍急的河水冲走。

那时放了学，我常与小伙伴在长满野草的河滩上捉迷藏，在河边茂密的树林里用弹弓打麻雀，在清澈的河水中嬉戏玩耍。我不满10周岁时就在沂河学会了游泳。这些儿时的活动和快乐时光，给我的人生带来了积极的影响，使我在这些历练中变得自信坚强。

可是前些年，我们的母亲河没有得到应有的保护，人们只是无休止地汲取她，没完没了地奴役她，把大量的污染物排入河道，河水变得混浊，她的清澈渐渐离我们远去，有时还散发着腥臭，污染了城市的空气。每到夏季，很少有人在河水中游泳。沂河水在无尽地流淌中默默地痛苦呻吟。

面对滔滔沂河，我的心灵战栗不已，充满哀怨。多想再像儿时一样掬一捧清甜的沂河水喝个够，纵身跳入水中畅游，梦想尽快把我们临沂人赖以生存的母亲河治理好。

有人说，梦想变为现实，通过奋斗是能够实现的。这些年来，临沂人主动抢抓机遇，科学发展，提出了“以河为轴，两岸开发，建设滨河生态城”的城市建设总体思路。经过坚持不懈的努力，一碧万顷的沂河水面和两岸近百公里的新建滨河大道为临沂古城披上了一层耀眼的彩带。一座座长虹般的景观大桥，沂河两岸一处处各具特色的主题广场和数十个美轮美奂的生态观景园相继建成，形成了百里水域似瑶池、秀水绕城蓝作带的瑰丽景观。西岸老城区正向现代化、国际化的商贸城发展；东岸河东区被称为吸引国内外投资的江北新浦东；北岸新区，楼榭栉比，美轮美奂。

想必初次来临沂的人都会叹为观止，古老与现代、历史与未来、想象与现实在这里交会，有如一场盛大的时光幻化的魔术，给人一种全新的认识和感觉。

站在高处观河景，我看见宽阔的沂河烟波浩渺，一行白鹭掠过水面从我身边飞向城南的亚洲第一橡胶坝，北城新区十里沙滩浴场人头攒动，“中美滑水明星对抗赛”和“中国沂河放鱼节”的大型广告牌在秋日阳光的照耀下格外醒目。河岸，钓鱼的人们排成行。从沂河岸畔百里健身长廊锻炼的人们悠闲的身影和淡定的眼神中，我真切地感觉到，现在的临沂人，真是把幸福写在脸上，甚至已经融入血液之中。满城新颜入画来，河在城中流，城在岸边长，正如明代诗人任文献诗云：“马逐芳春草路芊，胜游应说到沂川。和风软泛桃花浪，暖气轻浮丽日天。”

夜幕下，我和北京来的朋友漫步在滨河大道上，任晚风轻轻拂面，河边垂柳依依，充满“长堤曲沼万垂丝”的诗情画意。举目望去，整个滨河两岸华灯齐放，一片辉煌。沂河犹如一条轻柔的红白色彩带，飘忽到了天尽头。我感受到水是那么亲切，河水倒映，岸边鳞次栉比，波光粼粼，两岸霓影五光十色，在波光中摇曳和变幻，一会儿似乎伸手可触，一会儿又遥不可及。沂河中间，以天为幕、以水为台的大型水上实景演出《蒙山沂水》流光溢彩，清音绕梁。沂河大桥南边那隐约可见的飘浮着的几只小船，或近或远，桨声灯声交织在一起，更是增添了无穷的诗意。

朋友看到这，忍不住感慨地说：“真没想到，临沂会是这样的漂亮，这样的美丽，快赶上上海的黄浦江了！”另一位朋友笑着说：“我看和韩国首尔汉江两岸差不多。”在这深秋的时节，我眼前的沂河水，她安静地流淌，不汹涌，不激越，却自有一种沉稳与厚重，已汇成浑然天成的独特气质。

《道》曰：上善若水，水利万物。水之灾兮，人之过矣；水之兴兮，民之福矣。河亡病兮，政之失矣；河之康兮，国之盛矣。蒙山巍巍，奏千秋谐音；碧水滔滔，颂沂河华章。

我想，奔腾不息的沂河水像母亲一样孕育了沂蒙人，在今天这样一个巨变无声的时代，这条大河，更加焕发出无限的生机。她像诗一样有韵有形！千万沂蒙儿女凌波而舞，踏着沂水之强音，以与生俱来的激越，一定会舞出现代幸福生活的精彩。

（原载2013年11月4日《齐鲁晚报》）

情满沂蒙

沂蒙金秋，硕果飘香，一派好风光。在这美好的季节里，我怀着无比激动和喜悦的心情，迎来了中国人民解放军步兵第141师422团演出队的老战友们来临沂聚会。

说句心里话，为了这次战友聚会，我作为主要组织者和策划者，是很用心的。因为这是大家第一次来临沂，也是第一次在临沂聚会。我认为这件事在我的人生当中是一件大事，同时也是我多年的夙愿。在临近聚会的那几天，我每天晚上睡不好觉，兴奋与担心交织在一起，生怕出差错，对不起远道而来的战友们。

10月15日，天朗气清，惠风和畅，沂州高第酒店电子屏上“热烈欢迎步兵第422团老战友相聚临沂”的红字格外醒目。来自广东、广西、湖南、湖北、陕西、上海、江苏、河南等八省区市的40多位战友风尘仆仆地不远千里从四面八方来到沂蒙聚会。淡化了激昂的鼓点，远去了悠扬的琴声，光阴荏苒，三十多个春秋，弹指一挥间。当战友们再次相逢，虽然韶华已去，青春不再，但情怀依旧，望着那一张张熟悉而又亲切的面孔，不禁让人心潮澎湃，感慨万千，仿佛又回到了那激情燃烧的岁月。

我的老部队步兵第141师422团是一支有着光荣传统的英雄部队，它诞生在抗日烽火中，前身是东北抗日联军。60多年来，这支部队在党的领导下南征北战，屡建战功，曾涌现出一大批先进集体和英雄模范，是伟大的国际主义战士罗盛教所在的部队。1972年底，不满17周岁的我从临沂地区半导体器件厂入伍，来到驻扎在祖国大西北渭北高原的英雄部队，入伍不久就从基层调到422团演出队搞创作，后又到团政治处电影组工作。与演出队的战友们同学习、同工作，朝夕相处，结下了深厚的友谊。

今天，战友们风尘仆仆，不辞辛苦，从祖国的四面八方相聚临沂，我想就是为了对那段岁月的怀念，对那份情感的追忆和向往，对那段历史的肯定与礼赞，对自己和战友的尊重与关爱，更体现了对生命的回望与感恩。

在沂南县马牧池乡沂蒙红嫂纪念馆，战友们望着一张张珍贵的历史照片和一件件见证历史的实物，听着一段段感人肺腑的故事，有的热泪盈眶，有的默然抽泣。原422团副团长满益华边流泪边动情地说："看了她们的事迹我哭了两次，有人说过，看了诸葛亮的《出师表》不哭者不忠，看了李密的《陈情表》不哭者不孝，我说看了沂蒙女性的事迹不感动者，不是真人。沂蒙儿女太伟大了，太崇高了，太了不起了。我们受到了一次最生动最深刻的教育和心灵的洗礼。"

参观完蒙阴孟良崮纪念馆，当年的团政治处副主任梁庭孟十分激动，他说："孟良崮是我十分向往的地方，当年那场伟大的战役的胜利让我进一步了解和认识了沂蒙革命根据地在革命战争年代的地位和沂蒙人民的伟大。"

在平邑蒙山旅游区，战友们在风景如画、层林尽染的美好环境中徜徉。大家在一起谈笑风生，共叙友情。面对此景，老战友黎茂庭兴奋地说："沂蒙和我们湘西的风景都各具特色，但沂蒙山的文化底蕴更深厚，景色更诱人一些。"

参观完临沂市的汉墓竹简博物馆、王羲之故居、书法广场和西部商城，战友们对临沂悠久的历史文化和现代商业文化叹为观止，特别是在看了北城新区建设和城市规划馆后，大家感到十分震撼，七嘴八舌，议论不休，赞不绝口。老战友沈志昂感慨地说：“过去谈起沂蒙老区，我总是和贫穷落后联系在一起，到了这里亲眼看见临沂，真让我有许多想不到，特别想不到的是临沂城建设得这么好，这么现代漂亮。这是一个来了不想走，走了还想来的城市。”

当年和我一起放电影的老战友邹根源，团职干部转业后在苏州市环保部门长期担任领导工作，他认真地说：“我也有许多没有想到，没想到临沂城建设得这么大气、洋气，没想到临沂人民的文明程度这么高，没想到临沂的空气质量比苏州好。”

这次临沂相聚也引起了社会关注。战友们下榻的沂州高第酒店提供了热情周到的服务，为了让外地的客人能够品尝当地风味，酒店不断地调整改善伙食，连续两天早餐还专门熬制了“热、辣、香、肥”俱佳的糁。爱国拥军模范、沂蒙新红嫂在外出差，从北京打来电话，专门安排战友们去她经营的生态园吃顿水饺，以表心意。

在去费县中华奇石城参观时，厚德堂文化商店的年轻貌美的女老板了解情况后，热情地邀请大家去店里做客，并为我们近50人每人准备了一大杯咖啡，还十分高兴地说：“来自全国各地的老兵老前辈不远千里能到店里喝杯咖啡，作为沂蒙人的新一代是她的荣幸，怎么能收费呢。”这让战友们十分感动。我在营部担任报话员时的班长郑步高望着远处千姿百态的成片奇石深有体会地说：“沂蒙民风淳朴，热情好客，这里山好水好人更好！”

忙忙碌碌的几天，虽然很辛苦，但我感到很快乐，很自豪，很有成就感，很享受这个过程。我想这个过程不会常有，十分难得。

在欢送晚会上，当年的演出队队长彭德金风采依旧，亲自做主持。战友群情振奋，自编自演了许多回忆军旅生活的节目，共同唱起了《沂蒙山小调》。老战友郑学添有备而来，现场为大家诵读了他撰写的叙事诗——《致敬临沂》，博得阵阵掌声。

晚会上，当年的团政治处文化干事黄开元眼含热泪地讲："亲爱的战友，今生我们有幸在一起相聚，是我们前世修来的福分；今生我们有幸在临沂相聚，是我们前世的约定。在临沂，我们参观了秀丽多姿的自然风光，缅怀了悲壮豪迈的革命历史，领略了深远丰厚的文化底蕴，品味了丰富多样的地方名吃，体验了深刻厚重的临沂情感，这一切都让我们大开眼界，大饱眼福，让我们得到了最美的享受。"

"人的一生最难忘的是军旅，最怀念的是战友，最值得感谢的是部队生活，但是战友聚会不是简单的重逢，而是情感的交流、人生的丰富、思想的升华。"这次聚会中年龄最大的72岁老首长谭明和深有感触地说。

相聚的时间总是短暂的，但留下的回忆却是永远美好的。离别之时，老战友们的双手紧握，四目相对，此时无声胜有声。

我想，今天的重逢让我们无比激动，明天大家又要各奔东西，也许一别再难相逢，我在心里默默地祝福着，我的好战友 一生平安，吉祥如意。

（原载2013年12月6日《临沂日报》）

虎啸上海滩

20多年前，一辆小推车推过长江，从沂蒙山一直推到大上海；一个年轻人，从讨生计到在国际大都市创业，留下了一串深深的足迹，也给人们留下了深深的思考……

大上海记住了这个年轻人，沂蒙山记住了这个年轻人，他的名字叫刘志虎。

何以容身上海？淘金者刘志虎——困境中咬牙挺住，必需的。

1986年的一个冬日，上海火车站。

当三个老乡扛起行李卷，转身向检票口走去时，刘志虎的双脚像是钉在原地般一动不动，看着同伴的背影，他猛然一声大喊：“就是死，也要死在上海！”

这句誓言，让当时年仅16岁的刘志虎在艰难困境中挣扎了多年。自此，他就像一片离枝的枯叶，沾满了沂蒙山泥土的气息和沂蒙山人的执着，在上海这个繁华的大都市里开始了浮沉漂泊。

这个倔强的大孩子，生在沂蒙山区偏僻的村庄——苍山县车辋镇刘宝山前村。为了他的上海梦，刘志虎用小推车推着100多斤生姜，风餐露宿地往南走。饿了，啃几口长满红毛绿毛的煎饼；渴了，在路边的河沟里捧几口水喝；困了，就在马路边铺上麻袋睡。他一直走了40多天，才看到了上海的高楼大厦。

他孤零零地用小推车推着生姜和破旧的行李卷，茫茫然来到了十六铺的小东门农贸市场，因为语言不通，一天也卖不出几斤。人家问生姜多少钱一斤？他答：“一毛一斤。”人家要半斤，他还是只会说句不标准的上海话：“一毛一斤。”弄得人家哭笑不得：“侬隔只戆嘟！”（你这个傻子！）因为听不懂上海话，他还是说“一毛”。

累了一天对这个身体倍儿棒的少年来说算不了什么，可没饭吃不行啊！没钱买，他就捡散市后人家扔掉的烂菜叶子，嚼着吃，好歹也能填饱肚子。

夜色来临，麻烦又来了：到哪儿睡觉呢？走来走去，他在马路边找了个下水道的水泥管子，看看还算干燥，一蜷身就钻了进去，然后把破麻袋盖在身上，一夜终于熬过去了。

这个新版的“三毛流浪记”每天在小东门上演着。此时，一位上海人也一直在关注着他的一举一动。

这个上海人叫孙建民，是当地饮食服务公司的一名员工。十多天后，心地善良的他实在看不下去了，决定让刘志虎来他店里帮工打杂，但是只能管他吃住，工资是没有的。

“小山东，来帮我卸煤饼。”

“小山东，帮我把垃圾倒掉。”

“小山东，下水道堵了，你去看看。”

刘志虎一听到叫声，就陀螺般地转，风风火火地忙。他干活卖力气，一口气能扛五袋面粉，一次能搬百十块煤球。打那时起，“小山东”这个称谓就在十六铺小东门一带叫响了，而孙建民则成了他亦师亦父的“师父”。

一日三餐有了着落，夜间睡觉有了地方，刘志虎踏实了。晚上，睡在厚厚的煤灰上，软软的，他感到了满足。下半夜，他就把空面粉袋盖在身上，暖暖的，他甚至感到了幸福。一大早醒来，浑身上下一片黑，一片白，黑的是煤灰，白的是面粉。照照镜子，他感到滑稽，又感到悲哀。

在这一片从事餐饮的桑师傅和解师傅，是刘志虎终生难忘的恩人。开始，解师傅把刘志虎介绍给街坊邻居帮工时，人家对这个外地人不放心，解师傅就信誓旦旦地打包票：“你家里要是丢了东西，10万元以下我包赔！”

就这样，刘志虎成了小东门一带的“公务员”。后来，他用给人帮工攒下的几个钱置办了小推车和烤炉，在四牌楼路上卖起了烤地瓜。人家卖烤地瓜一人一炉，而他自己动手制作了六个烤炉，来来回回地跑，从烫人的炉子里往外掏烤好的地瓜，包好，收钱，找零，忙而不乱，有条不紊。只是掏地瓜的手被炉火烤得起了一层厚厚的老茧，时间长了，已经麻木得没有了疼痛的感觉。

“咬紧牙关，就没有过不去的坎。”这是刘志虎对生活哲理的理解与注释。

何以跻身商界？生意人刘志虎——要想做成事，先得学做人。

1991年的一天，太阳已经升得老高，四牌楼路上的老住户们出门上街，似乎觉得少了些什么。到底是什么呢？噢，“小山东”卖货的小推车，还有那熟悉的烤红薯香甜味儿！

此时的“小山东”正在城隍庙的市场摊位上，忙着为和丰楼小吃世界加工配送鹌鹑。从此，他进入了城隍庙商圈！

说起这档子从天上掉下来的好事，表面上看是贵人相助，实际上还得归功于刘志虎的心地善良——正如他自己所说，要想做成事，先得学做人！

帮助他的贵人，是城隍庙和丰楼小吃世界的肖总。之前刘志虎在小吃世界帮忙打杂，一天值夜，小吃世界突发大火，刘志虎闻警“噌”地跳起来，身上挂着六个灭火器，不顾危险地跑出去救火，为市场挽回了经济损失。肖总感动不已，连续为他开了三天的表彰会，并拿出两万元现金酬谢他，可刘志虎坚辞不受。在他看来，救火是“良心活”，哪能昧着良心要人钱呢？领导们经过商量，决定以最优惠的价格，将最好的摊位租给刘志虎，这才有了他当老板的开始。

刘志虎的好名声，那是实打实的。在孙师傅店里帮忙期间，出纳忙中出错，将2万多元现金落在店里的桌子上就下班走了。正在收拾店面的刘志虎发现了，但是不知道该怎么处理，最后，他锁好店门，自己在桌子旁守了一夜。也就在那时，孙师傅铁了心地把刘志虎当成了自己的孩子，不仅从生活上照顾他，还倾心传授他生意经，为他以后在商界大展身手插上了腾飞的翅膀。

机遇总是眷顾好人。通过华漕镇何建明师傅（解师傅的生意伙伴）的引荐，华漕农贸市场的市场总经理潘安康又一次把机遇送到刘志虎面前：出于对刘志虎为人的了解，他在市场上给刘志虎留了个最好的门面，专门批发塑料袋。

精明的刘志虎知道，要想赚钱，得做厂家的一级批发。他悄悄地跟踪他的批发商，一级一级地向上追溯，一个月下来，终于在沪太路找到了厂家源头。借着拉货之机，刘志虎蹑手蹑脚地进入人家的生产车间“偷艺”，然后买来一台旧机器，自己鼓捣着维修，机器居然转了起来。掌握了生产技术后，他不仅生产塑料袋，还做起了加工机器的生产商，建起了塑料包装厂，做起了新加坡和台湾地区老板的上海代理商。从1台机器一个月生产2吨产品，到15台机器一个月生产200吨，生意越做越大，虎子牌塑料产品的产量已经稳坐长三角的第二把交椅。

有人问刘志虎："成功的最大法宝是什么？"他不假思索地回答："一个人最大的财富是人脉，成功的最大法宝是人品。"

何以立身长远？战略家刘志虎——把眼光放远些，再远些。

有句话说得好：庸人死等时机，智者善抓时机，强者创造时机。汉尔国际酒店的开业运营，无疑是刘志虎作为强者创造时机的有力例证。

2013年12月8日，坐落在上海市虹桥区北沈路66号的上海汉尔国际酒店在鞭炮和祝贺声中正式开业，迎来了老家临沂市、上海虹桥区、华漕办事处和东方电视台的众多嘉宾。这个占地6亩，拥有150多套商务房的酒店，除了自己原有的600多平方米房屋外，刘志虎又投进了4000多万元。

对于一个如此规模的投资，能让刘志虎断然拍板的原因是什么？

"自然是强大的区位优势和巨大的发展潜力。"这是商界智者刘志虎做出的判断和选择。

2010年，上海市规划委员会启动了虹桥商务区规划，依托虹桥综合交通枢纽，将建成上海现代服务业的集聚区，上海国际贸易中心建设的新平台，面向国内外企业总部和贸易机构的汇集地。作为交通枢纽，密集的人流就是汉尔国际酒店的聚宝盆。试营业期间，附近的两大航空公司就签下了长年租赁客房的意向协议。

如果说刘志虎只是善抓机遇，人们对他赞赏的目光不会如此热烈。更让人赞叹的是，他会主观能动地创造机遇，最大限度地发挥商业聚合效应，为自己的酒店营造一个良性的商业生态。

早在酒店筹建之初，一个强烈的想法就已烂熟于刘志虎心头：目前，北沈路的商业结构对于上海汉尔国际酒店来说，还不能提供充足的商业资源和人流物流支撑；如果仅仅满足于附近高铁和航空带来的客源，酒店将会止步于现有规模。这，不是他想要的，他想要的是，不断地完善自己，然后再不断地突破自己，实现可持续发展。

要想让梦想照进现实，最急切的莫过于提高公司的管理水平。通过朋友引荐，杨大维这个名动全球的商业奇才，竟然以美国思科公司中国区总裁之尊，奇迹般地向刘志虎伸出了橄榄枝——欣然许诺担任汉尔公司的经济顾问。从酒店筹建到开业运营的一年多时间里，杨大维先后十多次给刘志虎发来电子邮件，对汉尔酒店的经营管理给出了一串“金点子”。另外，原上海百乐门大酒店管理骨干顾正忠、原空军第三飞行学院飞行员岑智华、现上海佰润投资咨询有限公司董事长杨剑等，都相继加入了汉尔企业管理团队。

从市场分析到经营管理，从队伍培训到文化提升，刘志虎这个商业大才的真实想法是：撬动上海这个国际大都市的商业圈！

刘志虎这只从沂蒙山闪电而出的猛虎，将携虎啸龙腾之威，乘挟山越海之势，在大上海闯出一番更加广阔的天地。

（原载2013年12月7日《鲁南商报》）

想起曼德拉

曼德拉走了，这位南非前总统享年95岁，他走完了极不寻常的人生历程。他在中国几乎家喻户晓，他的逝世成为今日全球舆论的中心。对他的赞扬之声，几乎来自全世界的每一个地方。

这几天我一直在想，曼德拉的政治生涯充满坎坷，在这个世界上为自由而战的人有过很多，坐过牢的政治家也不少，但他大概是全世界国家元首中坐牢时间最长的人。

这让我想起了罗本岛。难忘的南非之旅，仿佛就在昨天。2006年9月底，我（时任临沂市旅游局局长）随市经贸旅游考察团在南非立法首都开普敦参观时有机会登上了罗本岛，亲眼看到了曼德拉生活过的监狱。

罗本岛是南大西洋上的一座小岛，面积13平方千米，距南非开普敦11千米。从17世纪开始，罗本岛就成为殖民者关押土著反抗运动首领的地方。1964年6月，曼德拉被当时南非白人政府判处终身监禁，继而在罗本岛服刑，直至1982年才被转移到波尔斯摩尔监狱。在曼德拉漫长的27年铁窗生涯中，有18年是在罗本岛度过的。1999年，联合国将其列为世界文化遗产，其成为记载几百年来南非种族隔离制度和反种族隔离斗争的“历史教科书”，也是整个南非历史的缩影。

那一天，热风扑面，天气酷热，我们一行七人，从开普敦市的码头坐船大约40分钟就登上罗本岛，眼前4米多高的监狱围墙挡住了去路。墙里是曼德拉以及他的战友们的受难地，墙外四周是波涛汹涌的茫茫大海。

在岛上，我们首先看到的是一个大牌子，上面用英语和阿非利加语写着“欢迎到罗本岛”。

在导游的引领下，我们穿过大门，来到一排铁门紧闭的灰色石板平房前。再连走两道铁门，最后来到囚禁政治犯人的B区牢房。

惨白的日光灯照耀着B区牢房不到百米长的水泥地面通道，30间牢房空空荡荡地分列两旁。其中第5号牢房是曼德拉的牢房。牢门上方钉着一块用于标明犯人姓名的编号卡片的铁板，上面插着写有“纳尔逊·曼德拉/466/64”的白色卡片。牢房仅有4平方米，右边靠墙处支着一张矮床。年轻的白人讲解员介绍，身高1.83米的曼德拉躺下后，头顶着有铁窗的那面墙，脚便可触到有铁门的另一面墙。此刻我注意到，左面靠墙处摆着一张小桌和靠背塑料椅，小桌左上方安着三个用于装杂物的铁盒，右上方的高墙上开着一孔铁窗。我很难想象在如此艰苦的环境中曼德拉是怎样生活的。

讲解员讲，在这间牢房里，曼德拉曾孜孜不倦地学习法律、经济、商业、历史和南非白人的阿非利加语。他不仅自己学习，还激励所有狱友奋发向上。他每天清晨进行慢跑锻炼，与狱友们讨论时局，在监狱外他是狱友们的领袖，在监狱里他几乎每天都在和不平等的制度进行斗争，从来没放弃过希望。他曾在书中写道：“罗本岛是成就了我的一所大学，在这里我学到了许多终生受用的东西。”

和空间的狭窄相比，潮湿才是最可怕的敌人。南半球地中海气候让这里雨量充沛，尤其是冬天，整个小岛就像泡在水里。身为犯人的曼德拉在这潮湿、阴冷的牢房里，和吸附着地上潮气和水分的毯子相依为命。

最早修建罗本岛这所监狱时，有人希望利用这座孤岛来消磨黑人领袖的意志，让他们在这里彻底放弃自己的政治理想。曼德拉在这里砸过石头，采过石灰，捞过海草，修过公路，在肉体和精神备受折磨的铁砧上锤炼出坚毅、平和、大度、卓越。让他们始料未及的是，他成就了一段从囚徒到总统的传奇，他建立了一个新的南非，囚禁他18年的罗本岛也成了自由精神的象征。

在罗本岛的18年牢狱生活前后，曼德拉还被囚禁过9年，他前后总共有27年的时间是在冰冷、孤独的监狱中度过。

曼德拉有句名言："当我走出囚室迈向通往自由的监狱大门时，我已经清楚，自己若不能把痛苦与怨恨留在身后，那么其实我仍在狱中。"我想所有南非人见证了曼德拉实现了这句诺言。

值得一提的是，1999年5月，曼德拉以南非总统的身份访华，成为首位访华的南非国家元首。其间，他曾深情地表示，在罗本岛坐牢的时候，每逢"十一"，他和狱友们都会用独特的握手方式庆祝中国的国庆，因为他们觉得中国是革命、独立的象征，南非人民与中国人民之间存在传统友谊，中国工农红军的万里长征、中国人民为解放全中国而进行的英勇斗争，曾给南非人民反对种族隔离斗争以巨大的鼓舞。

曼德拉在南非种族隔离时期坐了27年牢，这使他失去了很多直接组织反种族隔离斗争的机会，但他却成为不屈不挠的道德榜样。实事求是地讲，曼德拉出狱后只当了一任（共5年）南非总统，能为南非经济社会发展实际做的事情不算多，但他面对南非现实，以极大勇气和强大政治领导力推动了南非的种族和解，使南非实现了由白人政权转为黑人政权的大体平稳过渡。

曼德拉的一生经历了戏剧性的转折，他吃了太多的苦，后又有了绝对的反转，他出狱时已经72岁，我想除了坚强，他的胸怀对他今天所获得的一致褒扬实际上更为关键。应该说曼德拉是真正超越了定向思维和偏激的人。世界舆论赞扬他，他也能够以多样宽阔的视角看南非和世界，他的确给世人留下了很多启示。

如今，罗本岛监狱已变成了一座纪念碑，用来纪念为实现南非的和平过渡而做出牺牲的众多志士。当时站在这间囚室内，我试图回溯466/64号囚犯曼德拉在这里度过的那段环境恶劣、生活艰苦的岁月，那时他的斗争是否能够取得胜利还是个未知数。我也试图把这位改变了历史的传奇人物想象为一个普通人，一个为改变社会做出巨大牺牲的普通人曼德拉。

（原载2013年12月13日《临沂日报》）

机场情

前不久，来自全国各地的我的40多名战友第一次来临沂聚会。在临沂机场离别时，一位广东的战友高兴地说："没来临沂前，感觉到这里应该很困难，真没想到临沂机场有这么多航班，到临沂来这么方便。"另一位来自大连的战友也十分满意地说："我也没想到临沂机场建设得这么好，服务质量会这么高。"

依依不舍地送走远方的客人，我站在机场路边，心情久久不能平静，遥望壮观的候机楼所呈现出的自然流畅的缓弧形整体造型，舒展的弧线像一只展翅的大鹏昂首欲飞。看机场内外，人头攒动，车水马龙，仰望机场上空那呼啸而去的飞机，作为一个地道的临沂人，我心中不禁充满了自豪和骄傲，同时也心生许多感慨。

20世纪70年代中期，我在陕西当兵时，一次去西安出差时不经意间在解放路的航空售票处橱窗上贴的全国航空飞行示意图中看见有临沂至济南的航班，与生俱来的故乡情结让我非常兴奋，目光在"临沂"字样处停留时感到特别亲切。回部队后，我还就此事向战友们炫耀了好一阵子，当时还忽发奇想，假如有一天西安能有直飞临沂的飞机该有多好啊……

1975年国庆节前，我从部队驻地的渭北高原，坐汽车、火车经两天一夜第一次回临沂探家时，还怀着极大的兴致骑了近一个小时的自行车专门去了一趟当时的临沂机场，结果没看到飞机，也没有见到漂亮的空姐，只看到一幢300多平方米十分简陋的航站楼。一位工作人员看到我大汗淋漓的样子，热情地说：“临沂飞济南的飞机两天一趟，你要看飞机，明天再来吧！”我好奇地问：“飞机是多大的？一架飞机能坐多少人？”他漫不经心地说：“安-2型飞机，能坐七八个人。”后来再探家时，朋友告诉我，临沂飞济南的航班已停飞了，这让我很郁闷。

随着经济的快速发展，为了适应改革开放的需要，进一步推动临沂的经济建设，塑造沂蒙老区新形象，临沂市委市政府在上级有关部门的支持下，于1991年开始建设新机场，后又自筹资金2.2亿元扩建机场。在施工中，广大工作人员战严寒斗酷暑，克服了种种难以想象的困难，不断创造机场建设中的新奇迹。

全市人民像当年支前一样，关心支持机场建设。时任市委宣传部分管新闻宣传副部长的我，也密切关注着机场建设的情况。这期间我曾多次带领记者到机场建设现场采访，每次都被他们那种艰苦奋斗、团结拼搏的精神深深感动。经过近八年的不懈努力，1998年12月26日，临沂机场顺利通过国家验收并正式恢复通航。

在临沂机场恢复通航的新闻发布会上，我曾动情地讲：“临沂机场是我们沂蒙人民勒紧腰带自己建的，机场的复航实现了我们的光荣和梦想，我们要按照市委领导的要求，对此事进行大力宣传推介，力求通过媒体让更多的人知道我们临沂机场通航的消息。”

几年后，我一直以来关注的西安直飞临沂的航班开通了。前年，正好有机会去西安办理公务，我借机回了一趟老部队，实现了从临沂直飞西安的愿望。在战友相聚时，大家问我是自己开车来的，还是坐火车来的？我把脑袋一仰得意地讲："我们临沂有机场，直接飞过来的！"这引起了大家浓厚的兴趣。

临沂机场的复航，为沂蒙的经济发展注入了活力，插上了腾飞的翅膀，特别是来临沂投资兴业、旅游观光的人络绎不绝。我的一位朋友到临沂谈项目，早上从北京飞临沂，上午签好协议，午饭后又从临沂飞回北京，还不耽误晚上的公务活动。他高兴地打电话对我说："临沂有机场真好！去临沂办事比在北京市区内开车办事还方便。"

沂河水在不知不觉中静静地流淌，弹指一挥间，15个春秋过去了，临沂机场正发生着沧桑巨变。机场从弱到强、从小到大，已由复航时的每天临沂飞青岛再飞广州的两个航班，发展到现在的每天飞北京、上海、深圳等16个大中城市的20个航班，已初步形成直达东北、西南、东南、中南各地区枢纽或旅游城市的航线网络。特别是飞北京、上海的航班，每天早中晚三班，大大方便了出行，旅客吞吐量在全国地级市机场中名列前茅，还超过了鲁南苏北其他机场的旅客吞吐量，这是多么了不起的事情啊！

近日去上海，在候机室遇见了临沂民航局赵立新局长，在谈起机场未来的发展前景时，赵局长自信地说："下一步我们要在确保安全运营的前提下，进一步合理优化航线布局，努力提高航班运营质量，不断强化服务水平，为临沂经济社会发展提供更加有力的保障，更好地为沂蒙父老乡亲服务！"

随着一条条航线的逐渐开通，临沂增添了一道道通往全国各地的通道。随着基础建设的不断完善，临沂机场已经成为大美临沂一道亮丽的风景线。

天道酬勤，重任在肩。回首处，丰收硕果，缀满枝头；抬眼望，广袤天空延展无边，临沂机场正以前所未有的气概昂首挺胸，大步向前。

（原载2013年12月27日《临沂日报》）

西沙情思

祖国的宝岛西沙是我十分向往的地方，因为西沙对我来讲不但神圣，而且神秘又神奇。

1976年，我在部队担任团政治处电影组组长时，放映反映1974年初西沙之战的电影《南海风云》，西沙就在我脑海中留下了非常深刻的印象，尤其是那首优美悦耳的电影插曲《西沙，我可爱的故乡》。至今，我还经常聆听这首百听不厌、难以忘怀的旋律。

多年来，每当我坐在晴窗下，望着蓝天上冉冉飘去的白云，就会想天涯，思海角，西沙的美丽在我的眼前不断浮现，激起了我对西沙的几多思念，几多思索。也许是作家的职业使然，我的思索浸透着深沉的历史感。

20世纪70年代以来，由于南海发现了油气，周边一些国家对我国固有的西沙群岛存有不良企图，声称对南海有些岛屿拥有主权。令世人不能容忍的是，越南还将西沙命名为“黄沙群岛”，甚至设立了所谓的黄沙县行政建制，还任命了县长。对此，作为一名老兵，我一直密切关注着南海局势。

阳春三月，祖国的南疆满目葱茏，一片生机盎然。在海军南海舰队航空兵首长的支持下，我有幸赴海南省三沙市参加沂蒙红嫂拥军活动。多年的心愿就要实现了，这让我激动不已，高兴万分。

24日下午四点半，我们一行在文昌市清澜港登上了驶向西沙的“琼沙三号”，此船长60多米，宽20多米，排水量达2800吨，为客货两用的补给船。登上船顶的甲板，碧海蓝天，我凭栏远眺，望海路漫漫，海风阵阵，顿感心旷神怡，心潮澎湃。

夕阳西下，我看到有几只海鸥在桅杆上方盘旋，掠过水面又自由地飞向远方。

夜幕降临，我们乘坐的船驶向深蓝，海面上风起云涌，浪花飞卷，巨浪排空，惊心动魄，蔚为壮观。舟楫摇摆不定，乘者要承受颠簸之苦，更有晕船者呕吐不止，我虽感觉不适，但状况尚好。经过近18个小时的航行，25日上午九时许我们乘坐的船安全抵达三沙市委市政府所在地西沙永兴岛。

南海中坐落着西沙、南沙、中沙和东沙四组群岛。西沙群岛，因位于万山群岛之西而得名，此名被广泛应用始于清末民国初期。1947年，我国又把西沙群岛的岛群命名为宣德群岛，西沙群岛为永乐群岛，是为纪念明代航海家郑和自永乐至宣德年间七下西洋的伟绩而命名的。

南海之水苍茫雄浑，层层叠叠包裹着这里的座座岛屿。三沙市距海口市340公里，是祖国最南端的城市，为海南省第三个地级市，下辖西沙、中沙、南沙群岛的岛礁及其海域，涉及岛屿面积13万平方公里，海域面积200多万平方公里，是我国陆地面积最小，总面积最大，人口最少的城市。西沙永兴岛是整个南海诸岛中最大的岛屿，面积2.1平方公里，岛上地势平坦，海拔约5米，热带植物茂盛，林木遍地，风光旖旎，美丽富饶。

码头上欢声笑语，喜气洋洋，迎接客人的、上船卸物资的人们熙熙攘攘，热闹非凡。我们下船后受到驻岛海军部队官兵的列队欢迎。南航永兴场站的廖站长，热情地握着朱呈镕大姐的手激动地说："欢迎沂蒙新红嫂来西沙看望我们。"

陪同我们的是一位年轻的海军少校，他30岁出头，中等身材，大大的眼睛，圆圆的脸，十分精神，听口音是我们熟悉的乡音，一问果然是山东济南老乡。聊天中我得知，他叫刘硕，是南航永兴场站的政治协理员，入伍已经十多年了，在西沙也有四个年头了。南海天涯遇老乡，大家格外亲切。

上岛后，巍然矗立在岸边的是一块深橘色像红旗形状的黄蜡巨石映入眼帘，小刘十分热情地向我们介绍，这块巨石重70多吨，高约5米，宽约6米，是2012年7月三沙市人民政府成立时，海南省政府专门从海口运来的。巨石正面海南省委省政府用黑色隶书庄重镌刻着《三沙设市记》，全文如下：

浩瀚南海　岛礁列布　秦谓涨海　汉曰七洲洋

唐始开辖制　长沙石塘隶于琼州

千年建制沿革　一统绵延　渔民耕海

更路成簿　南海诸岛成先民生存之地

汉通海上丝绸之路　元郭守敬四海测验

明郑和七下西洋　南海岛礁赫然史册

清末李准率师巡航　踏勘诸岛宣我主张

明清乃成南海疆域　民国终定南海版图

新中国盛　海南建省　承辖西南中沙

今三沙设市　立府永兴　睦邻四方　固我海疆

和平发展　共享安康　镌石记之　以为永志

巨石背面是用笔力雄健的正楷字镌刻的中华人民共和国海南省三沙市行政区划图。抚摸着这块厚重的巨石，一种自豪感和神圣感在我的心中油然而生。远处三沙市委市政府和三沙市警备区共同设立的“守岛一条心，建岛一家人，军民团结一致，共筑南海长城”的大型宣传牌，在太阳照耀下更加熠熠生辉，光彩夺目。我怀着喜悦的心情，拿出事先准备好的五星红旗，在此留影，作为一种永久的纪念和美好的回忆。

我们乘车沿岛上的柏油路，穿行在亚热带的椰林中，经过西沙海洋博物馆、西沙军史馆、西沙哨兵电视台等单位，五分多钟的时间，来到位于永兴岛西侧三面环海的场站，这是我国最南端的军用机场。放眼看去，机场护堤外海水湛蓝，清澈透明，海面上泛着一层层浪花，一波一波地向岸边滚来，蓝天白云，海天一色，海区能见度可达十几公里。回眼望，岸边是茂密的树林，里边长满椰子树、抗风桐、枇杷树等高大的乔木和羊角树、银毛树等灌木丛，风景这边独好。

午餐时，我注意到为节约用水场站招待所里每个水龙头下面都放着接水的盆子。场站龙副政委告诉我，西沙群岛上没有淡水，喝的都是从海南岛运来的和下雨时储存下来的雨水，在岛上生活寂寞、孤独不是最苦的，生活物质贫乏才是艰苦的，主要是交通不便，几乎所有生活物资都是从外面运来的，尤其是缺少新鲜蔬菜。在岛上，我们炊事班做饭时，先吃带叶的蔬菜，再吃土豆、洋葱、冬瓜等不带叶的菜，到了冬季，如果海上风大浪高，不能按计划开船补给，物资一时供应不上，那就只好吃罐头、咸菜、干菜，个别时候也有过酱油拌饭的日子。说话间，我注意到他的语气是那么的从容，表情是那么的淡定。

龙副政委接着又坚定地说：“尽管环境这样的艰苦，我们守岛官兵，团结一致不断丰富发展‘爱国爱岛，乐守天涯’的西沙精神，官兵们豪迈地讲‘艰苦的是环境，不苦的是精神’。”

有人说，去西沙不上永兴岛，不算到西沙；到了永兴岛不到石岛，也不算到西沙。凡到西沙的人，必到石岛，因为石岛是西沙的魂。

通往石岛的是一条1公里多长的水泥路，路面宽约3米，路基高出礁盘约1.8米。通道的两边，是两片礁盘区。据说，礁盘区在涨潮时，约有1米多深的水，海水清澈透明。在退潮时，大部分礁石露出水面，礁盘区内呈现出一个个大小不一的礁塘，礁塘内只有膝盖深的水，水中的鱼儿随时可见。

来到石岛，跟前的情景简直让我不敢相信，太神奇了，太美丽了！石岛就像一幅精美的图画，又像能工巧匠精心雕刻的一座艺术精品，更像一只庞大的海龟盘踞在碧波奔腾的海面上。石岛周边奇形怪状的珊瑚礁盘，色彩绚丽，形态万千，各种鱼儿穿梭在珊瑚丛中，宛如百花争艳，彩蝶飞舞在“海底花园”，使人流连忘返。

我健步登上礁盘顶端，遥望四周辽阔的海疆，烟波浩渺，水逐风云，涛声依旧。海风吹来，历史和现实融合在一起，抚今追昔，万千感叹涌上心头。

大海无声，无声中珍藏着英雄的记忆；涛声有情，波涛描绘着悲壮的昔日景象。西沙海疆曾经被鲜血染红，殷红的海涛中激荡着一个民族的自信，热血给一个民族增添了英雄的豪气，热血使一个民族看到了强国的希望。

从石岛返回时，我们路过一片茂密的椰林，在蓝天白云下，显得格外高大挺拔。我注意到，每棵树的下方都挂着一个不大不小的长方形的牌子，牌子上清晰地写着姓名、职务、种植时间。小刘自豪地介绍说，这是西沙将军林，这片将军林起种于1982年1月，时任中国人民解放军总参谋长杨得志上将视察西沙时，亲手在永兴岛种下了一棵椰子树，此后，每位来西沙视察，看望守岛部队的党和国家领导人，军委，总部首长，部队军以上和地方省部级以上领导干部，都在这里栽种椰子树，天长日久，日益壮大，就形成了今日的西沙将军林。

“多年来，西沙将军林历经恶劣的自然环境和无数次狂风暴雨的洗礼，百折不挠，茁壮成长，毅然挺立在祖国的南海前哨，棵棵椰树凝聚着各级领导对西沙宝岛和守岛部队官兵的深情厚爱，片片椰林承载着祖国和人民对西沙官兵的殷切期望，一代代西沙官兵以将军林为激励，忠诚使命，献身国防。”讲到这里，我注意到小刘的表情是那样的坚定和自豪。

是的，西沙人守土有责，在艰苦的环境中承受着各种“苦”的折磨，默默地为国奉献，但西沙人苦中有乐，苦有所得，这是西沙人面对艰苦环境背后的另一片灿烂的天地。我深深地被西沙守岛官兵的这种爱国爱岛的大无畏精神所感动。

沂蒙南海紧相连，军民情谊似海深。在拥军活动中，我们代表千万沂蒙老区人民向守岛海军部队赠送了文体器材、书画作品、花生、大枣、煎饼等物资。全国拥军模范、沂蒙新红嫂朱呈镕深情地向官兵们讲述了一个又一个老红嫂和新红嫂的支前拥军的动人事迹，从战争年代讲到和平年代，从沂蒙母亲王换于、“永远的新娘”李凤兰讲到新时期瞒着服役的儿子独自承受丧夫之痛的新红嫂戚洪桂，现场的官兵无不被沂蒙红嫂可歌可泣的事迹深深打动，不时响起热烈的掌声。

“朱妈妈，我从军五年了，本来打算今年申请退役回家，听了您的报告后，我坚定了从军报效祖国的信心，决心继续坚守海岛，为国家和人民守好南海，争取做出更大的成绩。”一位名叫王东的战士听了红嫂事迹报告后，向朱呈镕做出了庄重的承诺。

临别时，廖站长率站党委一班人为我们送行，他眼含热泪，依依不舍地向我们表示：“沂蒙红嫂进军营对我们触动很大，特别是在报告会现场，官兵们都流下了感动的眼泪，欢迎你们再来，经常为部队开展沂蒙精神的教育，也请祖国人民和沂蒙人民放心，这里有我们，南海坚如钢。”

这铮铮誓言，让我的心头一热，我想，有这样钢铁般意志的守岛官兵，这是祖国的光荣，人民的幸福和骄傲。

西沙如今变得更加繁荣昌盛，更加富有魅力，像一串明珠闪耀着光芒。悬挂着五星红旗的远洋巨轮在水道上航行，我们威武的海军舰艇在海面上巡逻。

“蛮烟一扫海如镜，清气长留此炎州。”这是我们的先人世代企求的境界，今天已成为现实。历史恍如一位长髯飘飘的长者，在丽日蓝天之下，为人们诉说着那段历史故事。那故事是带血腥的，它叮嘱我们记取先人的教训，必须时刻用警惕的眼睛注视着水平线上每一丝动静，让“蛮烟”尽扫，让“清气”长留。

《西沙，我可爱的故乡》那首优美动听的旋律又在我的耳边回荡……

（原载2014年4月11日《临沂日报》）

孝河怀古

春风吹过来，秀美了孝河岸。

河边柳色青青柔曼，在微风中轻轻摇摆。如同专司画眉的仙子，为孝友村画一弯黛色的细眉，勾一笔春日的诗韵。绽开的桃花映照清澈的河水，形成一道靓丽的风景线。

孝河，距临沂北城新区不到十公里，位于白沙埠镇孝友村旁，是一条东西流向，蜿蜒数里的河流。它因一段荡气回肠的故事而得名。

据《晋书・王祥传》载：王祥是著名的孝子，他的母亲薛氏早逝，父亲王融续娶了朱氏。继母朱氏不慈，数谮之，由是失爱于父，每使扫除牛下，祥愈恭谨。父母有疾，衣不解带，汤药必亲尝。晋人干宝《搜神记》云：王祥之母有疾，思食鲜鱼，时天寒地冻，捕鱼困难，王祥至河上，欲解衣剖冰求之，冰忽自解，有两鲤鱼跃出，持之以归。后母又想食黄雀肉，有黄雀数十只飞入王祥帷幕，他做熟供母。南朝宋刘义庆《世说新语・德行》称：王祥家有一李树，结子殊好，母恒使守之。时风雨忽至，祥抱树而泣。

卧冰求鲤的美丽传说成为千古绝唱，流传至今，给孝河披上了一层神秘的面纱。此后，王祥卧冰求鲤处终年不再结冰。有诗为证：“镇日东风鼓翠澜，长河吹遍水乾坤。银屏皎洁连川合，碎玉凌层映月寒。堤畔鹭联飞始见，波心鱼隐钓犹难。王祥一去今多载，留得冰模与后看。”

我始终相信，每一块土地都是有灵性的，孝河尤其如此，喜欢孝河，因为这里静谧安详，富于浪漫色彩，又充满了历史的沧桑感，也许王祥卧冰求鲤的故事和岁月都已融化在了河水之中，才使孝河显得如此灵动、独特、深沉。

每有闲暇，我经常漫步于孝河畔，水面散发出湿润的空气，呼吸起来沁人心脾，一阵微风拂面，让人心中泛起涟漪，产生一种别样的情感。

孝河就像一册线装的诗书，任何时候翻开都会水汽氤氲，诗意盎然，就像一个水灵灵的女子散发着迷人的风韵。

清明时节，细雨初歇，浮云散淡，在斑斓的春光里，我又一次来到孝河畔，顺着一条小路前行，突然在孝有村南侧的一座高大的碧瓦飞甍、古色古香的青砖瓦房映入眼帘，那就是孝友祠。孝友祠大门朝南，门前石阶两侧立有高近3米的石狮，显得庄严肃穆。祠堂内供奉有王祥、王览和王羲之塑像，供世人瞻仰。

史料记载，孝友祠始建于南梁天监四年（505），明清时期重修。祠堂主体建筑正殿为三间，系砖木结构，祀王祥、王览。《尔雅·释训》云：善父母为孝，善兄弟为友。王祥是孝敬父母的典范，王览是友爱兄长的楷模，故该祠堂名为“孝友祠”。明世宗嘉靖皇帝曾为孝友祠亲书御匾一块，上写“孝友格天”四个字，并派钦差大臣亲临孝友祠祭祀，以提倡孝悌。

漫步其中，暗藏于青砖、木梁、月台、石碑中的书香，沁人心扉。这座幽邃的庭院，因丰富而深刻。

我在王祥的雕像前沉思，少年王祥双手捧着鲤鱼，眉宇间的神情是那样从容自信，但也难以掩住内心那出于绵绵孝心的缕缕情思。从他的目光中，我知道他有很大的抱负和志向。一座看似不起眼的雕像，因沉重而崇高，因崇高而沉重。

孝友祠内现存五块石碑，其中“万历年间谒王祥卧冰处”碑文为：“不见卧冰人，来问卧冰里。互寒河已冰，不冻尺有咫。只此咫尺间，当年双跃鲤。鲤跃冰永消，还如初卧起。嗟哉孝子身，所卧岂能几。河伯太多情，标其乃而耳。世称孝感河，孰策有源理。留为人子模，终天观此水。”

孝河不仅风光秀丽，而且物产丰富。孝河米曾在乾隆年间成为贡米，现在在市场上亦十分紧俏；孝河鸭蛋质细双黄，在市场上成为上品；孝河藕个大质脆，食用、药用价值高，并且与普通河藕相比多一个眼（那便是孝心），因此成为馈赠亲友的佳品；孝河蚌肉质鲜嫩，藏珍纳珠；孝河鲤龙须红脊，因卧鱼之说灵气在身，成为滋补珍品。

现在市政府为弘扬孝文化，正引资开发沂河、孝河、柳清河，使三河贯通，并且兴建和完善以孝河园、莲花园、王氏宗祠、孝河广场、滨河花园小区为主体，集观光、旅游、居住和孝道研究于一体的生态孝河，全面打造临沂“孝文化园”。

在孝河之畔的文化广场漫步，满目皆景，书画飘香，记录包括王祥在内的“二十四孝”文化及好人好事与各种富有新意的名言警句，营造着文化氛围。在健身路径上，老人和孩子的欢颜，让空气中充满了幸福的味道。

千年孝河汩汩流淌，她像一位温情的母亲，哺育着两岸儿女，陶冶着孝乡子孙……

（原载2014年6月20日《临沂日报》）

回望老营房

营房，乃军队驻扎之营区。我离开部队近30年了，但当年入伍时的驻地老营房却始终让我魂牵梦绕，永生难忘。

我曾经的驻地老营房，位于陕西渭北高原澄城县城西2公里黄土高坡下一条纵深4公里的黄土沟里，因沟里有一条不足5米宽的小河，人称县西河，当地老百姓习称我们是县西河部队。

近日在家整理文件，又见2010年夏因公务去西安出差，顺道去了久别的老营房所拍的照片，不禁让我浮想联翩，感慨万千，仿佛一切历历在目。

男儿立志出乡关，戍边卫国大西北。1972年底，不满17周岁的我从山东临沂地区半导体厂应征入伍来到这里。当时生活条件十分艰苦，我们吃的大都是粗粮，住的是自建的窑洞，喝的是混浊的河水。在那激情燃烧的岁月里，艰苦的环境磨炼了品格，锻炼了体魄，净化了灵魂，是部队这所大学校培养我从一名青年工人转变成一名革命战士，并且入党、提干、上军校，成为一名营职干部。

夏日的渭北高原，骄阳似火，热风扑面，火热的天气火热的情。怀着激动甚至是朝圣般的心情，我们一行在老战友——渭南市委常委、军分区政委林化增的陪同下，汽车沿西禹高速公路向澄城县老营房开进。

上午十一时许，我们到达澄城县城。离开这里36年后旧地重游，我感觉既亲切又陌生，既惊喜又愕然，当年那个楼高不过两层，街长不足一里，人口不到八千，尘土飞扬，土头灰脸的小县城不见了，映入眼帘的是楼房林立，街道纵横，绿树成荫，车水马龙，热闹非凡，颇有现代气息的城市。伫立街头，我思绪万千，人生如梦，流年似水。我想，这就是我当年把银幕挂在窑洞顶上放过多次电影的小县城？这就是当年听老百姓扯起嗓子吼秦腔的地方？这就是我工作生活过十多年的地方？

这一切让我叹为观止，古老与现代、历史与未来、想象与现实在这里交会，澄城给了我全新的认识和感觉。

从县城去老营房的黄土高坡，几十年过去了，坡还是那么陡，还是那么长；坡左侧的那条沟壑还是那么深，还是那么险；坡路尽头的西河小桥依然坚强地卧在那里，只是桥的护栏已经破损，露出了冰冷的钢筋，好像在昭示着世间的沧桑；桥下的河水仍在潺潺流淌，不时溅起浪花，颇有不废江河万古流的情韵。

原来唯一一条通往军营的沙石小路，蜿蜒崎岖，荆棘丛生。路两旁的白杨，更加挺拔，在夏日的阳光照耀下散发着恬淡的青辉，微风拂来，树枝摇曳，沙沙作响，好像在诉说着往日的故事，又好像在热情地向我们点头致意。

团部的办公大楼，已成为一家私人砖厂，被高墙封闭，抬眼望去，当年壮美的气势已不存在。30多年前我放电影时居住的礼堂，现已空空如也，只剩下一个硕大的躯壳，无奈地卧在那里，像一个年迈的老人，守望着悠悠岁月。我和同行的战友，著名电影导演现任山东电影制片厂厂长的王坪，怀着复杂的心情走上二楼最东一间房，当年我曾在这里住过五年之久。这间房由于常年失修，墙皮早已脱落，楼顶漏水污渍成片，地面堆满了垃圾，东墙窗户上的玻璃全部破碎，一阵风吹来，剩下的半个窗在随风摇晃，发出砰砰的声音，那声音像是在诉说它的苦难和无奈。站在门口，目睹此景，我心如潮涌，久久不能平静。当年在这里搭铺就寝、工作学习的情景又一幕一幕浮现在我的眼前。此时，王坪感慨地说："当年我们在这里当兵，确实不容易，但艰苦和火热的军营生活的确锻炼了我们。"

我默默地站在河边的小路上，看着脚下静静流淌的河水，举目向对岸望去，只见荒岭横卧，杂草迷岸，没有人烟，没有羊群，一片深沉的寂静。在弥漫的荒草之中，静静地伫立着一排又一排的窑洞，它们曾经是我们部队的营房，如今已残垣断壁，人去楼空，没了喧闹的人群，见不到一队队迈着整齐步伐的战士，听不到练兵场上震耳欲聋的刺杀声，更听不到威武雄壮的军歌声。

想当年，这里的军营是何等的豪迈，何等的威武，何等的辉煌。我们中国人民解放军，步兵第141师422团，一个加强团2700余众在此驻扎，白天，龙腾虎跃，刺刀闪闪，千万颗红星辉耀蓝天；夜晚，人影绰绰，欢歌笑语，千万盏灯火映照河水。这里曾走出过刘冬冬、褚益民两位上将和王志成中将。抚今追昔，怎不教人心潮澎湃，感慨万千，恨不得在此仰天长啸，将心中的眷恋之情化作缕缕清风，随着涓涓的河水远远流去。

在团部和大礼堂边，我和同行的友人合影留念，还单独照了许多照片，恨不得将这里的景物全部装进镜头。我想以此留住军人的情怀，留住历史的轨迹，留住人生的亮点，借以寄托对老营房汩汩的情思。

夕阳西下，落日的余晖散发着金子般的光芒，眺望黄土高坡，层林尽染。一群大雁掠过黄土高坡，在空中盘旋后，又飞向远方。

再见老营房，我磨炼意志，彰显理想，建功立业，这是一所奉献青春年华的特殊学校。

我想，如果我年轻，我会再当兵；如果有来生，我还会选择当兵。因为一个人有了当兵的历史那才是完美的人生。

（原载2014年7月11日《临沂日报》）

登上临沂舰

火热的七月，火热的情，沂蒙人民拥军情更热。

远处重峦叠嶂，满目葱茏，夏日的早晨，已是热风扑面。我们去青岛黄海之滨海军临沂舰参加拥军慰问活动，乘坐的中型面包车沿日东高速公路一路疾驶。途中，我们不断收到来自临沂舰首长指示行车路线的短信和电话，其热情令人赞叹，让我们心潮起伏，感动不已。

上午十一点，我们到达营区，受到海军临沂舰官兵的列队欢迎。身着迷彩服，英姿飒爽的官兵们像见到了久违的亲人一样脸上绽开了愉快的笑容。政委高景新握住沂蒙新红嫂朱呈镕的手热情地说："临沂舰是临沂人民的家，全舰官兵欢迎你们回家。"

军港码头一片静谧，一艘艘战舰扶波静卧挺立，庞大的身躯反射着幽幽的冷光，透出威严的凛凛杀气，似乎转眼间就要排山倒海，让人不寒而栗。

凝视海军临沂舰，我感到特别亲切。这艘银灰色舷号547，排水量达4000多吨的导弹护卫舰，像蒙山一样巍然屹立在海上，与碧海蓝天融为一体，桅杆上方的八一军旗猎猎飘扬，在夏日阳光的照耀下更加鲜艳夺目。一群海鸥在军舰上方盘旋了一阵，掠过辽阔的海面又飞向远方。

英俊帅气的舰长高克向我们介绍说，海军临沂舰是由我们国家自己建造的新型护卫舰，性能好，工艺精，火力强，信息化程度高。2012年底，临沂舰服役于北海舰队。战舰入列至今，多次奉命执行重大的作训和演习任务，去年9月参加中国海军舰艇编队，访问美国海军夏威夷珍珠港，并在夏威夷附近海域与美国海军举行了联合搜救演习。今年春天，我们临沂舰还圆满完成了“海上合作——2014”多国海军联合演习任务。

在临沂舰举行的“沂蒙红嫂拥军报告会”上，全国拥军模范新红嫂朱呈镕动情地向官兵们讲述了革命战争年代沂蒙老区人民参军参战、拥军支前，一块布做军装，一口饭做军粮，最后一个儿子送战场。可歌可泣无私奉献的英雄事迹和新时期沂蒙人民发扬革命传统，进一步做好拥军工作的动人故事，赢得了在场官兵经久不息的掌声。

“朱大姐的报告朴实无华，生动感人，令人鼓舞，催人奋进。我们一定要向老区人民学习，弘扬沂蒙精神，圆满完成党和人民交给我们的崇高使命。”政委高景新激动地说。

烈日当空，暑气蒸人，在靠近临沂舰的码头上，海风阵阵，背向波涛汹涌的大海，我们一行和全舰官兵合影留念，留下美好的瞬间。望着军容严整、步伐整齐、雄姿威武的官兵，我想，灼热的阳光是他们灿烂的笑脸，迸发的热量是他们蓬勃的气息，排山倒海的巨浪是他们不可战胜的力量。我们向临沂舰送上了代表千万沂蒙人深情厚谊的100箱水饺和书画作品，受到了指战员的欢迎。

登上临沂舰，进入舱内，正面电子屏上“海军临沂舰欢迎您”的字幕光彩夺目。在舰会议室正中，“临沂舰”三个用铝合金制作的魏体字更加醒目。会议室兼餐厅的左侧挂着一幅气势恢宏表现蒙山沂水的长方形山水画。副政委高海云深情地讲，每每看到这幅画我们就像看到了巍巍蒙山、滔滔沂水、英雄孟良崮，想起了崇高的沂蒙精神和可敬的沂蒙人民。

高政委把舰上的部分临沂籍官兵招来与我们座谈。高大魁梧的机电长平晓涛家是郯城，是一位年轻的营职干部，他坚定地对我们说："作为临沂人能在临沂舰当兵，代表临沂人在临沂舰履行保卫祖国海疆的神圣使命是我今生的荣幸，我感到十分的自豪和光荣，这里有我们，沂蒙父老请放心。"

入伍不到三年，家是临沂兰山区的通信员杨家浩充满自信地说："我在舰上一定服从命令听指挥，忠于职守，干好工作，不断进步，绝不给沂蒙人民丢脸。"望着一个个威武英俊的沂蒙后生，我作为一名老兵，从他们坚毅的眼神中读懂了他们对使命的忠诚和对工作的热爱。

午餐时，政委高景新深情地说："临沂是全国著名的革命老区，有着拥军优属、拥政爱民的光荣传统。近些年来，临沂市始终关心临沂舰，支持临沂舰。我们将把临沂的拥军情转化为实际行动，搞好部队建设，提高战斗力，不辜负沂蒙人民对临沂舰的期望。"

午餐时我们得知，在近日海军党委举行的第十届"海军十杰青年"评选活动中，临沂舰舰长高克榜上有名，我们向他表示了热烈的祝贺。高克舰长动情地说，所取得的成绩是全舰官兵共同努力的结果，也是与临沂市委市政府和千万沂蒙人民的支持分不开的。

巧合的是在场的临沂舰舰长、政委、副政委都姓高，人称临沂舰是"三高舰"。这让我这个高姓老兵十分兴奋，望着三位舰领导挺拔的军姿，沉稳坚强的面容，竟老夫聊发少年狂，与"三高舰"领导满满喝了三大杯红酒，以此代表家乡父老向他们表示崇高的敬意。

年轻漂亮的女副舰长姓杨，是来自四川乐山的川妹子，她高兴地对我说："临沂我去过，感觉不但城市美，临沂人更好，我喜欢临沂，我非常喜欢，能在临沂舰服役是我的光荣。"

临沂舰驰骋四海，沂蒙人名扬五洲。一座美丽的城市和一艘现代化军舰一个名字。临沂舰为临沂这座历史悠久而又富有活力的城市增添了一张光荣靓丽的名片。

明天，临沂舰又要巡逻在祖国辽阔的海防线上，我们祝其在蓝色的国土上劈波斩浪，挺胸昂首，扬帆万里。

（原载2014年7月25日《临沂日报》）

听前外长话“称呼”

沂蒙深秋，气象万千，沂河岸畔，风景如画。临沂蓝海国际大酒店院内，满树金黄色的银杏叶更为这迷人的深秋增添了一道亮丽的风景线，给人一种“秋风起兮白云飞，草木黄落兮雁南归”的感觉。

11月8日，我有幸随临沂市政协主席徐涛同志，市人大原党组书记、第一副主任朱绍阳同志，在酒店5号楼泰山厅，陪前来临沂出席由中国齐鲁文化促进会、中国砚文化联合会等单位联合主办的2014齐鲁英才“十佳年度人物”颁奖活动和“经济发展高层论坛”的中国齐鲁文化促进会名誉会长、外交部前部长李肇星一行吃早餐。

李肇星部长曾任中国驻联合国特命全权大使、外交部部长、全国人大外事委员会主任委员等职，还曾被誉为“铁嘴外长”“诗人外交家”，他的机智幽默，勇敢镇定，真诚坦率，充分展现了一位大国外长的魅力形象，是我敬仰的一位中国当代外交史上的风云人物。

李肇星部长70多岁，中等身材，身着一件深蓝色的夹克衫，虽头发花白，但身体硬朗，饱经风霜的脸上刻满了岁月留下的皱纹，那双炯炯有神的眼睛闪烁着智慧和慈祥的目光。

席间，大家边吃饭边聊天，气氛融洽。我说：“李部长，这是我第二次见您了。”他问：“那第一次是在哪？”我说：“第一次是2010年夏天，您来这里讲课。”这时老领导朱绍阳叫着我的名字开玩笑似的插话说：“你也太实在了，领导那不叫讲课，那应该叫做重要报告。”接着，大家就称呼问题聊了起来。

我说：“李部长，和您接触，您和蔼可亲，平易近人，身居高位，一点官架子都没有。”李部长风趣地说：“我本来就是人，为什么还要平易近人，况且我现在已经退下来了，就是一平民百姓，请大家不要再称我部长了。”我接着问：“那应该怎么称呼您呢？”他笑了笑说：“叫我老李，或者李老头都可以，但有些正规的场合，应该称我肇星同志。”

接着李肇星部长讲了这样一件亲身经历的事情，20世纪70年代初，他和夫人秦小梅结束了从北京外国语学院毕业后两年的劳动锻炼，被分配到外交部工作，曾经出过的“洋相”。那时，他任中国驻肯尼亚共和国大使馆随员，回国时在外事司全体人员会议上，向时任副司长的钱其琛同志汇报工作，称钱副司长为司长时，惹得大家哄堂大笑，闹得他满脸羞红。事后，司里的同事告诉他，外交部机关的老传统是，从上到下相互之间是不称职务的，老同志见了年轻一点的同志就喊小李、小张、小王什么的，年轻一点的同志见了上级或者年龄大一点的统称老李、老张、老王什么的，大家没有那么多讲究，彼此之间感到亲切、舒适、随意。

讲到这里，李肇星部长顿了顿接着又说，30多年以后，他任外交部部长时，去医院看望已经退下来的老领导，原中央政治局委员、国务院副总理钱其琛同志，当他握着钱老的手表示慰问，称钱副总理时，钱老庄重而又不失幽默地讲：“小李啊，这么多年了，你怎么没有长进啊，当年称老钱，现在称钱副总理，你对我的称呼四个字错了三个，不过我这个副总理还是‘前’副总理，算你对了一个字吧！”说完大家在亲切友好的气氛中相视一笑。

听了老部长的一席话，我感到既亲切又温暖，对眼前这位德高望重的外交家，从心里更生发出几多的崇敬。

同时我也陷入了沉思，在党内提倡互称同志，不称职衔，是我党的优良传统，毛泽东早在1959年就提出大家互称同志，改变职务相称的旧习惯。古人云“同德则同心，同心则同志”，老百姓也有言“喊一声同志近一分，称一声职务隔一层”。我想，要弘扬党的优良传统，一个很重要的问题，就是要在党内和生活中，坚决反对和克服一些同志言必称“长”以及别人不称呼他职衔就不舒服、不高兴的不良现象，党员领导干部更应该带头互称同志，树立新风尚。

饭后，我们陪同步履轻便的老部长走出餐厅，这时天空碧蓝，如火的朝霞洒满了大地。我注意到，院内的松柏更加苍翠，花园里菊花争艳，美不胜收。

（原载2014年12月5日《临沂日报》）

一腔热血化春雨

2015年2月25日，农历乙未年正月初七，晚十点半，远处不时传来零星的鞭炮声。

我躺在床上看书，正准备入睡时，突然收到郑州的老战友刘旭京发来的微信，打开一看，手机屏幕上出现了“刘冬冬政委今日十一时半逝世”的信息。我顿感震惊，但又不相信这是事实，急回复信息：“这是真的吗？”对方回信：“是真的。”

一声叹息！我又回复对方“刘政委是我们爱戴的好首长！悲哉！上将军刚69周岁啊，走得太早了！”

当夜，我躺在床上辗转反侧，夜不能寐，浮想联翩，40多年来和老首长相处交往的日子仿佛就在昨天，一幕幕涌进脑海。

1974年，我在驻守陕西渭北高原的47军141师422团政治处电影组担任放映员。这年冬天，有一次我去军部办事，当时团部驻在澄城县，到军部驻地临潼县有270多里的路程，一大早我冒着凛冽的寒风，乘公共汽车出发，到军部时已近中午。我又寒又饥地想去军政治部找老乡陈干事解决温饱问题。当我头戴棉军帽，身着棉大衣，脚穿黑棉鞋，风尘仆仆走进政治部值班室时，值班的一位30岁左右中等身材、浓眉大眼、温文尔雅的年轻干部，起立让座，十分热情地接待了我。

当我说明来意时，他告诉我，陈干事下部队了，并亲切地问我是哪个部队的。说话间，他亲自倒了一杯热水端到我面前。当我告诉他我是422团的放映员时，他高兴地说，我1961年从湖北武汉一入伍就在422团，在团政治处宣传股当过干事，我们是一个团的，且是一个股的呢！他还询问我是哪里人，哪年入伍的。当我说我是山东临沂人，1972年底从工厂入伍的时，他亲切地说：“临沂是革命老区，电影《红日》就是讲你们那的事儿吧。你在团里放电影，有出息，好好地干。”一席话说得我心里热乎乎的。

中午他用自己的饭票让通讯员打来饭菜，像兄长一样招待我一起吃了午饭。这顿饭我吃得特别香，印象特别深刻，也感到特别温暖。同时我注意到，政治部值班一览表上他的名字叫刘冬冬。后来得知，他是军政治部宣传处的干事。

从那以后，我和他就结下了深厚的情谊和不解之缘。

1976年，我被提拔为团政治处宣传股电影组组长，这时刘冬冬已是我们师政治部的宣传科科长了，成为我的上级领导。每次到师里开会或者办事，只要有时间，我都会去看望他。我们在一起谈工作、聊家常，友情不断增进。

有意思的是，一次，我去师部办事，借机去机关浴池泡澡，恰巧在浴池里遇到刘冬冬科长，我俩在热气腾腾的浴池里边泡澡边聊天，开着玩笑，还相互搓了背，其乐融融。

在他任职期间，我们师的宣传文化工作十分活跃，全军有名。2012年10月中旬，我参加原141师政治部文艺演出队、篮球队、电影队老战友在广西桂林的聚会，回忆起那段时光，大家说起刘冬冬老首长来，都感到十分亲切，十分难忘。

1980年秋，我从西安陆军学院政治队毕业回团不久，就到3营7连任政治指导员，当时年仅24岁，虽然很想把工作干好，但又觉得自己经验不足，感到压力比较大，就打电话给当时在军政治部组织处任处长的刘冬冬汇报此事。

他在电话里语重心长地对我说，你当指导员的事我已经知道了，你只要想干好，好好干，就能干好。你要以身作则，团结支部一班人和战士们打成一片，抓好各方面的工作，就能把连队带好。他的话，给了我很大的信心和力量。

在担任连队指导员近三年的时间里，我认真学习，严于律己，努力工作，带着连队由后进变先进，取得了显著的成绩。我也连续两年荣立三等功，并被团党委树为“指导员标兵”。

为驱逐入侵的越南军队，保卫领土和边境人民生命财产的安全，巩固国防，1986年，我们47军奉命去云南老山前线对越轮战。中央军委和兰州军区首长对刘冬冬高度信任，将他由乙种编制的141师政委调任到甲种编制的139师当政委。当年他40岁出头，意气风发，斗志昂扬，带领部队开赴前线，打出了国威和军威，圆满完成了中央军委交予的重要任务和祖国人民赋予的神圣使命。应该说，他是一位从中越战场上走出来的将军。

1986年底，因部队精简整编，我在团政治处组织股股长任上转业回到当时的临沂地委宣传部工作。正在云南老山前线作战的刘冬冬师政委得知后，委托参战的团副参谋长——我的临沂战友李学斌写信转达问候，并叮嘱我回地方后好好学习，干好工作。在前方战事十分紧张的情况下，老首长还牵挂着他的老部下，接到云南前线的来信，我的心久久不能平静。那段时间，我每天都通过报纸、广播、电视关注着前线战况，并祝福老首长平安顺利打胜仗，早日凯旋。

斗转星移，在我离开部队16年后，2002年10月，老首长刘冬冬由兰州军区政委调任济南军区任政委。到任不久，我们便通过电话取得了联系。近些年来，我和刘政委熟悉的几位战友差不多每年春节前，都去他家里看望他。而每次他都能在繁忙的军务中抽出宝贵的时间热情地接待我们，和我们聊家常，话当年，谈发展。刘冬冬政委来临沂调研和视察工作时，我也几乎每次都有幸见到他。我和老首长的感情随着岁月的推移在不断加深。

有几件印象十分深刻的事情让我终生难忘。

2004年7月，刘冬冬政委被中央军委授予上将军衔。那年他刚59岁，是当时全军最年轻的上将。我在媒体上得知此消息后，非常高兴，为有这样的老首长感到无比自豪和骄傲。我便打电话通过刘政委的秘书，表示热烈祝贺。让我意想不到和惊喜的是，老首长亲自用手机给我发来短信："谢谢！一切都是党和人民给的！"这条短信我在手机里保存了很长时间。我想，这条短信不仅仅是老首长对老部下的关怀和尊重，更是刘政委对党和人民的热爱和忠诚，也是上将军的情怀。

这年秋天，刘冬冬政委去北京开会，他委托家人来济南探亲。时任兰州军区保健办主任的他的夫人周亚兰，专程来临沂看望我们这些他当年的老兵。在战友洪德志的陪同下，周亚兰来到我位于市区沂河花园小区的住处，亲切地和我妻子拉家常，并热情地说："老刘来济南军区两年了，工作一直比较忙，一直抽不出时间来看望老战友们，委托我来转达问候，希望你们各方面都好。"老首长夫妇对老部下的深情厚谊，让我们全家感到十分温暖。

2006年10月底，沂蒙金秋，硕果飘香。在这美好的季节里，刘冬冬政委从济南来临沂视察工作，时任市委书记的李群，要我随从其他市领导参与陪同。刘政委在临沂期间，先后召开了座谈会，听取了汇报，看望了老英模代表，并参观了华东烈士陵园、汉墓竹简博物馆、王羲之故居；在蒙阴孟良崮战役纪念馆，他严肃认真地对我说："高明，我给你提个要求。孟良崮战役举世闻名，沂蒙老区人民为中国革命的胜利做出了巨大贡献。你在市里当旅游局局长要和党委政府把这个景区着力打造好，使它成为一个很好的爱国主义教育基地。"我当时表态："请老首长放心，我会努力的！"

2007年底，我回市委宣传部担任常务副部长。春节前，我去济南省委宣传部开会，借机和随行的同事们一起去看望刘冬冬政委。老首长和夫人十分高兴地在军区第5招待所将军厅举行家宴，热情招待我们，儿子周凌、儿媳小孔等一起参加。就餐时，我坐在主宾位置上，刘政委举杯站起来，热情地说："高明和临沂来的同志来看我，非常高兴。祝老战友们春节愉快！阖家幸福！祝临沂建设得更好！"说完，他喝了满满的一杯酒。接着问我："你们一起来的同志都到了吗？"我说："除了驾驶员都来了。"刘政委接着说："赶快把驾驶员也请来，一起参加。"面对此情此景，看上将军之风范，听老首长之话语，又怎能不令人感动，令人钦佩呢。

饭后，刘冬冬政委和我们一起合影留念。和我一起参加家宴的同事市委宣传部刘广阔副部长，感慨地说："平生第一次和上将一起同桌吃饭，真让人难忘。刘政委平易近人的人格魅力真感染人。"蒙阴县委常委、宣传部部长巩明文激动地说："和上将一起吃饭，开始我很紧张，头上都冒了汗，没想到刘政委是那么和蔼可亲，又是那么重情重义。"

2010年春，刘冬冬政委和时任济南军区司令员的范长龙陪同国务委员、中央军委委员、国防部部长梁光烈，来临沂视察工作。市领导安排我参与陪同活动。在华东烈士陵园参观沂蒙精神展时，刘冬冬政委见到我，面带微笑地说："高明，我们又见面了。你挺好吧？"我向他敬了个军礼，答道："老首长，谢谢您的亲切关怀。"这时，范长龙司令员走过来，刘政委把我介绍给他，"这是当年我在47军时的老战友"。我向范长龙司令员敬了个军礼，急忙回答："报告首长，刘政委是我的老首长，我是他的老部下。"这时范长龙司令员和刘冬冬政委都笑了。

晚饭后，刘政委又让我约几个熟悉的战友到他在颐政园宾馆的房间里去坐坐，这让战友们又高兴又激动。那晚我们谈了一个多小时，才恋恋不舍地离开他的房间。

2010年7月，刘冬冬政委的年龄达到军官最高服役年限，从济南军区政委、军区党委书记职务上退了下来，担任了全国人大外事委员会副主任委员。

乙未年春节前，我和战友们相约去济南看望刘冬冬政委。电话联系得知，老首长在北京住院，我们便打算节后再去，真没想到人生无常，一切来的是那么突然，老首长走得又是那样急，是那样的令人悲痛。

看着和老首长合影的一张张照片，抚摸老首长每年春节亲笔写的饱含深情的一张张贺年卡，回忆这么多年来和老首长在一起的一件件事情，老首长的音容笑貌又浮现在眼前，不禁热泪盈眶，心潮难以平静。

3月3日上午，刘冬冬老首长遗体告别仪式在北京八宝山革命公墓举行，习近平、李克强等党和国家领导人、军委领导人以及有关方面的负责人送了花圈，社会各界对他给予了高度评价。

斯人已去，风范犹存。刘冬冬政委，我最敬重的老首长，您忠于党，忠于人民，鞠躬尽瘁，死而后已。您夙夜在公，恪尽职守，严于律己，平易近人。您为人民军队的建设做出了杰出的贡献。您高风亮节的胸怀，您的优秀品质，还在感染着人们，感动着您的亲人，感动着您的部下，感动着无数认识和不认识您的人。

您给我们留下了无尽思念，永远的怀念。您永远是我们学习的榜样！

特撰联一首：忠魂不死热血一腔化春雨，大爱永存壮志千秋泣长风。

敬爱的老首长刘冬冬政委，一路走好！

（原载2015年第3期《前卫文学》）

正气如阳

真正伟大的历史是人类的记忆，是永远抹不去的纪念。

天阔云舒，惠风和畅。在纪念抗日战争暨世界反法西斯战争胜利70周年前夕，我们全家又一次来到临沂华东革命烈士陵园。妻子任云霞指着纪念堂巨大石壁上团以上的革命烈士名录中赵正阳的名字对4岁多的小外孙女说：“这就是你姥姥的外公，他为了人民过上好日子，被日本鬼子杀害了。”小外孙女认真地看着石壁上的名字，很懂事地说：“日本鬼子真坏！我记住了！”

我妻子的外公赵正阳是在抗日战争胜利前夕，在济南惨遭日寇杀害壮烈牺牲的，他死得很悲壮。

岳母赵宝兰多次给我们讲，外公原名赵景惠，字汉广，是历城县西十六里河庄人，生于1919年2月。他出身贫农，幼年在家放牛，小学毕业后，因家境困难无力攻读，经再三努力，才考入中学，后于历城县立师范毕业后当了小学教员。

当大革命的浪潮席卷中国大地时，16岁的赵正阳就投身革命运动之中，在学生中传播共产主义思想，组织农民打击地主恶霸。1938年，他在范县参加抗日游击队，同年加入中国共产党，后调汶上县任抗日救国动员委员会主任，率领武装人员与日伪斗争，并组织农民锄奸反霸，减租减息，开辟抗日根据地。1939年5月，他担任了中共汶上县委书记兼宣传部部长。

1942年秋，在山东抗日战争最困难的时刻，年仅24岁，时任中共宁阳县委书记兼独立营政治委员的外公，奉党的指示回济南做地下工作。可在济南，外公既无可靠的关系，又找不到适当的职业做掩护，不能在市区居住。在复杂的斗争环境中，外公怀着对党的事业的无限忠诚，每天要通过敌人的封锁线，步行30多里去城里，晚上很晚才回家。外婆整日担惊受怕。外公就对外婆说："不用担心，我办的事都是为老百姓，老百姓会保护我们。"

经多方努力，外公终于在市区附近王官庄找到了小学教员的职位。后来为了便于开展工作又转至济南市黑虎泉小学任教，并在南凤凰街租赁了一间小屋，这样他才有了合法身份和安身之处。

在群众的支持和掩护下，外公像一粒种子，在新的土壤里深深地扎下根来，成长、发芽、壮大、结果。那时他在校教授史、地课，经常巧妙地利用课堂教学机会，讲述历史上民族英雄故事，借以激发学生的爱国心，唤起他们的抗日斗争精神。他还利用课余时间走访家长，做群众工作，从中发现积极分子。经校方同意，他组织成立了黑虎泉小学家长联谊会，并推选家长刘殿元为会长，这样就把校外群众组织起来，发挥了很好的作用。如学生冬季教室取暖问题，就是通过家长联谊会解决的；又如该校地下党员王馨华老师一度被日寇"泺源公馆"逮捕，就是外公利用"家长联谊会"的名义联名保释出来的。因此，"家长联谊会"在群众中享有较高的威信。

外公工作踏实，有魄力，充满革命热情。他白天忙于教学工作，晚上进行活动，搜集情报，分析情况，每天忙到很晚，有时甚至通宵达旦。他紧密团结校内外群众，积极慎重地发展党的组织，开展地下工作，在四年的地下工作中，亲自发展了王馨华、胡福海、王中午、王希圣四人为中共党员，为在济南开展党的工作打下了良好的基础。

1945年5月底的一天下午，济南的天气已经热了起来。外婆清楚地记得，外公仍穿着那件破旧的灰制服上衣，急急忙忙从外面回来，他高兴地拉着两个女儿的手，对外婆说：“日本鬼子快完蛋了，要解放了，我们就要过上好日子啦！”说着外公亲了亲当时只有七岁和不满四岁的两个女儿。外婆带着两个孩子看着外公高兴的样子笑了。可就在第二天，因叛徒告密，外公被日寇特务机关“泺源公馆”秘密逮捕了。

日寇对外公实施了惨无人道的手段，经过一个多月的严刑拷问和金钱美女的诱惑，外公始终坚持共产党员的高尚气节，抱定为革命牺牲的坚强意志，从未暴露党的任何机密。为了使我外公屈服，日寇特务的密探到处抓捕外婆母女。为了避开追捕，20多岁的外婆不得不化妆成老太婆，拉着两个年幼的女儿，在地下党同志的掩护下，东奔西跑，与敌周旋。

2003年6月27日《联合日报》栾曰盛在文章《济南的江姐——王馨华》中写道：1945年5月的一个夜晚，日本特务以查户口为名，搜查了赵正阳的住宅。特务们刚刚离去，赵正阳就回到了住处。他看到屋里被翻得乱七八糟，立刻意识到，自己已引起敌人的注意。第二天清晨，他赶到黑虎泉小学，将情况通知王馨华，并告诉王馨华提高警惕。这时学校传达员老王慌张地进来说：“门口有人找赵老师。”赵正阳意识到这是敌人来抓他了。他紧紧握住王馨华的手说：“他们来了，你要保重，要坚持下去……再见！”

敌人对赵正阳进行残酷刑讯，一无所获。日本特务头子武山又故技重施，将王馨华抓进了“泺源公馆”。

两个日本特务把王馨华架到楼上，王馨华看到赵正阳被绑在木桩上，遍体鳞伤。她心里一缩，强压悲痛，保持镇定。武山突然问王馨华：“你认识这个人吗？”

“认识，他是赵老师。你们凭什么抓他？”

“因为他是共产党。”武山咬牙切齿地说。

“我不知道他是什么党，就知道他是赵老师。”

武山令特务放出两条狼狗，扑向赵正阳，撕裂他的身体，鲜血顿时从赵正阳身上流了出来。

“怎么样，这就是共产党的下场！”

敌人无计可施，便将外公羁押于残害中国人民的集中营——新华院。他在那里受尽了迫害和虐待，做苦工，被毒打，被抽血，被狼狗撕……两个多月的折磨，使他一目失明，一臂失灵，但他仍团结难友，坚持与敌人斗争。党组织多方进行营救未果。

1945年8月11日，离日寇宣布无条件投降还有四天，外公惨死于新华院中，时年26岁。与他同时遇难的还有他亲自发展的中共党员王希圣。两人壮烈牺牲后，被日寇埋在无影山下的万人坑中。日寇投降后，一位姓张的难友从新华院出来，找到住在三合街外公的亲戚贾文坤说：“赵正阳让我给你捎个信，说他不行啦！很想念家里的人，要家里人把生意做好。”他在临终之前仍不忘“革命”，还暗示同志们将“革命”进行到底。

1950年秋，党和政府在济南市隆重为我外公举行了千人追悼大会。省和济南市的党政军领导亲切接见了外婆和两个孩子，勉励两个幼小的孩子要继承父亲的遗志，好好学习，做革命事业的接班人。当时，山东省《大众日报》发表了赵正阳追悼大会的报道，消息说，赵正阳同志自1935年参加革命，献身民族解放、社会解放伟业，忠诚党的事业，功绩显著，特别是在狱中，坚贞不屈，壮烈牺牲。赵正阳同志毕生为中国解放事业奋斗之精神，永垂不朽！

岁月如白驹过隙，70多载倏忽而逝。从外公牺牲到现在已经整整70周年了，战争的硝烟早已散尽，但它留给人们的记忆与伤痛却是永远的。

巍巍群山是见证历史的丰碑，滔滔江河是倾诉忠诚的灵魂。

如今，外公赵正阳墓前的小松树已是枝叶繁茂。在纪念抗日战争暨世界反法西斯战争胜利70周年之际，岳母赵宝兰满含热泪，手捧精心保存了65年的山东省人民政府颁发的烈士证书，不断地念叨："敬爱的爸爸，你安息吧！我们今天的日子越来越好了。"

我想，铭记历史，珍爱和平，继续奋斗，明天会更好！

（原载2015年9月2日《齐鲁晚报》）

壮哉渊子崖

渊子崖自卫战，是中国抗日战争史上以村庄为单位，农民自卫抗日规模最大最激烈最悲壮的一仗。此战击毙日军112人，使侵略者心惊胆寒。他们永远无法理解，千余手持现代化武器的日军何以不能征服一个小小的村庄？

那么渊子崖自卫战究竟是怎样的？在纪念抗日战争和世界反法西斯战争胜利70周年之际，让我们穿越时空的隧道，把历史定格在1941年12月19日，山东省临沂市莒南县渊子崖村。

一、同仇敌忾

沂蒙人用他坚实沉厚的质地，激荡起雄浑激越的旋律，摇曳出美丽瑰奇的风情。

渊子崖位于沭河东岸，是沂蒙山区莒南县板泉镇的一个普通的村庄。这里风光秀丽，景色优美。村民绝大多数姓林，少数姓王。抗日战争初期，渊子崖村有350多户人家，1500多口人。历史上，村里曾创办过武学和大刀会，崇文尚武，民风淳朴。

1940年是抗日战争最艰苦的岁月。这年底，渊子崖村建立了抗日民主政权，选举了刚20岁出头的林凡义担任村长，共产党员林庆忠担任副村长。村里成立了由300多人组成的抗日自卫队，把过去使用过的土枪、“生铁牛”、五子炮、大刀、长矛等武器重新收集在一起，并组织训练，同时利用多种群众喜闻乐见的形式宣传抗日。特别是这年5月，中共山东分局所属八大剧团在渊子崖举行联合观摩演出后，群众的抗日热情更加高涨。

当时，以沭河为界，沭河以西的临沂被日本侵略军占领，沭河以东的莒南县（时称沭水县）就是抗日革命根据地。渊子崖村正处在敌我交错的拉锯的边沿区。鬼子、汉奸经常到河东来扫荡，残杀百姓，抢劫财物，还派什么“地亩税”“人头税”“慰劳捐”……要粮逼款，横征暴敛。

渊子崖的村民却没有顺从敌人，他们对鬼子、汉奸恨之入骨，只要鬼子、汉奸来要粮逼款，村民就敢以“冷脸”相对。

为什么渊子崖村敢如此独树一帜？有着光荣传统和斗争精神的村民们说：“村里成立了自卫队，有八路军当靠山，我们不怕他们！”渊子崖越红火，河西的日伪军越恨，他们蓄谋已久，要拔掉这颗“眼中钉，肉中刺”。

1941年冬天，小梁家据点的汉奸头子梁化轩派伪军排长刘连顺带着20多个兵又来渊子崖村要粮要钱，还送来一张条子，上面写道：“三日内把下列物品送到据点：肥猪13头、小鸡100只、白面500斤、大洋2000元……”

血气方刚的村长林凡义听人一念，气得火冒三丈，当场把条子撕了个稀碎，嘴里骂道：“奶奶的，给他写个回条。告诉梁化轩，他要的酒、肉、鸡、面、大洋都准备好了。有本事就来拿！来一个，杀一个；来两个，杀一双！”

蓄谋已久的汉奸果然来报复了。12月18日上午，沭河以西小梁家的汉奸队长梁化轩纠集了临沂附近150多人的伪军出了据点，气势汹汹地来到了渊子崖村围子墙下。

这时，严阵以待的自卫队队员和村民们都上了围子墙，做好了战斗准备。林凡义大义凛然地站在围子墙上，手掐着腰，挥了挥握紧拳头的胳膊，对梁化轩高声吼道：“少废话！你别拿小日本当亲爹，替鬼子卖命当汉奸。这里什么都没有！”

气急败坏的梁化轩命令伪军们开枪了。在村里养伤的八路军伤员王向南大声喊道：“乡亲们，赶快隐蔽！”

伪军们冲到围子墙下，架起梯子，开始往上爬。自卫队队员用石块往下砸，不断有伪军被砸落，摔得头破血流。刘连顺指挥伪军用一根圆木试图把围子墙门撞开。五子炮向伪军轰去，有些人被击中，更多的人被吓得转身就跑。门突然打开了，几十个手持大刀梭镖的自卫队队员冲出来，大刀砍，梭镖戳，杀得伪军哭爹叫娘，扔下圆木狼狈逃窜。

夕阳西下，河西岸边。参加沂蒙山区“铁壁合围”扫荡后撤的千余日军在联队长木村正雄的带领下由北向东开进。当行至小梁家炮楼时，伪军哨兵喊了起来。梁化轩奸笑道：“老天有眼，来得可真是时候！”

晨曦，渊子崖村在鸡鸣犬吠声、人们的吆喝声中醒来。

执勤的自卫队队员林凡财和林崇岩突然发现远处河对岸来了一队全副武装的鬼子兵。他俩一惊，急忙回村里报信。老族长敲起了当年打土匪时集合用过的大铜锣，“当当”的锣声打破了村里的宁静。伴随着“鬼子来了，快上围子”的呼喊声，全村人顿时紧张起来。家家户户的门开了，自卫队队员纷纷带上土枪、大刀、长矛等武器奔向各自的岗位。老人、妇女、儿童也都行动起来了……

林凡义手持大刀站在围子墙的炮楼上往下一看，只见村子的东南北三面都有鬼子。远处，一个头戴日军军帽的翻译官打着白旗走过来，他耀武扬威地喊道："我们知道村里藏有八路军的伤员和粮食。只要你们交出来，皇军可以不进村。"

林凡义大声对翻译官说："你告诉他，俺村没有八路，也没有粮食！"这时，鬼子小队长渡边走过来摇了摇头："既然没有八路，没有粮食，那就开门让皇军进去搜查！"林凡义高声喊道："那也不行，这是俺们的村，你们不能进来！"

说话间，林凡义嗖的一声把插在腰间的大刀从背后拔出来，转身吼道："乡亲们，八路军是咱自己的亲人，他们为打鬼子受了伤，咱不保护谁保护。咱们村的人多，只要大家拧成一股绳，是爷们的就要站起来，和鬼子拼了。大伙说对不对？"

众人斩钉截铁地齐声答道："对！绝不把八路军交给鬼子，咱们不怕！跟他们玩命！"

二、宁死不屈

一个英雄的村庄，一群刚烈的百姓，一场血与火的拼杀开始了。村民们都明白不是你死就是我活，只有跟鬼子玩命了。

鬼子的攻击开始了，机枪和步枪的子弹打得围子墙土块四溅，日本鬼子在火力的掩护下向着村西门冲了过来。

火炮手林九兰、林清杰和林崇松几个人把炮口对准向前冲锋的敌人。林九兰瞪大眼睛悄声说："等鬼子近些再打。"50米、40米，村里大部分人还是第一次这么真切地看见鬼子，心里有些紧张。这时，林凡义大喊一声："打他个龟孙！"林清杰点燃了五子炮，对准猛扑上来的日军，首先开火。"轰"的一声响，子弹泼水似的扫向敌人。跑在最前边的日军士兵像被镰刀割断的草，瞬间，十几个鬼子扑通倒在地上。

紧接着，林九兰的生铁牛也点燃了火帽，林崇松、林九彬等人的雁枪也一起向鬼子射击，鬼子在猛烈火力地打击下哇哇乱叫，向后退去。

骄横的日寇原认为连有些国民党正规军都会望风而逃，在这偏僻的山区是不会遇到什么麻烦的，万万没想到的是竟有人敢向他们开枪开炮。日军愣了一下，一时被突如其来的枪炮声惊懵了。

稍一清醒，便纷纷卧倒。看看没有动静，一个留着八字胡的日军军官“哇哇”地吼了几声，又组织了五六十个鬼子往前冲。“轰”的一声，又一门土炮响了！几个鬼子倒地，死的死，伤的伤，哇哇乱叫。

俗话讲，上阵亲兄弟，打仗父子兵。村民林崇岩一家两代十个男人都在炮位上，日军的炮弹就在他们脚下炸开，脑袋被炮火震得“嗡嗡”响，有人被炸伤，有人倒下了，但他们毫不畏惧，坚持战斗。

这时日军的枪声停了，迫击炮也不响了。鬼子的冲锋又被打退了，围子墙外一时静了下来，自卫队队员们个个精神振奋。林凡义和林庆忠脱去棉衣，手提大刀分头各段检查。围子墙四周脚手架上的人都伏在墙头下，炮楼上的人忙着装弹药，让林凡义想不到的是，乡亲们临危不惧，竟会如此镇定。

八路军伤员王向南在观察着日军的动向，他对林凡义说：“增援的鬼子到了，有四五百人，趁鬼子还没有完全合围，我们马上派人去跟区委和咱部队联系。争取时间等八路军主力部队来解围。”林凡义应道：“好！”

土围子里，村里的一群妇女有的提着瓦罐，有的拿着碗，把煎饼和热汤送到自卫队队员手里。林九兰的妻子招呼男人们来喝鸡汤。林九兰投去询问的目光。妻子说："有个炮弹落在家里，炸死了两只鸡，我就把鸡煮了拿来了。"

林九兰豪气地说："好！大家伙吃！吃饱了好打这些小鬼子！"林九臣的妻子王氏，颠着小脚，送来了用柏树叶煮的茶水，跟男人们说："你们多喝点，打鬼子的时候别喊哑了嗓子。"

亲人们的热情关心更加激发了自卫队队员们的斗志，他们抢修围子墙，收集弹药，准备迎接新的战斗。

敌人一波一波的进攻被击退了。日军调整战术又开始了第三轮进攻，村里浓烟滚滚，被炮弹击中的房屋顿时成为一堆瓦砾，村东北角土围子也被炸开了一个缺口。

鬼子步兵端着刺刀，成群结队地向围子墙下扑来。自卫队队员的各种火炮早已装足了弹药，其中一门生铁牛就"喂"了两碗黑药，三碗铁砂。十多名炮手守在炮旁，手拿火绳，准备射击，眼看着敌人距离围子墙只有25米远了，林凡义低声喊道："准备——放！"霎时，七八门土炮一齐喷出怒火。烟雾丛中，敌人连滚带爬退回了北大沟，留下了十几具尸体。

五子炮用的铁砂子很快用完了。村里的女人们把铁锅砸成一块块的碎块，有的还带着余温，送到阵地上来，把铁耙子齿一根根掰下来，直接放到炮膛里。对日军威胁最大的就是这种五子炮，一门五子炮有五个炮核，需要三五个人一齐操作。这种土炮是渊子崖村自己制造的，体积不大，但威力巨大。当日军冲进西炮楼时，林庆海把火绳向火药罐里一抛，只听"轰隆"一声，火光冲天，三个鬼子变成了"火人"。林凡义、林崇松等人趁机冲进炮楼，将他们捅死，还未来得及撤退，又一群日军冲了上来，他们用大刀、长矛和敌人拼杀，边打边撤。林庆海由于烧伤过重，死在土围子下。

从东路攻上来的鬼子，被自卫队队员的炮火打退了。从西路进攻的鬼子又在山炮、机枪的掩护下，从沟底扑了上来，冲在前边的敌人已爬到围子墙根下。

在这危急的时刻，火炮手林九兰、林崇松等人，立即点燃五子炮，随着响声，离围子墙稍远的几个鬼子见了阎王。随后，他们又各自抱起一块大石头，向顺着围子墙往上爬的鬼子砸去，只听得“呀”“呀”几声，又有三个鬼子成了肉泥。

围子墙在连续的轰击下，又被炸开了一个缺口。鬼子冲到围子墙附近，“轰”的一声，五子炮打响了，几个鬼子倒地，其余的鬼子纷纷往后退。一会，日军士兵继续向前冲。又是“轰”的一声，五子炮又响了。日军步兵伤亡惨重，无力再攻，退了回去。

日军联队长木村恼羞成怒地大声吼道：“整个联队集合，全体出动。我要亲自指挥，攻破这个村子！让他们在地球上消失！”

拼上了老本的日本鬼子像疯狗一样嗷叫着往前冲。领头的一个鬼子已冲进了缺口，年轻的自卫队队员林端五手握铡刀，迎了上去，手起刀落，只听“刷”的一声，这个鬼子就命归西天。

当林端五举起铡刀，冲向另一个鬼子时，一颗子弹打在他的右胸上，他拼了最后一口气把冲上来的鬼子的胳膊砍掉，接着又扑上去，用牙齿咬住鬼子的耳朵，这时他的父亲林九宣用长矛捅向鬼子的脑袋，林端五就这样和鬼子同归于尽了。

两个鬼子嗷嗷地冲上来了，团团把林凡义围住。情急中，膀大腰圆的林九乾不顾一切地提刀赶来，一刀结果了一个鬼子的狗命，自己也中弹倒在地上。

林凡义正要弯腰搀起自己的乡亲，另一个鬼子的刺刀，已经对准了林凡义的脑门。危急时，突然，那个鬼子瘫倒了，林凡义惊奇地回头一看，原来是林九乾的妻子用镢头从背后把鬼子砸死了。

砸死了鬼子，林九乾的妻子手拄镢头，大口喘着粗气，额头上沁出汗水，心情激动又有点恐慌。冬日午后的阳光照在她涨红的脸上，寒风吹动了她的头发，她看上去像一个威武的巾帼英雄。

在村民的英勇顽强地反击下，鬼子的进攻又被打退了，但土围子的缺口也扩大了。

缺口内外，死尸横躺竖卧，鲜血染红了黄土。林九乾的妻子，呆呆地跪在丈夫的尸体旁，像失去了知觉一样。

林九乾的父亲林秉标闻讯赶来了，九乾的妻子看到公公，喊了一声“爹”就“哇”的一声哭起来。林秉标站在儿子的尸体前面愣了一会，转身拿起一捆草，轻轻地盖在林九乾的身上，忍着悲痛，坚强地对儿媳妇说：“孩子，咱不哭，站起来，拿起家什，和小日本拼到底！”

在密集的枪林弹雨中，几十个乡亲们赶来了，林崇成组织乡亲们男女老少齐动手，冒着生命危险，大家用一筐筐石头，一块块门板，一袋袋沙土，围堵缺口。

缺口刚被堵上，鬼子新一轮的攻击又开始了。一发迫击炮弹打来，刚刚堵上的围子墙又被打开了一个洞。墙外激烈的枪声响成一片，不断有自卫队队员被击中。

林庆忠点燃了五子炮，“轰”的一声，前面的鬼子倒下了，后面的又冲上来，五子炮连续发射，鬼子被打倒了十来个，五子炮开完了五炮，哑巴了。日本鬼子端着上了刺刀的步枪扑向操控五子炮的林庆忠和林九兰。

林凡义大喊一声："不好！鬼子要抢咱的炮！跟俺来！"他举着大刀冲过去，自卫队队员跟在他身后，与鬼子展开肉搏。混战中，自卫队队员们毫不畏惧，他们横下一条心，狭路相逢勇者胜，不是你死就是我活。

三、血气如阳

鬼子冲进了西炮楼。村民林九兰吼了一声，冲了过来，他脱掉棉袄，赤裸着上身，抄起一把铡刀，奔向围子墙洞。一个日军士兵钻进来，刚要直起腰，林九兰早把大刀举过头顶，高吼一声，挥刀向下劈去，血光飞溅，鬼子人头落地，林九兰一脚把人头踢出墙外。

又有鬼子冲进来，林九兰剑眉倒竖，怒目圆睁，他大声骂起来，骂一声杀一个，一阵猛砍狂杀，一连劈死六个鬼子，最后连铡刀也砍卷了刃。

鬼子伍长吉野钻了进来，林九兰上前猛地用肩膀将他撞倒，大吼一声，用尽全力轮起铡刀，砍掉了他的脑袋。林九兰握着铡刀刚转过身，荒木端着刺刀恶狠狠地向他捅来。林九兰对鬼子吼道："小鬼子，来吧！俺死也不当孬种！"多个鬼子刺向他，林九兰那高大的身躯像山一样重重倒下了……

在和鬼子的拼杀中，林九兰的父亲、三哥林九京、侄子林雪都壮烈牺牲。

红了眼的鬼子像疯狗一样地打进村来，有的鬼子到死也想不明白这个村的老百姓的抵抗为什么如此的顽强。林凡义手拎大刀，上身只穿了一件单棉坎，浑身是血，满脸是灰，两眼怒睁，他仍在组织村民在街头与日寇展开生死搏斗。

自卫队队员和乡亲们在街头巷尾用镢头、铁锨、铡刀、菜刀、锄头同敌人展开了惨烈的搏斗。有的夫妻并肩在院子里和敌人拼杀，有的父子协力在巷口阻击敌人，有的母女合力与鬼子厮打在一起，到处都是自卫队队员的喊杀声和鬼子的嚎叫声……

激战，从早上一直打到傍晚，村民们边打边退，当退守到村里最后一条街道时，弹药已经没有了，这些庄稼汉手中只拿着原始的武器，他们的身后就是渊子崖村的祠堂和为八路军藏粮食的农舍。但占领了街口的鬼子用密集的枪弹，封锁了前进的道路，使他们寸步难行。

大家边撤退边抵抗。拐过了巷子口，年近70岁的老族长站住了，他伸手拉住林清义，气喘吁吁地说："不跑了，清义，咱们老了，活够了。豁出命掩护儿孙们，给他们一条活路吧。"

十几个老人都停下了，众人躲在两旁的屋舍中。这时，两个日军士兵喊叫着追了过来，老族长手持铁锨突然从房舍中冲出，冷不防地向一个鬼子铲去。十几个老人一起冲上来，他们有的提着铁耙，有的握着镢头，有的抓着锄头，有的持着镰刀，还有的攥一把杀猪刀，这些义愤填膺的老人们一拥而上，群起攻之，两个鬼子嗷嗷地叫着，倒在了这些老人们的脚下。

更多的日军赶来，老人们被日军包围在巷道中。机枪响了，疯狂的子弹射向巷道里的老族长和林清义等十几个老人，他们倒下了，他们的鲜血染红了脚下的土地。

四、残阳如血

三义口村，接到渊子崖村的报信后，板泉区委书记刘新一和区长冯干三一边派人向在外线作战的八路军主力求援，一边组织全体武工队队员心急如焚地跑步向渊子崖开进。

凄凉的黄昏，残阳如血。接近傍晚的时候，他们气喘吁吁地赶到渊子崖村东岭的树林。这时，日军的几挺机枪堵住了前进的道路。日军骑兵也迅速冲过来，形成了半包围圈。

刘新一、冯三干带领全体武工队队员还气喘吁吁地就与日军交上了火。

在与日军的浴血激战中，区委书记刘新一、区长冯干三和区武工队副队长高秀连和队员刘汉成、谷鸿安等三十几名战士视死如归，在与敌人浴血奋战中全部壮烈牺牲。

下午五点多钟，正在外线作战的八路军山纵二旅五团三营董营长带领的七连和九连，县大队与县委临时召集的各区中队闻讯赶来援救。为了救援渊子崖村民，他们从村东向鬼子发起了进攻，将日军引出村外，经过一番激烈战斗，直到太阳落山，鬼子在八路军和武工队的英勇打击下，开始撤退，村里的枪声逐渐停了下来。我方也付出了沉痛的代价，八路军山纵二旅的营长纪恕平、王汉农、连长王文瑞和二旅五团的一个尖刀班被日军包围，只有一位姓宁的战士幸存下来，其余全部光荣牺牲。

在村里养伤的四名八路军伤员在班长王向南的带领下，协助村长林凡义组织参加战斗，为了保护村民全部献出了自己年轻的生命。

夜幕降临了，村民们没有去找自己死去的亲人，却举着火把，漫山遍野的四下寻找牺牲的八路军和武工队队员。村民们在他们的尸体前长跪不起，泪水溢出眼眶，顺着脸颊流淌，全村哭声一片，悲痛的气氛笼罩着整个渊子崖村。

据战后统计，渊子崖自卫战军民团结一致、浴血奋战、英勇杀敌，共击毙日军112人、毙伤伪军42人。同时，此战也给渊子崖村造成了深重的灾难。全村壮烈牺牲和被日寇残害147人，加上八路军和武工队干部战士及邻村群众共伤亡242人。房屋被炸毁、烧毁833间，占全村房屋的90%以上。

让蒙山动容、沂水流泪的是，别看村中损失这样巨大，但在自卫队队员林庆本家，村里为八路军存放的三间屋的军粮，却秋毫未动，颗粒未损！

中共山东分局、八路军115师、滨海专署和莒南县委等有关方面非常重视，迅速组织周围各村的群众前来渊子崖援救。渊子崖村的人们擦干了眼泪，挺起脊梁，振作起精神，在废墟上重建家园，出现了生机勃勃的感人景象。

一年以后，临沂、莒县的日军2000余人，越过沭河东进，开始扫荡滨海区。当一队全副武装的日军行至离渊子崖不远的地方时，他们老远就看到渊子崖村重建完成后更为坚固、高大的围子墙。

日军大佐的表情有些诧异，他用马鞭指向前方："啊，这就是让83联队丢脸的那个村子吗？"一个日军少佐答道："是的，我们死了112名官兵，也没有完全攻破这个村子。木村正雄大佐为此切腹自杀了。这件事，在国内影响很大，连天皇陛下都惊动了。"

"不过，这个村刁民的英雄精神的确让支那人自豪光荣，同时也给了我们大日本军人一个警示，中国的老百姓是不好惹的，也是有血性的。"大佐接着又说。然后，他再次用马鞭指向少佐："命令部队，绕村而过。"

渊子崖自卫战后，延安新华社通电全国，延安《解放日报》发表社论，表彰渊子崖村民的英雄事迹，对该村的抗日自卫战给予了高度评价，称他们在全国树起了"村自卫战的抗日典范"，是全民抗战的一个缩影。渊子崖村因此被誉为"中华抗日第一村"。

70多年来，渊子崖村民时时刻刻把这场战斗记在心上，正义之力量，血染之风采，民族之英魂，历史记住了这个英勇的村庄，岁月永恒地镌刻上了这个英雄村庄的故事。

（原载2015年第14期《国防参考》）

1976年初的往事

人生有一些事情，总是令人难忘，而且随着时光的流逝会越来越让人难以忘怀。

40年前的1976年初，我在陕西省渭北高原的步兵第141师422团政治处担任电影放映员。那年元旦过后，政治处吴副主任交给我一项任务，要我去甘肃兰州买一台8.75毫米的小型放映机，为边远的连队放映电影，活跃文化生活。

人说少年壮志不言愁，那年我刚满20岁，第一次在部队单独出远门，而且是去兰州这样的省会城市，接到任务后，自然十分兴奋。1月8日早上，我从部队驻地澄城县城坐公共汽车，经过近四个小时的奔波赶到西安，在西安短暂停留后，便踏上了西行的列车。我经过一夜的颠簸，第二天早上抵达了兰州，住进了兰州军区第一招待所。这儿的天气可真冷啊！我头戴棉帽，身着军大衣，脚穿大头鞋，还感觉寒气袭人。

第二天早上，我正要起床，忽然听到门外有啜泣的声音，而且哭声越来越大，我急忙穿好衣服走出来看个究竟，原来是宾馆的五六个女服务员们在哭，有的还控制不住自己的感情号啕大哭，她们边拭泪边哽咽着告诉我："周总理去世了。"

这时从军区招待所高音喇叭里也传来了低沉的哀乐声，中央人民广播电台的播音员以十分沉痛的心情在播报："伟大的无产阶级革命家、中华人民共和国的好总理周恩来1976年1月8日9时57分于北京逝世，终年78岁。"噩耗传来，顿觉震惊，心情无比悲痛，一股热泪夺眶而出，当时我在想，敬爱的周总理，人民的好总理，国家需要你，人民需要你，您怎么就走得这样急呢。

下午，我怀着沉痛的心情走在兰州市区大街，注意到过往的人们神情庄重，面部悲痛，有很多人在臂上戴起了黑纱，很多商店门口的宣传牌上书写着"敬爱的周恩来总理永垂不朽""周总理人民的好总理，我们永远爱戴你""深切悼念人民的好总理周恩来"等悼念词。

在兰州市区东方红商场附近的新华书店，我看到很多人在自觉地排队购买周恩来总理的画像，大家默默无语，两眼含泪。经了解得知，为了深切悼念敬爱的周恩来总理，兰州新华印刷厂的职工们怀着无比崇敬的心情连夜加班印制了周恩来总理的画像。我被此情此景深深感动，也自觉加入到队伍中来，花了一元钱买了一幅长大约1米、宽50厘米的画像。回到宾馆后，我用三层报纸小心翼翼地将画像卷起包好。

第二天上午买好电影机后，下午我就背着电影机，一手提着旅行包，一手拿着周总理的画像登上了返回的列车。在火车上，有旅客见我如此爱惜地拿着卷起的画卷，便问我："解放军同志，你手里拿的是什么？为何如此小心。"我认真答道："是周恩来总理的画像。"旁边的旅客听到也围了上来，要我把画像打开。这时车厢的旅客纷纷围拢过来，我用军人的立正姿势站在车厢的走廊中间，双手虔诚地举着周总理的画像，供大家瞻仰。旅客们望着周总理那和蔼可亲的慈祥面容，纷纷缅怀他的丰功伟绩，寄托对他的无限哀思。

列车长走过来握着我的手，激动地说："解放军同志，谢谢你。"有的旅客拿起了照相机，与周总理的画像合影留念。整个车厢一片庄严肃穆。还有的旅客向我提出要求，问能不能把画像送给他，我认真卷起画像并婉言谢绝。

当我风尘仆仆地赶回部队时，团机关的同志正怀着沉痛的心情布置悼念周恩来总理的会场。我走进大礼堂，抬眼望去舞台正上方挂着白底黑字“沉痛悼念敬爱的周恩来总理”的横幅，舞台两旁摆满了花圈和松柏，舞台的中央却是空的。当我问起原因时，政治处文化干事黄开元告诉我，团里一时找不到较大一点的周总理画像，明天就要开会了，正着急呢。我听罢，一溜小跑回到宿舍，急忙把从兰州买回的周总理画像送到礼堂。

当大家看到周总理的画像时无不向我投来赞许的目光，为此，团政委马洪贵在事后的全团大会上专门表扬了我。

往事并不如烟，这么多年过去了，回想起此事，仿佛就在昨天，一幕幕依然那么鲜活。敬爱的周恩来总理，您虽然离开我们整整40年了，但您永远活在我们心中，我们永远怀念您！

（原载2016年1月9日《沂蒙晚报》）

真情一辈子

有人说，深情不及久伴，厚爱无须多言，久处不厌，才是真情。

2016年初举行的临沂市第六届“感动临沂人物”颁奖仪式已经过去近半年了，作为颁奖嘉宾的我，至今还依然被杜元法老人的真情深深感动着。

在颁奖仪式上，我紧紧握住获奖者杜元法老人那双青筋凸起的粗糙大手，感到是那样的有力和温暖，而老人低矮的佝偻身躯，在我的心目中，又是那样的高大魁梧，他像一面镜子折射出人间的大爱和真情。

他叫杜元法，今年86岁，是沂南县孙家峪村一位普普通通的农民。在临沂广播电视台颁奖仪式视频中出现的是他的妻子周玉爱，今年77岁。她已瘫痪了50多年，长年的卧床生活早已使她的骨骼僵硬，肌肉萎缩，不能行走，不能站立，连坐都很困难。在常人看来，他们的生活中似乎只有疾病和贫困，仿佛一切都与幸福和浪漫无关。

然而，他们之间究竟又有怎样的不寻常故事，让人感慨万千、感动不已呢。

杜元法没有豪言壮语，也没有惊天动地的壮举，但他以自己的实际行动，感动了临沂，甚至感动了中国。

1958年，正是社会主义建设“大跃进”的年代，杜元法在离家150公里外的泰安市当煤矿工人，正值身强力壮的他一心扑在工作上很少回家，年龄大了还没来得及找对象。家里老人给杜元法介绍过好几个姑娘，他都以工作忙为由推辞掉了。当家里再次催促杜元法回家相亲时，他无法推辞只好答应回来见见。这次的相亲对象便是周玉爱。那年杜元法27岁，周玉爱19岁。

当时，由于条件限制，他俩连结婚照都没有照成。现在，我们只能从老人们这两张饱经沧桑的脸上，想象着他们年轻时的模样。周玉爱说，那时的杜元法是个英俊潇洒的小伙子，很帅气。杜元法说，那时的周玉爱是俺这十里八乡长得很俊的姑娘呢！第一次见面之后，两人就把婚事订了下来。

有情人终成眷属。这年9月，杜元法从矿上请了六天婚假，把家里用石头垒的低矮草房布置成新房，在村里人吹吹打打中用大花轿热热闹闹地把周玉爱娶回了家。新婚对他俩来说无疑是甜蜜的，至今杜元法和周玉爱依然还能清晰地记起结婚时的每一个细节。

杜元法爱吃煎饼，现在家里的小陶盆上经常搁着那么一小摞。这些煎饼有的是买来的，有的是左邻右舍送的。但是杜元法说，妻子烙得煎饼均匀香脆，越嚼越香，这些煎饼的味道都不如周玉爱当年烙得好。

结发为夫妻，恩爱两不疑。杜元法幸福地回忆说，结婚后的第一天，他是在周玉爱摊煎饼的香味中醒来的，那也是周玉爱给他做的第一顿饭。

那时，当煤矿工人的杜元法，每天从事着繁重的体力劳动，生活中也只有工友为伴，没有人关心照顾过他。新婚妻子周玉爱给了他从未有过的温暖和体贴。

相思一夜成多少，地角天涯未是长。新婚六天后，这对小夫妻迎来了第一次分离。临行前，杜元法恋恋不舍地握住妻子的手动情地说：“等我回矿上把那边安排好了，就接你过去安家。”那天，周玉爱穿着结婚时的红上衣，坐在门口大树下的小土坡上，含泪目送丈夫远去。

此情可待成追忆，只是当时已惘然。命途多舛，让他们无论如何也想不到的是，这样的告别是第一次，也成了最后一次。六天甜蜜的新婚生活，将成为他俩永远的记忆。他却为这六天，承担起了照顾伺候妻子一辈子的责任。

新婚六天回到矿上后，杜元法又开始了紧张的工作。他挂念着家中新婚的妻子，憧憬着美好的未来，想着多挣点钱，等条件好了，就把周玉爱接过来同住。

转眼过了年，冬去春来。已经五个月没回过家的杜元法，突然收到了家里的来信。他用激动颤抖的手迫不及待地打开了信封，出人意料的是信里写的不是妻子对他温情的思念，而是一张妻子突患重病生命垂危的通知书。

杜元法马上向矿领导请假，心急如焚地匆匆赶回家，眼前妻子的模样，让他心头一惊。“执手相看泪眼，竟无语凝噎。”妻子目光呆滞地看着他，整个身体僵硬得不能翻身，手也不能拿东西，吃饭全靠一口一口地喂，大小便都在床上，面对此情此景，杜元法抱着妻子不禁流下了痛苦的眼泪。

爱一个人就会心疼一个人，而心疼一个人就要甘愿为她的幸福而付出，并且无怨无悔。杜元法擦干眼泪，下决心给妻子看病。他用独轮车推着妻子到多家医院诊治，医生的诊断几乎一样，妻子将一辈子瘫痪在床。这时家里有人劝他，赶快离婚吧，否则会耽误自己一辈子。村里也有人对杜元法说：“离了婚，甩掉这个包袱，你是国家工人，还怕找不到对象！”更有人对杜元法说：“她又不能给你生孩子，又不能给你暖被窝，还要她干什么！”杜元法风趣地说：“怎么不能暖被窝，她身体三十七度还是恒温的呢！”

看着卧床不起的妻子，杜元法动情地对周玉爱说：“你放心吧，我会一辈子疼你，照顾你！”周王爱和丈夫四目相对默默地流下了感激的泪水。

问世间情为何物，直教人生死相许。随后他毅然辞掉了工作，不离不弃，数年如一日，天天守在妻子的床边。“衣带渐宽终不悔，为伊消得人憔悴。”他每天起早贪黑，除了下地干活，还要买药，煎药，做饭，喂饭，缝洗衣服，但他历经磨难，痴心不改。

从村里到县城医院，有30多公里路。当时，沂蒙山区交通闭塞，这里没有班车，甚至连一条像样的公路都没有。杜元法家里唯一的交通工具就是一辆独轮车。为了独轮车走起来平衡，杜元法把周玉爱抱上车后，旁边再放上一块大石头，推着妻子从村里到县城，来回至少要七个多小时。这么多年以来，他就这样风里来雨里去，为了重病的妻子，不知洒下多少汗水，走了多少不寻常的路，又吃了多少苦。

俗话说：“日久见人心，患难见真情。”杜元法到现在也说不清楚，妻子到底是患得什么病，他只记得去过很多家医院，中西医都试过，但是医疗效果都不明显。听说偏方草药能治大病，他就想方设法打听到药方，接着就立马上山采药。有时采到药后，担心有毒，自己就先品尝再让妻子吃；夏天天热出汗，他担心妻子生褥疮，就每天为她擦洗身子。冬天天气晴好，杜元法就把妻子抱到室外晒晒太阳。

时间像蒙山脚下的沂河水一样在无声无息地流淌，他们的日子也就是这样一天天，一月月，一年年……

斗转星移，半个多世纪过去了。昔日这对英姿勃发的年轻夫妇，如今青丝变白发都已成为耄耋老人，岁月的年轮在他们的额头上写满了皱纹。杜元法身处艰辛却不畏艰辛，明知路漫漫，雪茫茫，但他与妻子患难与共，相依为命，一路前行。

古人曾有诗“若教眼底无离恨，不信人间有白头”，但杜元法坚信“人生自是有情痴，此恨不关风与月”。在他的精心照顾下，老伴虽遭疾病的无情折磨，但在丈夫真情地呵护下，她一直顽强地与病魔做斗争，特别是在精神上感到十分的满足和温暖。

有人说杜元法这么做，太不值得了！为了六天，却要付出一辈子。我想，他们这种爱也许没有多少浪漫的成分，却是真正的亲情、真情，即使没有多少爱情，照样也能使他们的婚姻变得温馨和快乐。

当我问杜元法老人，这么多年苦不苦、累不累时，老人的目光里流露出慈祥和真情，坚定地说："说不苦不累是假的，可老伴离不开我，我也离不开她呀！"

蒙山有大爱，沂水也深情。多年来，当地党委政府一直关注关心着这对夫妻的生活，社会各界人士也纷纷伸出援助之手。临沂著名青年摄影家翟小锋得知老人的事迹后，专门驾车到他家里，精心设计为这对老夫妻拍合影照，满足了老人多年的愿望。央视《夕阳红》栏目记者也专程赶往这个小山村，用一周的时间采访拍摄了专题片《六天一辈子》。

人们都说，人生一世有什么也不如有一个好伴侣，没有什么也不能没有好晚年。如此说来，妻子周玉爱就是杜元法生命中的最后一个观众，而他就是妻子人生中的最后一张存折。

落红不是无情物，化作春泥更护花。杜元法之所以和妻子能够相伴终生，是他们在长期相濡以沫的日常生活中，储存下了永远的真情。

我们真诚地祝福这对老人生活得会更好！

（原载2016年6月24日《临沂日报》）

我的团长胡学忠

近日，战友微信圈传出老团长胡学忠的近照，后得知此照是原团参谋长叶万棠今年6月中旬去武汉看望老团长时所拍。

正在泉城济南参加中国音乐家协会第三期专题研讨班的我，看到37年未见，现已85岁高龄的老团长那张和蔼熟悉的面孔，心情十分激动又感到特别亲切。

“人生能有几度春，岁月无情催人老。”从照片上看，老团长两鬓如霜，双目有神，身材微胖，状态尚好，但确实变老了许多。

流年似水，往事并不如烟。回想起40多年前在胡学忠团长麾下的军旅生涯，那艰苦而又温馨的岁月又一幕幕出现在脑海里……

1972年底，我从山东临沂半导体器件厂应征入伍，来到地处陕西渭北高原的澄城县步兵第141师422团当兵。当时部队所处的生活环境和条件都十分艰苦，整个步兵团比较隐蔽地在城西一个被称为县西河的沟里安营扎寨。黄土高原的地形特点是，上面看上去像平原，下面却纵横交错。部队就驻在一条相对较宽纵深四公里的大沟里，沟下有一条常年川流不息的小河。我们新兵住在河坡新修的半地下窑洞里面。

入伍第二天，我们就投入到紧张艰苦的新兵训练当中。第三天上午，当我们新兵连正在进行队列训练时，突然急促的哨声和口令声在操场上响起，“全体注意！稍息！立正！”只见我刚认识的新兵连连长何赐大跑步向一位军容严整、面带威严、看上去40岁出头的中年人敬礼报告：“团长同志，二营新兵连正在进行队列训练，请您指示！”我看到团长回了一个军礼，用洪亮的山东方言道：“稍息！我来看望大家，欢迎新战友，你们继续训练！”看到是团长来了，我顿时瞪大了眼睛，在我的心目中，团长可是一个了不起的人物，之后在入伍给家里写的第一封信中，我高兴地告诉家里，见到团长了，并写道：“我们的团长，高高的个头，魁梧的身材，虽然有几分威严，但让人感到和蔼可亲。”听老兵讲团长是山东人，曾参加过辽沈战役和抗美援朝，当过我们团特功五连“天德山英雄连”的连长。

记得做教育工作的父亲给我回信说，儿子你真幸运，当兵第三天就见到了团长了，为你高兴！这件事让我记忆犹新。

转眼冬去春来，高坡上花开了。第二年4月底，我从二营部步谈机班被选调到团政治处宣传股电影组担任放映员。不久后的一天，我在广播室发现了一张60年代发行的内有《沂蒙山小调》的唱片，出于对家乡的热爱和思念，我在广播室播送歌曲时经常播放这首歌，这首优美悦耳的歌曲不时地在我们的军营上空回荡。夏日的一天，早操后，团部大礼堂广播室的门被推开，胡团长突然进来了，他微笑着问我，小伙子你是什么地方的人？我急忙回答，我是山东临沂人。他笑了笑说：“怪不得老播放《沂蒙山小调》呢。我是山东临朐县的，我们都属于沂蒙山区，还是近老乡呢。”说完他握了握我的手，又亲切地说：“在团里放电影有出息，要好好学习，好好地干！”团长的话让我倍感温暖，同时也给了我在部队干好工作的力量，让我永远难忘！1976年夏，刚满20周岁的我被提拔为团政治处电影组组长，成为排级干部。这年底，我请好了假准备回家探亲。一天下午，胡团长在大礼堂开完会碰见我，问道：“小高，你最近忙啥！”当我向团长报告准备探家时，团长上下打量了我一下，见我身着四个口袋的新干部服，脚穿军用胶鞋，他笑了笑风趣地说：“小伙子很年轻，刚提拔起来的新干部回家要精神点！”接着他又问我穿多大码的鞋，我回答是41码的，团长说：“我那儿有一双你穿正合适，拿去穿吧！”这让我深受感动。

后来得知，胡团长送我的这双三节头皮鞋，是1955年他授上尉军衔时发的，这款皮鞋结实耐穿，样式美观大方，走起路来十分精神。

我十分喜欢胡团长送我的这双三节头皮鞋，凡有重要场合或者探家出差都穿上这双鞋。平时不穿时，我都要认真做些保养。1986年底，我从部队转业回老家就是穿着这双皮鞋离开部队的，也是穿着这双军用皮鞋走向新的工作岗位的。

铁血铸军魂。人民解放军步兵第422团，这支1945年在东北抗日烽火中诞生，在战火中走来的具有光荣革命传统的英雄部队，用热血和忠诚来实现自己的光荣与梦想，在社会主义革命和建设时期都屡建奇功。作为一团之长的胡学忠，作风扎实，治军严格，为人厚道，低调谦和。在团党委和他的带领下，步兵第422团的教育训练和各项工作都搞得有声有色，成绩显著。因此，胡团长受到全团指战员的尊敬。

1979年初，我在一营一连副指导员任上，奉命到西安兰州军区步兵学校（后改名为西安陆军学院）政治队学习。这年秋天，听团里战友来信讲，胡团长转业到湖北武汉市工作了。这让我感到遗憾，同时心里很内疚的是老团长离开部队时没有能够和他告个别，向尊敬的老团长敬个军礼！

胡学忠团长，1931年10月出生在山东沂蒙山区临朐县的一个贫苦农民家庭，13岁那年随父辈闯关东，去了辽宁沈阳，在那里靠给人打短工和做长工维持生活。1948年8月，他响应党的号召，从沈阳参军到第四野战军十纵队422团。辽沈战役后入关，后参加抗美援朝战争。战争年代他曾多次立功受奖，志愿军从朝鲜回国后就担任了连长。他在422团一干就是30多年，历任战士、班长、排长、连长、军务股长、营长、副团长等职，在团长这个职务上就干了10年之久。应该说，胡学忠团长为步兵第422团和人民军队的建设做出了重要的积极的贡献。

命运多舛，世事难料。老首长叶万棠在微信里说，胡团长转业到武汉后，先到市水产公司工作，后又转到市医药公司任党委书记，退休时按企业职工对待，后来落实政策才享受离休干部待遇。前些年他连遭不幸，老伴和大儿子相继去世，后来女儿和小儿子又先后下岗，生活上遇到不少困难。在各方的帮助下，他已渡过难关，现在两个孙子都在读大学。目前，因膝盖骨坏死行走不便，近期住了20多天医院，做保守治疗，虽然年事已高，但头脑清楚，思路清晰，状态良好。

听到这些，我们真想不到老团长转业后经历了这么多变故，在生活的道路上遭受到这么大的波折，这让我们这些老兵心里很不是滋味。

6月26日下午三点，我用手机拨通了湖北武汉老团长家里的电话。电话里传来老团长那亲切熟悉的声音：“小高，你好！我是胡学忠啊！我现在一切还好，大的困难已经过去了，大家都很关心我，请转告团里的同志们放心，欢迎你们来武汉做客，来时提前告诉我，让孩子们去接你们！”听到这里，我的眼睛湿润了。

“老团长您好，我们真诚地祝福您健康长寿，吉祥如意；真诚地欢迎您回老家沂蒙看一看。有时间我们一定去看望您老人家！”我在电话里由衷地如是说。

通话整整37分钟，放下电话，望着窗外淅淅沥沥的小雨，我的心情久久不能平静，老团长的话语依稀萦绕在耳边。“醉里挑灯看剑，梦回吹角连营。”尊敬的老团长啊！岁月虽能改变我们的现状，但它不能改写我们的过去。我们永远是你的兵。

“莫道桑榆晚，为霞尚满天。”胡学忠，我的老团长！我们老兵永远为您祈福！

（原载2016年7月2日《沂蒙晚报》）

那年，看电影

在我人生的经历中，曾经在部队放过五年多的电影，也看过无数场电影，但当兵后看的第一场电影，却让我印象深刻，记忆犹新，甚至影响了我的人生走向。

那是1972年底，不满17周岁的我从山东临沂应征入伍，来到位于大西北黄土高原的陕西省澄城县步兵第141师422团当兵。部队在县城西边一个被叫作县西河的大沟里扎营盘，住窑洞，吃粗粮，生活环境和条件十分艰苦。这对我这个从小在城市长大、从工厂入伍的新兵来讲，的确是个严峻的考验。

元旦这天的下午，我所在的新兵连传来消息，晚上团里要举行电影晚会，欢迎我们这些新兵入伍，要求提前半小时开饭，这让我们十分兴奋，到部队一个多星期了，还是第一次看电影呢！

晚饭后，连队根据团里要求，统一着装而且还要打背包，扎腰带，带水壶挎包。全连集合后，在值班排长的带领下，我们120多名新兵在夜幕下迈着整齐的步伐兴致勃勃地出发了。

从我们二营新兵连到团部大操场大约有六七里路，但要下一个陡坡再爬两个大坡才能到。我们唱着歌喊着口号一路前行，由于背着行装，再加上行军速度比较快，不一会我的额头就冒汗了，棉衣里面的衬衣也湿透了。这时，我一边走一边把棉帽脱下拿在手上，班长发现后，低声命令道：“赶快戴上，不许脱帽”，我只好擦了把汗，乖乖地把棉帽戴上。

当我随着连队几乎是大汗淋淋地到达团部大操场时，部队正在集合。我们新兵连在指定的位置排成纵队，在银幕的正面左侧把背包放在地上并坐在背包上。

灯光下，我注意到团部大操场中央用两根高高的竹竿拉起了一块白色的大银幕，银幕前方20多米处摆放着两台放映机，两个放映员在紧张愉快地忙活。银幕背面坐着全部是全副武装的老兵，而银幕的正面是全团的新兵和部分连队的老兵。我瞪大眼睛看到老连队的干部战士们，他们坐在马扎上，不带背包带武器，穿四个口袋的上衣，扎着腰带，斜背手枪，老兵们携带着班用机枪、冲锋枪、半自动步枪等轻武器。

当时我很纳闷，心想看场电影又不是打仗，带武器干吗，便很惊奇地悄声问班长。我们班长叫辛兆宗，比我早两年当兵，是甘肃天水人，嘴里有颗金牙，平时待我挺好。班长以老兵的口气说：“这你就不懂了吧，带武器看电影，这是我们团的老传统，一是战备的需要，二是提高警惕随时准备打仗。”我听后觉得班长水平蛮高的。

放映前，老兵连队开始拉歌，一个连队一个连队地唱，这边刚唱完《打靶归来》《说打就打》，那边又唱起《我是一个兵》《三大纪律八项注意》，此起彼伏，群情振奋，雄浑嘹亮的歌声在黄土高原的山谷里回荡，好不热闹，让我这个新兵大开眼界，并被这火热的军营文化氛围深深感染。

一会电影场静了下来，喇叭里传来洪亮的声音：“全团指战员！亲爱的新战友们：你们好！我是政委马洪贵，今天是1973年元旦，首先祝全团指战员、新战友们新年快乐！特别是对新战友的到来，代表团党委和全团指战员表示热烈的欢迎！在新的一年里，我们全团指战员要进一步加强战备训练，取得新的成绩！希望新战友们牢记家乡亲人的嘱托，在部队认真学习，刻苦训练，严格要求自己当一名合格的毛主席的好战士，为我们这支具有光荣革命传统的英雄部队增光添彩……”马政委的讲话赢得了全场热烈的掌声，让我们这些新兵备受鼓舞，热血沸腾。

电影开始了，首先放映《新闻简报》：毛泽东主席和周恩来总理在北京分别会见日本内阁总理大臣田中角荣，决定两国建立外交关系。接着放映国产战斗故事片《英雄儿女》。

黄土高原的天气像小孩子的脸一样说变就变，这时刮起了西北风，不一会下起了小雪，雪花纷纷扬扬地飘起来了，整个电影场一片安静，雪花落在黄土高坡上，落在电影场里每一个人身上。

我们这些新兵看到首长和老兵们一动也不动，没有任何一个人拍打身上的雪，聚精会神看电影，顿生敬意，也都自觉学着老兵的样子坐在那儿一动也不动，整个电影场只听见放映机机器转动的沙沙声。这时电影上，正出现英勇的志愿军战士王成在硝烟弥漫的炮火中，头部扎着绷带，面对穷凶极恶的美国鬼子，手持报话机话筒大声疾呼“近点！再近点！亲爱的首长！亲爱的战友们为了新中国，向我开炮！向我开炮！”的画面和声音。这部电影在家时曾看过几次，但当兵后再看，感受的确不一样，我被电影中的故事情节深深感动着。

高原上的风像刀子一样刮在我的脸上，已被汗水湿透的内衣开始变得冰凉，我感到浑身发冷，不知不觉连声咳嗽起来。辛班长见我不停地咳嗽，就关切地问：“小高你怎么回事？”我说：“班长，可能是受凉了。”班长听后二话没说就把自己身上穿的军大衣脱下来披在我身上。当时，我们新兵还没有来得及发军大衣，只有老兵才有，我感动地说："电影上志愿军英雄儿女在朝鲜打仗连死都不怕，我还怕冷吗！班长还是您穿吧！"班长接着说："我是老兵，又是班长，年龄还比你大几岁，不怕冷。"班长的一席话，说得我心里热乎乎的。

雪越下越大，电影还在继续，银幕上正出现中国人民志愿军各部队学习王成同志的英雄事迹，向祖国人民表决心的画面，接着传来激越的女声独唱："烽烟滚滚唱英雄，四面青山侧耳听……"班长坐在我旁边小声告诉我，当年我们部队参加过抗美援朝，在朝鲜战场上打美国鬼子，涌现出了不少英雄集体和战斗英雄，我们营五连就被志愿军总部记特等功并授予"天德山英雄连"光荣称号，全国闻名的国际主义战士罗盛教就是我们师侦察连的文书。听了班长的话，我好一阵激动，不禁肃然起敬，同时又感到能在这支英雄的部队当兵真是我的荣幸，这时我不自觉攥紧了拳头。

天气越来越冷，我的心里却感到越来越温暖。电影演完了，雪也渐渐地小了。在回连队的路上，我步伐坚定，走得特别有劲。回到窑洞，临睡前辛班长给我端来一碗热气腾腾的姜汤，这让我十分感动。熄灯号响过了，我躺在床铺上久久不能入睡，回味今晚看电影耳闻目睹的一切，今后在部队该怎么干，我想了很多，很多……

（原载2016年7月20日《齐鲁晚报》）

中秋拜见老将军

“一年一度秋风劲，不似春光。胜似春光，寥廓江天万里霜。”中秋时节，首都北京，丹桂飘香，惠风和畅。9月12日，我和沂蒙新红嫂朱呈镕一行专程从临沂来到北京拜见原中共中央政治局委员、国务委员、中央军委副主席迟浩田上将。

下午三点五十分，当我在警卫人员的引领下，又一次走进老将军家的四合院时，看到院内满目葱茏，鲜花盛开，月季花、菊花争相斗艳。老将军正以军人的姿态在门口等候，这让我们来访的每一个人心存感激，心生敬意，十分感动。

我向老将军庄重地敬了一个军礼，老将军叫着朱呈镕和我的名字热情地说：“欢迎你们那么大老远地来看望我。”

几年不见，老将军依然精神矍铄，神采奕奕，步伐矫健。走进客厅落座后，老将军给我们端来盛满橘子和桃子的果盘，接着又把已经切好的月饼亲手递到来访的每一个人的手上，他亲切地说：“中秋节马上就要到了，大家先吃个团圆月饼。”望着老将军和蔼慈祥的面容，聆听他老人家亲切温馨的话语，我感到心情特别愉悦，月饼也特别好吃，同时倍觉温暖，心头一阵发热。

说话间，工作人员搀扶着老将军的夫人姜阿姨走进客厅，工作人员说，姜阿姨听说是沂蒙老区来的客人非要过来看望。老将军说：“老伴今年84岁了，今年春天突患重病，现在身体很虚弱。”说着他走上前亲手搀扶着姜阿姨在沙发上坐好。接着老将军深情地说：“我们夫妻60年，现在她得病了，我得好好照顾她。”说到这里，我注意到姜阿姨脸上露出了幸福的笑容。我想，这是一对多么令人可亲可敬的革命老人啊！

老将军难忘沂蒙情深，新红嫂续写拥军新篇。今年8月4日《解放军报》刊登了沂蒙新红嫂朱呈镕弘扬革命传统、坚持爱国拥军的事迹，老将军看后，亲自给朱呈镕写信给予热情鼓励，充分肯定并挥笔写下了“红嫂基因代代相传，沂蒙精神永志不忘”的题词。

朱呈镕向老将军汇报说：“您的题词是对我的鞭策和勉励，使我精神振奋，倍受鼓舞。下一步，我要牢记您的教导，进一步弘扬沂蒙精神，把拥军工作做得更好，不辜负您的厚爱和希望。”

老将军亲切地对朱呈镕说：“看了你的事迹后，我很受感动，也很激动，当晚一夜没有睡好觉，第二天五点多钟就起床给你写信题词，爱国拥军你朱呈镕带了个好头，我要向你学习啊！”老将军的一席话，教育和感染了我们在座的每一个人。

毫端丽赋蒙山缘，座上雄谈沂水情。

“蒙山高沂水长，好乡亲永不忘！”这是老将军经常挂在嘴边上的一句话。他动情地说：“我今年88岁了，人老了就喜欢做梦，我经常梦见蒙山沂水，梦见当年那里打仗时的情景，梦见沂蒙的乡亲们。战争年代我七次负伤，其中有四次是在沂蒙山区。特别是南麻战役，我负伤后是沂蒙山的老百姓救了我，是沂蒙红嫂用乳汁喂养我，是沂蒙人给了我第二次生命，我永远忘不了沂蒙山。”说到这里老将军摘下墨镜，抽出一张纸巾，擦了擦眼睛里的泪花。

老将军的话字字珠玑，充满感情，使我的心灵受到震撼，思想受到洗礼。

我想，这是老将军对那段难忘岁月的怀念，对那份情感的追忆和向往，同时也是对那段历史的肯定与礼赞，也体现了他对生命的回望与感恩，更体现了老将军作为一个无产阶级革命家为党为国、重情重义的博大情怀。

朱呈镕向老将军汇报说，“您一直很关心的当年支前的‘沂蒙六姐妹’现在全都走了。我请画家为她们每个人画了一幅像，准备放在即将落成的红嫂文化博物馆”。听罢此话，老将军一声叹息。他充满感情地说：“呈镕啊，你这件事做得很好。1986年，我在济南军区工作时，专程去蒙阴县看望她们，这些大姐们像久别重逢的亲人一样围着我，请我吃苹果、花生，还给我送鞋垫，可亲热了！我真怀念她们！” 说完，老将军沉默了一会。

我说：“时间过得真快啊，第一次见您是1987年5月16日上午，在纪念孟良崮战役胜利40周年大会上，您作为济南军区政委和孟良崮战役的亲历者在大会上讲话，会后您健步登上了孟良崮主峰，在那儿跟我们讲述当年作战时的情景，至今历历在目，仿佛就在昨天。”

我接着说：“纪念孟良崮战役胜利40周年、50周年和60周年的活动我都参与了宣传和组织工作，您在百忙中每次都出席，明年是孟良崮战役胜利70周年，请您老还得出席呀！”老将军点了点头说：“只要我身体条件允许，老伴能行，一定是要去的。”

接着，老将军又用慈祥的目光看着我问：“小高，我记得你当过兵，在部队也是搞宣传的！”我向老将军汇报，我原是兰州军区47军的，团政治处放映员出身，在部队干了15年，是1986年底营职干部转业的。老将军说：“你们的老军长钱树根，后来当了副总参谋长，我们挺熟悉，他常过来看望我，刘冬冬健在时也来看望我。”我回答，“在部队时刘冬冬当过我所在的141师政委，我和刘政委比较熟悉，关系也好，他在济南军区任政委时我常去看望他，刘冬冬政委来临沂搞调研，我也有幸随市领导陪他视察过”。老将军接着又说：“我率军事代表团出国访问时，刘冬冬随我一起去的，可惜他走得太早了。”

说完，我把去年为纪念抗日战争胜利70周年出版的反映沂蒙抗战的长篇纪实文学《渊子崖壮歌》和作词的歌曲集《亲情沂蒙》呈送到老将军面前。老将军高兴地接过来认真地翻看。我把书的故事梗概和作词歌曲集的内容，简单地向他做了汇报。老将军听后高兴地说：“很好，写得不错！”同时，他热情勉励我：“你一直做宣传工作，又是个作家，今后要多写一些反映沂蒙精神题材的作品，更好地宣传沂蒙，让更多的人了解沂蒙，以推动临沂的经济建设。”我庄重地向老将军表示，请首长放心，我一定努力去做。

当老将军得知沂蒙新红嫂朱呈镕和有关部门正在举行为纪念红军长征胜利80周年在全国进行红军草鞋传递活动时，他称赞这个活动非常有意义，也很有创意，要把这个活动扎扎实实地开展好，使更多的人接受革命传统教育，为实现强国梦而努力。他高兴地接受了《临沂画报》主编王金海和吉林省军区政治部张振的采访，并欣然挥笔在传递的红旗上题写了“弘扬长征精神，不忘初心奋勇前进”十四个刚劲有力、笔力雄健的大字。

美好的时光总是短暂的，不觉一个小时过去了。当我们离开会客厅依依不舍地向老将军告别时，老将军再次亲切地握着我和朱呈镕的手连声说：“向沂蒙人民转达我的问候，祝中秋快乐！欢迎你们再来！”

行至老将军家四合院门口，我回首望去，老将军站在那儿还在向我们挥手致意。出了老将军家，抬眼望去，天空中美丽的夕阳挂在天边，似火的晚霞映照着太阳，一朵朵云彩伴着太阳的脚步，也染成了橘红色。

老将军亲切的话语又在我的耳畔响起。

（原载2016年7月24日《沂蒙晚报》）

走近李讷

五月的鲜花开遍原野，八百里沂蒙春意盎然。

在这美好的季节里，2016年5月22日上午“朝鲜文化艺术中国巡回展开展仪式”在临沂市文化中心隆重举行。应有关方面的邀请，毛泽东的女儿李讷和丈夫王景清先生应邀出席了开展仪式。我有幸参与了此次活动。

李讷女士一行，是21日下午从北京乘高铁到枣庄下车，傍晚来到临沂，下榻在位于沂河岸畔风景秀丽的蓝海国际大酒店的。

李讷，现年76岁，是毛泽东最小的女儿，1940年出生于延安。因毛泽东当时在延安化名李德胜，喜欢“君子敏于事而讷于言”这句话，便给女儿取名李讷。她是家中唯一在父母身边度过童年、少年和青年的孩子。她1965年毕业于北京大学历史系，先后供职于解放军报社和北京市委，1976年后一度赋闲，1986年到中央办公厅秘书局工作，1990年退休，曾任全国政协委员。

晚餐时，李讷和丈夫在随行工作人员的陪同下进入餐厅。在服务人员的搀扶下，李讷吃力地从轮椅上起来坐在了我的对面。

此刻，我瞪大了眼睛，这就是我们最敬爱的伟大领袖毛泽东的女儿吗？李讷额头宽宽，眼睛较大，嘴巴和下巴都有几分像毛泽东，令人感到特别亲切。

从外表看，李讷中等偏上的身材，衣着朴素，身体较胖，比较虚弱，而且行动不便。落座后她很少讲话，表现得很沉默，但这种沉默，却显示出几分那种遗传的伟人的风度和气质、高傲和倔强，让人感到那是一种不可言说的精神，令人不得不为之油然产生敬意。相比之下，她的丈夫王景清先生虽年近90岁，却身板硬朗，思路敏捷，比较健谈。

席间，坐在李讷旁边的王景清不断地给她夹菜倒水，显得十分恩爱。王老边吃饭边和我们聊天。我简单地向他介绍了临沂的情况。王老听后声音洪亮地说："临沂是个好地方，没想到建设得这么好，还是个千万人口的大城市，根本不像想象中老区的样子，特别是沂河两岸非常美。"

王老告诉我们，他是陕北人，1940年13岁就参加了八路军，给毛泽东和中央领导当过警卫员。

当我把卷好的煎饼递给他时，王老津津有味地吃着并连声说："好吃，好吃，孩子姥姥是山东人，她就喜欢吃煎饼。"说到这里，我注意到李讷点了点头。

在第二天上午由我主持的开展仪式上，李讷和丈夫受到与会者的热烈欢迎。大家怀着对毛泽东无比崇敬的心情，争先恐后地用尊敬和关爱的目光投向两位老人。开展仪式的现场非常热闹，秩序还曾一度有些失控。人们举起相机、手机争相拍照，李讷和丈夫总是积极地给予配合。

开展仪式结束后，我们陪同李讷一行参观展览。这次朝鲜文化艺术中国巡回展主要是以油画为主。朝鲜的油画作品，风格各异，色彩浓郁，不仅表现了朝鲜的风土人情、自然景色，也彰显了朝鲜文化艺术的独特魅力。

李讷坐在轮椅上很认真地观看每一幅作品，她在一幅表现当年中国人民志愿军和朝鲜人民军并肩作战的油画前停下来，看得非常专注，也许这幅油画给她带来了特殊的回忆，使她陷入了沉思。我看得出她内心的精神世界非常丰富，也具有十分深厚的文化底蕴。

中午，在市文化中心职工之家餐厅就餐准备上酒时，我注意到李讷给了丈夫一个眼神，王老会意地说，现在中央要求接待要节俭，我们就不喝酒了吧！听罢此话，大家对两位老人投去敬重的目光。

席间，我代表主承办方致辞，向李讷女士一行，向出席开展仪式的朝鲜文化省驻华代表崔明吉先生等表达诚挚欢迎和感谢。李讷女士不时注视着我，脸上露出了微笑。

我的话刚讲完，突然听到李讷女士讲话了，她的声音平和又亲切："谢谢临沂的同志们！谢谢朝鲜的同志们！向沂蒙老区人民问好！"接着她微笑着用朝鲜语向朝鲜朋友问好，在座的朝鲜画家也高兴地用朝鲜语向李讷表示崇高的敬意。李讷不紧不慢地说："中朝两国人民的友谊是用鲜血凝成的，是两国老一辈领导人共同缔造的，我哥哥岸英现在还躺在朝鲜呢！"在场同志无不为她的深情所感染。

接着李讷又说："当年金日成首相到我家来，不像其他国家领导人一样，跟我们讲究外交礼节，金首相就像到自己家一样比较随便，把衣服随手往沙发上一扔，端起茶杯喝完水，就和我父亲交谈工作。"说完她顿了顿又接着说："除了金首相以外，还有越南的胡志明主席到我家来，也是一样比较随便的。"

在场的朝鲜朋友听了十分感动，崔明吉代表激动地说："毛泽东不但是中国人民的伟大领袖，也是我们朝鲜人民的伟大领袖，朝鲜人民永远怀念毛主席！"他邀请李讷女士合影留念，老人欣然应允。这时在场的其他同志也都高兴地走到李讷身边合影留念，留下难忘的美好瞬间。午餐的气氛充满了温馨。

随行人员公茂香告诉我，李讷今天的心情特别好，这在其他地方是不多见的。李讷亲口对她说："沂蒙人热情厚道，为中国人民的解放事业做出过重大贡献，喜欢临沂这个地方。"

当问起李讷在北京的生活状况时，她的秘书高宗慧处长告诉我，李老现住在北京万寿路一套四室一厅的单元房里，有一专用书房。她喜欢书法，喜欢读文史方面的书。这些年她的身体一直不好，中央领导对她的生活十分关心，给她安排了很好的医疗条件，她的生活待遇也很高，现在社会上的一些言论都是不实之词，我跟她做了十多年的秘书最了解情况。

"人间正道是沧桑。"随行的工作人员还告诉我，李讷和丈夫现在生活得很平静，一般不外出，但作为中国红色文化国际交流促进会的会长，她和丈夫只要身体条件允许，还组织参加一些社会公益活动，缅怀老一辈无产阶级革命家的丰功伟绩，出席全国各地纪念毛泽东的一些重大活动，继续为实现强国梦做些力所能及的工作。

午餐后，李讷女士一行要离开临沂回北京了。

滨河大道柳树下，我望着李讷女士一行乘坐的面包车渐行渐远，在心里默默地祝福这位有着特殊家庭背景、令人尊敬的老人，生活愉快，身体健康，吉祥如意。

（原载2016年第8期《东方青年》）

怀念岳父任传儒

光阴似白驹过隙，我的岳父任传儒已离开我们快十年了。回想往事一幕幕，外子思念双泪流。

这些年，我一直想写悼念他老人家的文章，可每次动笔时却不知如何写好。因为在那难以忘怀的岁月里，在他令人感怀的人生中，他不但是我的岳父，还是我的良师益友，我怕写不出他既普通又不平凡的一生。

1970年4月2日，不满15周岁的我，有幸被招工到临沂地区半导体器件厂当工人。这天早上七点多钟到厂里报到时，接待我的就是厂里负责政工后来成为我岳父的任传儒。当时给我的印象是，他三十四五岁的年纪，瘦高的个头，短发后梳，脸庞消瘦，双目有神，身穿一件洗得已经发白的军上衣，一张厚道实在、和蔼可亲的面孔，操济南口音，大家都亲切地叫他老任。

听厂里的师傅讲，老任的爱人是著名烈士的后代，他岳父赵正阳的名字镌刻在临沂华东烈士陵园纪念堂巨大石壁团以上烈士的名录中。赵正阳1939年5月就担任中共汶上县委书记兼宣传部部长，1945年8月在抗日战争胜利前夕由于叛徒出卖在济南惨遭日寇杀害。当时我们厂是临沂地区最早的一家电子工业企业，知识分子多，青年职工多，女同志较多，主要生产硅整流二极管、硅开关二极管和高频晶体三极管，生产环境和条件相对比较好。老任对我们这些青年工人非常关心，经常和大家聊天拉家常。我们家里有什么事，心里有什么想不开的，都愿意和他聊一聊。

进厂后，我在工人师傅的传帮带下，努力工作，积极争取进步，可第二年却没有选上团支部第一批发展团员，据说是因为我父亲曾被打过“右派”，当时我很郁闷，心里想不通，这时老任就主动找我谈心，勉励我放下包袱，正确对待，经得起组织的考验。我在他的帮助培养下，更加努力的工作学习，后来担任了厂革委会宣传组成员和厂民兵连文书，这件事给我留下了十分深刻的印象。

我在临沂半导体厂工作了两年零九个月的时间。1972年底，我响应祖国号召应征入伍，去大西北陕西当兵。此时，老任在临沂地委落实政策办公室帮助工作，临行前他专门从机关回厂，亲自送我一个笔记本，上面写道：“希望高明同志读毛主席的书，听毛主席的话，做毛主席的好战士！”他还专门请我到他家吃了一顿饭，亲切勉励我到部队后要好好地干，争取早日加入中国共产党。

我当兵后的第二年春天，老任调到当时的临沂地区计划委员会具体负责物价工作。我俩一直保持书信联系，在部队我无论是入党提干还是上军校都跟他汇报，每次他都及时给我回信，为我的进步感到高兴，同时又鼓励我谦虚谨慎，继续努力，不断进步。1981年4月，我和他的大女儿结婚了。他高兴地对我和妻子说：“过去我们关系就很好，现在是一家人了。在今后的生活中，你们小夫妻要互相尊重，互相帮助，互相学习，互相理解，互相包容，共同进步。”这让我对他这位岳父更加敬重。

岳父家有四个女儿，我妻子在家排行老大。当时，岳母在临沂机床厂工会工作。婚后特别是女儿出生时，我在部队担任连指导员，工作任务比较繁重，一年只有一次探亲假，妻子大多时间住在娘家，她既要上班又要照看孩子，十分辛劳，全靠岳父一家帮助照料，使我在部队得以安心工作。岳父岳母对孩子十分疼爱，孩子想吃什么想要什么，只要是合理的要求，他们都尽量满足。岳父教孩子画画、写字，还亲手给孩子做木制玩具，他给我女儿精心雕刻的小木人，至今还摆在家里的书橱上。每每看到，睹物思情总让我心头一热，不觉泪水流出。

1986年秋，我从部队转业被安置到当时的临沂地委宣传部工作。岳父非常高兴，他语重心长地对我说："到地委机关工作是地方党组织对你的信任，要尽快适应新的工作环境，认真学习，严格要求，干好工作，不要辜负了组织的期望。"

我到地委宣传部工作不久，岳父即担任了当时的地区物价局党组成员、纪检组组长。他勤奋刻苦的学习精神和严肃认真的工作态度，给我留下了深刻的印象。在家里闲暇时，我经常看到他在看书学习。有时家里的写字桌不够用，岳父就坐着小马扎，趴在床上写文章。夏天室内温度高，他穿着背心，一手拿着蒲扇，把毛巾搭在肩上边擦汗边书写。他积极探讨新形势下，物价管理的新思路、新方法，写出了许多有分析、有价值、有创新的理论文章，多次被省市有关部门评为优秀科研成果。

岳父健在时，每逢周末或节假日，我们几个女婿都要和妻子带孩子回家团聚。这时，家里十分热闹，欢声笑语，其乐融融。最忙活的是岳父，几乎每次他都要亲自下厨。岳父做的老济南素锅菜是我的最爱。他把排骨放在锅底，上面铺一层白菜，再放一层卷好的海带，上面再铺一层藕块，最上面再放上小草鱼，加上醋和少许酱油，然后用高压锅温火煮一个小时左右。这菜味美可口，每次大家都吃得非常开心愉快。

岳父热爱生活，而且多才多艺，他会拉手风琴，口琴吹得也好。在家里吃过饭后，儿女们见他吸烟便要他唱歌，他总是笑眯眯地把烟熄灭，拉起手风琴，动情地唱起《唱支山歌给党听》这首他最喜欢的歌，声音低沉深情，至今让我们记忆犹新。平时家里电工、木工工具一应俱全，家里电器、家具坏了一般不用请人帮忙，他都能得心应手地处置好。

2006年初秋，岳父不幸患肺癌，在近一年的时间里他顽强地与疾病做斗争，用坚韧与顽强，用生的热度温暖死的冷酷，用执着与刚强，用活着的希冀降服病痛的折磨，在生命的最后一刻他再三叮嘱“丧事一切从简，按上级规定办”，表现了一名老共产党员的坚强党性，同时也充分表现了一位老干部所具有的高风亮节、博大胸怀和长者风范。

岳父在临终前几天，已经说不出话，我永远忘不了那一刻，就在离开我们的前一天下午，他拉着我的手，用那慈祥而又混浊的眼神看着我们，努力想说话，却又说不出来！他用颤颤巍巍的手在纸条上写道：“你是家里的老大，要把家里的事情安排好。”我眼含热泪地接过纸条向岳父点了点头，并在心里默默地发誓：“您老放心吧，我一定会尽心尽力的。”

“泰山猝然崩，西游驾鲲鹏。”2007年8月30日下午三点，岳父永远地离开了我们。半子无依何所赖，东床有泪几时干。岳父就这样和我们永别了，他没有给我们后人留下多少财富，但他留下了比金钱还珍贵的财产，那就是正直朴实的处世之道，勤俭节约、艰苦朴素的治家美德，刚正不阿、清白坦荡的人生节操。

祭父养育千般苦，此情难忘似海深。在追悼会上，我饱含热泪为岳父撰写了挽联：“鞠躬尽瘁蒙山披素玉梅含孝意，光明磊落沂水悲鸣杨柳动伤情。”

岳父任传儒，1936年3月出生于泉城济南，1954年8月从山东省财校会计班毕业后分配到临沂工作，他在沂蒙老区工作生活了半个多世纪，为沂蒙老区的经济建设做出了积极的贡献！

在岳父去世后的近十年里，每每想起他对我们的至爱亲情，对我的扶掖之情，回忆他生前勤劳俭朴和经历的生活磨难，不免一阵阵辛酸苦楚，潸然泪下。岳父虽然离开了我们，但他那慈祥的音容，文雅的言谈举止，却时常在我的脑海里显现。

写到这里，我作为一名作家，竟然找不出最好的文字来书写对岳父的怀念之情，只能用泰戈儿的“生如春花之绚烂，死如秋叶之静美”的一句诗长歌当哭，亲爱的岳父，祝您在天堂一切安好！我们永远怀念您！

（原载2016年8月13日《沂蒙晚报》）

英雄连老战友沂蒙行

蒙山巍巍风含笑，沂水长长情有缘。

沂蒙的秋天是迷人的，天高云淡，枫叶似火。2016年9月16日，中秋节刚过，来自全国各地八省市的“天德山英雄连”的老战友们30余人怀着对沂蒙山的向往和老战友们的深情厚谊，裹一路风尘下榻在临沂市区鲁班沂州宾馆。

铁血铸军魂，血染战旗红。中国人民解放军步兵第141师422团5连是闻名全军的英雄连队。该连于1945年秋在东北抗日的烽火中诞生，参加过多次激烈的战斗，屡立战功。

1951年该连随大部队雄赳赳，气昂昂，跨过鸭绿江，赴朝作战，同年秋奉命守卫临津江东岸天德山阵地。10月1日清晨，正当祖国人民欢度国庆两周年的时候，美军第3师15团和骑兵第1师在10个炮兵群、25辆坦克和12架飞机的配合下，向天德山阵地发起猛烈进攻。

5连全体官兵发扬“人在阵地在”的大无畏精神，英勇抗敌，浴血奋战，打退了美军数十次进攻，弹药打光了，就用铁锹、枪托、石头与冲入阵地的敌人殊死搏斗。在连长杨宝山光荣牺牲，全连130多人仅剩下指导员阎成恩和两名伤员、一名通讯员时，他们在兄弟连队的增援下，经四昼夜激战，坚守阵地，毙敌800余人。同年11月22日，中国人民志愿军总部彭德怀司令亲自签署命令，授予该连“天德山英雄连”的荣誉称号，并记集体特等功一次。

在社会主义革命和建设中，特别是新时期以来这个英雄的连队又谱写了新的篇章，涌现出一大批先进集体和英模人物。据不完全统计，中华人民共和国成立后在这个连队成长起来的师团以上干部就有20余人。

在无悔难忘的15年军旅生涯中，让我感到自豪和光荣的是，1972年底，不满17周岁的我从临沂地区半导体厂应征入伍，来到祖国的大西北，在这个英雄的连队当兵。

似水流年，转眼之间，我离开部队近30个春秋了。今天我们老战友们相聚在一起，当昨天的回忆以走近的方式变得遥远，今天的相聚以往事的沉淀为之感动时，我们四目相对，双手紧握，望着曾经天真而熟悉的脸庞被岁月镌刻的年轮，再回首情更浓，我们读懂了一种别样的真情和深沉。

清风徐徐，艳阳高照。老战友们走在蒙山下，漫步于沂河边。忆往昔峥嵘岁月，看今朝豪情满怀。

“我从小就看过电影《红日》，当年孟良崮战役的伟大胜利为全国解放奠定了基础。流逝的岁月虽然早已拂去了战争的烟尘，但沂蒙人民为支援战役的胜利所做出的巨大贡献却让人永远无法忘却。”在孟良崮战役纪念馆中，开国中将刘志坚的侄子——来自北京的老战友刘军动情地说。

巍巍沂蒙山是见证历史的丰碑，滔滔沂河水是倾诉忠诚的灵魂。在参观沂蒙革命纪念馆时，面对一张张珍贵的历史照片，看着一件件见证历史的实物，听着一个个感人肺腑的故事，老战友们深受震撼，感动不已。汉城亚运会小口径步枪射击首金得主、四平奥运会射击纪录的老战友徐小广热泪盈眶，他激动地说："沂蒙是一片奉献的红土地，沂蒙人对党是无比忠诚的，沂蒙性格浸透着民族性格，沂蒙精神体现着国家的精神！"登上80米高的临沂市文化中心观光长廊，举目望去，宽阔的沂河烟波浩渺，几只白色的水鸟在水面上盘旋，五洲湖畔鲜花盛开，绿草翠树和奇石小桥交相辉映，高楼大厦鳞次栉比，秋日的夕阳为庞大的建筑群抹上了梦幻般的橘红色彩……

第一次来临沂的老战友们无不被临沂所发生的翻天覆地的变化深深震撼，他们的想象与现时产生了极大的反差，大美临沂给了他们一种全新的认识和感受。

当年，来临沂接我入伍的陈苏来参谋，部队转业后，曾担任湖南省人大常委会办公厅副主任。44年后，当他重新踏上这座城市的时候，这里所发生的一切变化，让他首先是惊讶，然后是震惊，继而是赞不绝口。特别是听我介绍，现在临沂市中心城区面积220平方公里，市区人口近230万人，今年上半年全市经济生产总值超过2000亿元，已成为山东省继济南、青岛之后的第三大城市时，他瞪大了眼睛，感到惊奇，十分感慨地说："1972年11月，我来接兵在这里住了两个月，在临沂带走了670名士兵到我们师。当时的临沂城面积比较小，两天时间我就能自己骑着自行车满街跑了；现在的临沂变化得让我一点也认不出来了，只有华东烈士陵园的纪念塔有印象。我做梦也没想到临沂会是现在这个样子，变得这么大气、洋气，这么漂亮，这么现代化！"

参观完市区王羲之故居、临沂市汉墓竹简博物馆、书法广场和临沂商城，老战友们对临沂悠久的历史文化和现代商业文化更是议论不休，称赞不已。

来自江苏省昆山市的老战友郭俊友真诚地说："这么多年我们一直在全国百强县前几位，过去总觉得一般谁也比不上我们，这次来临沂看看，似乎比我们也差不到哪里去。”

“延安和临沂都是老革命根据地。当年西北战场和华东战场，延安和临沂都是国民党重点进攻的对象。就某种意义来讲，延安的名气，似乎比临沂还要大一些，但实事求是地讲，延安近些年的发展变化与临沂相比是有较大差距的。”担任过延安市工商银行副行长的老战友常志荣如是说。

江西省上饶市烟草公司的总经理黄东发，是我1978年夏在连队担任副指导员时的连长。他十分认真地说：“沂蒙是我十分向往的地方。我很早就会唱《沂蒙山小调》，但老实讲是把它和贫穷落后联系在一起的。这次来到临沂真让我大开眼界，特别想不到的是临沂城建设得这么好，此次老战友聚会真是不虚此行，今后有机会我还想来。”

说到这里，在部队曾经担任过5连连长，与我同年入伍的老乡战友刘传成满脸堆笑地说：“十多年前，我们就想请老战友们来临沂聚聚，但那时感觉我们的经济发展还不够很快，条件也不够很好，这些年我们与过去相比感觉发展得又好又快，今请各位来临沂我们也就有了底气。”

原团参谋长孙赤兵深情地说，我们组织这次老战友聚会的初衷，就是为了发扬英雄连队的精神，不忘初心，再话当年事，再续战友情，搭建起战友互动交流的平台。虽然我们大都年过花甲，但过好晚年生活，关心培养好下一代，也是我们义不容辞的责任。

天阔云舒，惠风和畅。相聚的时间总是美好而又短暂的。分别时杨柳依依，我们折柳相送，举杯壮怀，相拥告别。甘肃兰州的老战友宁晓智即兴赋诗一首：“大美临沂名不虚，可叹时短览有余。长途跋涉千里外，沂蒙难忘入画图。”

72岁的老连长卜锡钦握着我的手动情地说：“我虽年龄大了，但情怀依旧，期待着下次再相聚！”

望着老连长那饱经沧桑的脸上写满的热情与期盼，我在心中默默地祝福亲爱的老战友们，一生平安，再次相聚！

（原载2016年9月30日《临沂日报》）

中将来临沂

展纸思念将军，挥笔书写真情。

不觉一个多月过去了，可高建国将军来临沂的情景却不时在我的脑海里出现，总让我难以忘怀，至今历历在目，言犹在耳。

今年处暑刚过，8月24日一大早，沂蒙新红嫂朱呈镕大姐就给我打来电话："今天上午济南军区善后办高政委要来临沂部队房地产管理处搞调研，同时还要到我公司看看，点名请你一起参加。"听后，我心中大喜，连声应道："好的！好的！"我接着又问道："市里领导知道吗？"朱大姐说："高政委在电话里要求，市领导工作很忙，一定不要打扰他们，我们只好尊重他的意见，不向市领导和有关部门汇报了。"

放下电话，我陷入短暂的沉思。我和高政委虽未谋面，却神交已久，他不但是我军高级将领，还是著名的军旅作家。前不久，他还托人把长达55万字的新作《一颗子弹与一部红色经典》亲自签名后赠送给我，这让我十分感动。

高建国政委是我国第一代硕士研究生高级指挥员，军事学博士。高建国1954年10月出生在山东省胶南市，1972年入伍，是孔门七十二贤高柴七十四世之孙。他曾任20集团军政委、沈阳军区政治部主任、沈阳军区副政委，2011年被授予中将军衔，是中共第十八届中央委员会候补委员。

古韵今魂风骨健，将军本色是文人。高建国政委在当兵前就开始发表作品，著有长篇报告文学《当代中国军人婚姻透视》、中篇报告文学集《地球第一雕塑》、散文集《东方写真录》等，有多篇文章在全国获大奖，特别是2014年发表在《人民日报》上的散文《焦裕禄的家风》在全国反响良好，给我留下了深刻的印象。

沂蒙初秋，乍凉还热。上午十时许，高建国政委和秘书小杨以及司机一行三人，带着对沂蒙人民的深情厚谊来到朱老大食品有限公司，我和朱大姐急忙走上前去迎接，高政委亲切地对朱呈镕说："您是全国闻名的拥军模范，我来临沂搞调研先来看望你。"说着他和朱呈镕亲切握手。我向高政委敬了一个军礼，他热情地对我说："我早就知道你，当过兵是个老宣传，还是作家！"我定睛看去，高政委身着军夏常服，身材高大魁梧，双目炯炯有神，气宇轩昂，肩章上金色枝叶和两颗金星在秋日阳光下熠熠生辉。

在公司六楼会议室，朱呈镕热情地向高建国政委汇报了十多年来的拥军工作和公司发展情况。高政委听后深情地讲："沂蒙是一块奉献的热土。战争年代沂蒙人民为中国人民的解放事业做出了巨大的贡献，涌现出一大批可歌可泣的英模集体和先进个人，沂蒙红嫂就是典型的代表之一。朱呈镕同志在新的历史时期传承红嫂精神，坚持爱国拥军，做出了显著的成绩。我们部队的同志感谢她，希望朱呈镕同志不忘初心，继续前行，大力弘扬沂蒙精神，在做好本公司发展的同时继续做好拥军工作！"朱呈镕激动地说："谢谢首长的鼓励，我一定继续努力，向老红嫂学习，传承沂蒙精神，进一步做好爱国拥军工作，不辜负首长的希望！"

当闻讯而来的十多位各界人士请求高政委签名赠送新书《一颗子弹与一部

红色经典》时，他顾不上休息，擦一把额头上的汗水，问清楚每一位求书者的姓名、职务，字里行间倾注着他的大爱和深情。赠书过后，他还高兴地与大家合影留念，给人一种宽容大度、温文尔雅、风度翩翩的儒将形象。

骄阳似火，激情如阳。上午十一时许，我和朱大姐陪同高政委一行来到位于市区解放路中段的原济南军区临沂房地产管理处。在近一个小时的时间里，他认真听取了管理处党委书记毛运兆同志的工作汇报，并对下一步的工作提出了明确要求和希望。去酒店就餐时，高政委热情地邀请我坐他的车，上车后他随即换上了便装。行进间，我和高政委聊天，得知我俩是同一年入伍的，在部队我们有共同认识和熟悉的战友和首长，这让我们的关系更加亲密了。我问高政委这是第几次来临沂，他说是第三次来临沂，第一次是1969年上初中的时候，从青岛来临沂参加拥军慰问演出活动；第二次是1992年7月时任济南军区政委的宋清渭陪同江泽民总书记来临沂视察工作，他作为宋政委的秘书随同来临沂。

文以载道，乐于讴歌。谈到文学创作，我对高政委说："您写的一些东西，我大都看过了，立意高，有厚度和深度。"他谦虚地说："文学创作是我工作之余的爱好，我喜欢文学，这些年写的一些东西，是我生活中的一些感悟，也是想通过这些文学作品来反映对实现中国梦、强军梦的期盼。"

车窗外，美丽的城市风景不断闪过。我向高政委简要汇报了近些年来临沂的发展情况。望着窗外宽阔整洁的街道、鳞次栉比的高楼和车水马龙的繁荣景象，高政委十分感慨地说："耳听为虚，眼见为实，临沂发展太快了，变化太大了，我都认不出来了。"天阔云舒，惠风和畅。中午十二点半，我们一行到达沂河岸畔的蓝海国际大酒店，刚走进大厅恰好碰见市委主要领导在这里有公务接待活动，这时我走上前欲把高政委介绍给市领导，却被他一把拉住，高政委悄声对我说："不是说过了嘛，市里领导工作很忙，不要打搅。"

进入餐厅后，高政委要求，不上烟酒吃便饭。席间，我做主陪，高政委坐主宾，朱大姐做副主宾，管理处毛书记做副主陪。秘书小杨、管理处处长陶龙和其他三位同志参加。说句心里话，和现役中将一起吃饭，这让我这个老兵又高兴又激动。当我满怀深情地举起热气腾腾的茶杯以茶代酒，代表沂蒙人民向高政委表示真诚的欢迎和崇高的敬意时，高政委吃着煎饼卷大葱，喝了一口茶水说："临沂的煎饼真好吃，饭菜也香。"我说："政委，您20多年没来临沂了，就在这儿多住几天，我们陪你好好看看！"他深情地说："谢谢大家。临沂是我十分向往的地方，这里的人民可亲可敬，但我下午下班前在济南还有个会要开，有机会我一定还要来看望大家，向老区人民学习。"午餐在亲切和谐的气氛中仅半个多小时就结束了。

高政委要回济南了。他的秘书小杨，小声告诉我首长有交代，此次临沂之行，请不要宣传报道，也不要发微信。我点了点头。我和朱大姐要求送高政委一行去高速路口，他执意不让，而且坚持送我俩先走，我们只好依依不舍地向高政委告别！

行前，我把为纪念抗日战争胜利70周年而写的长篇纪实文学《渊子崖壮歌》一书赠送高政委，他接过书握着我的手热情地说："谢谢，希望你能写出更多更好的作品！"高建国中将临沂之行仅仅三个多小时，时间的确是短暂的，但他给我们留下了难忘的美好回忆。他朴实低调、谦虚谨慎以及严于律己的工作作风给我们留下了非常深刻的印象。我们真诚地期盼着将军再来临沂。

（原载2016年10月15日《沂蒙晚报》）

听肖华政委讲长征

铸牢长征魂，聚力中国梦。

今年是中国工农红军长征胜利80周年。近一段时间，我一直在关注有关长征的报道和电视专题片。

我想，无数先烈用生命和鲜血构筑成的长征精神，是中华民族精神的瑰丽升华，是激励我们从胜利走向胜利的力量源泉。

回想37年前，时任兰州军区第一政委的开国上将肖华给我们讲长征的情景宛如目前，至今仍久久地萦绕于脑海之中，激动之心难以平静。

那是1979年初，我在连队副指导员任上被选送到西安陆军学院（时称长安兰州军区步兵学校）政治队学习，并担任学员五队一班班长。

这年，5月3日的早晨，天阔云舒，春风拂面，学院广播室传来《长征组歌》那优美激越的歌声。听到这经典熟悉的旋律我也情不自禁地哼了起来。早饭后，队里通知上午肖华政委要在学院做革命传统教育报告，大家听后无不精神振奋，欢欣鼓舞，更让我激动万分，兴奋不已。因为肖华政委是我军优秀的政治家，他文武兼备，参加过长征，是《长征组歌》的词作者，战争年代还在我们沂蒙山区战斗生活过，是我敬仰已久的儒将。

5月的鲜花开遍了原野，终南山校园内春意盎然。上午八点半，我们手提学员皮包，军容严整地迈着整齐的步伐步入学院大礼堂。我所在的学员队坐在前排东侧靠前位置。环视周围，我注意到整个大礼堂座无虚席，气氛热烈。报告会由开国少将张献奎校长主持。在热烈的掌声中，肖华政委开始做报告。我用仰视的目光看去，肖华政委中等身材，60岁出头的年纪，精神矍铄，红光满面，尽显儒将之风。

肖华政委操着浓郁洪亮的江西兴国口音给我们简要讲了我党我军的成立创建和历史意义。当讲到长征时，他说："1934年10月红军长征时，他18岁，担任红一军团组织部部长兼二师师长，带队突破乌江后，接着又跟随毛泽东主席参加了四渡赤水战役。"说起四渡赤水，肖华政委动情地讲："这是遵义会议之后，中央红军在长征途中，处于国民党几十万士兵围追堵截的艰险条件下，进行的一次决定性运动战战役。在毛主席的指挥下，中央红军采取高度机动的运动战方针，纵横驰骋于川黔滇边境广大地区，积极寻找战机，有效地调动和歼灭敌人，彻底粉碎了蒋介石反动派企图围歼红军于川黔滇边境的狂妄计划，红军取得了战略转移中以少胜多、变被动为主动的光辉胜利。"肖华政委接着又说："中央红军在五次反'围剿'失败后，于1934年10月被迫撤出中央革命根据地，开始了大规模的战略转移。长征初期，由于王明'左'倾教条主义的领导者实行逃跑主义，使中央红军在'湘江之战'后，从8万多人减少到只有3万多人。当时的红军实际指挥德国顾问李德又不顾敌人调集40多万人的围堵，仍把希望寄托在与红二、红六军团的会合上，坚持按原计划向湘西前进，使红军处于覆灭的险境。在此危急关头，毛泽东主席力主摆脱敌人主力，改向敌人力量薄弱的贵州前进，以争取主动。这个主张得到了中央军委大多数同志的赞同。1935年1月7日，红军一举攻克黔北重镇遵义城，召开具有历史转折意义的

‘遵义会议’，结束了王明的‘左’倾教条主义在中央的统治，在事实上确立了毛泽东主席的领导地位，打开了中国革命的新局面。”

讲到这里，肖华政委热泪盈眶，他语音哽咽地说：“是毛主席的正确路线，挽救了我们党，挽救了红军。可以说，如果没有毛主席，就没有今天中国革命的胜利。”讲到这里，全场一片寂静。肖华政委的一席话字字珠玑，令我心灵震撼，心生感动又令人回味。

当时我在思考，肖华政委这位跟随毛主席长征的老红军、老将军，对毛主席如此深情、如此动情，这是他在长征途中血与火、生与死的战斗中，通过自己的亲身经历流露出来的真情感悟，也反映了广大红军指战员的真实心声。

因此，我也进一步加深了对《长征组歌》中“全军想念毛主席，迷雾途中盼太阳”和“英明领袖来掌舵，革命磅礴向前进”这段歌词的理解。

肖华政委接着讲，红军在长征途中，他们跟随毛主席爬雪山、过草地，跋山涉水，抢险飞渡，战胜了无数的艰难险阻，体现了“红军不怕远征难，万水千山只等闲”的英雄气概。“信仰高于生命，方向决定成败。红军广大指战员在长征途中，凭着对革命的坚定信念，克服了种种困难，特别是那些年老体弱的老红军，稚气未脱的小红军，承受更多艰难困苦的女红军，身负重伤的伤病员，他们以顽强的毅力和部队一起行军作战，经受了血与火的考验，体现了革命理想高于天的坚定信念和伟大精神。”肖华政委提高了声音又坚定地说道。

报告会结束时，肖华政委语重心长地教导我们：“现在全党全军全国人民，都在认真学习贯彻党的十一届三中全会精神，同时也刚刚胜利地进行了对越自卫反击战，全国形势一片大好，希望学员同志们继承和发扬我党我军的光荣传统，珍惜在学院学习的机会，认真学习，刻苦训练，严格要求，成为国家和军队建设的有用之才，在新的长征路上为保卫大西北、保卫祖国建功立业！”

多少年过去了，当年肖华政委的报告，让我记忆犹新，永远难忘，这场报告甚至改变了我的人生走向。

苦难的辉煌，红色的血脉，钢铁的意志……80年前红军的长征，作为一部波澜壮阔的英雄史诗，不仅创造了世界战争史上的奇迹，而且孕育了伟大的长征精神。

80年过去，长征精神早已融入中华民族的血液中。井冈山精神，延安精神，沂蒙精神，“两弹一星”精神，载人航天精神……都涌动着对长征精神的继承。

我想今天我们继承发扬长征精神，就是为了唤起人民对崇高信仰的敬畏之心，就是为了不忘初心，踏上新的征程，继续前进！

（原载2016年10月29日《沂蒙晚报》）

冬访颜文姜祠

初冬时节，乍寒还暖。

我有幸去齐长城脚下的淄博市博山区做客，在友人的热情引领下参观全国重点文物保护单位颜文姜祠。

午后的孝妇河，在冬日阳光的照耀下波光粼粼，蜿蜒东流，仿佛在无声地诉说着一个千古流传的故事——颜文姜至孝而成神的传说。

颜文姜祠，又名灵泉庙、顺德夫人祠，俗称大庙，位于博山城郊凤凰山下孝妇河畔。它始建于北周，更建于唐天宝元年（742），宋熙宁八年（1075）扩建，清康熙十一年（1672）增建。它占地3660余平方米，拥有四进院落，有殿房83间，为淄博市现存规模最大的古典建筑群，也是全国目前仅存的三座唐代木质建筑物之一。

颜文姜祠坐北朝南，山门两侧各蹲石狮一尊，雌雄相对，遥相呼应，雕工精细，神态如生，是十分经典的石刻艺术品。门楣上当代著名书法家舒同书写的鎏金匾额“颜文姜祠”在阳光的照耀下熠熠生辉。

抬眼望去，整个建筑规矩严谨，金玉交辉，华丽中透着古朴，优美中伴着刚健，风格庄重朴实，体现出道教的玄妙、皇家的宏伟、环境的幽雅、民风的淳朴等多种特色，充分反映了古代劳动人民的聪明智慧和建筑技巧。

相传晋代以前，博山城郊有一姓郭的人家，给儿子定了青州府颜家庄的亲事。未过门的媳妇叫颜文姜，她19岁那年，丈夫重病，危在旦夕，当地盛行娶亲冲喜的风俗，狠心的婆婆为冲掉儿子的病魔硬是把颜文姜娶进门来。成亲之日，颜文姜的丈夫已奄奄一息，她小姑子手抱一只大公鸡代替哥哥与颜文姜拜堂。“寅时娶进颜氏女，卯时病死郭家郎。”可怜颜文姜，喜服未解就成了寡妇。

新婚丧夫的颜文姜，不光心地善良，而且勤快能干，她上侍候公婆，下照看小姑，从早忙到晚，夜里还要推碾拉磨到五更。

古书记载：齐地孝妇颜文姜，孝侍公婆，远汲山泉，不间寒暑，感动神明，泉出于室内汇流成河。文姜殁，在其地草庙为神，后人于北周时在此建庙，即颜文姜祠。走进前院，中央是灵泉，为孝妇河的主要源头，呈7.5米见方的正方形，深3米，四周有兽雕石栏做护。泉旁有一石碣题云：“孝妇河名自古今，泉头一派更弘深。何当汲去为霖雨，洗尽人间不孝心。”

前院正中为正殿，俗称“无梁殿”，是颜文姜祠的主体建筑，两侧挂有十分醒目的楹联“惊天地感社稷莫大于孝，配江河揭日月至诚如神”。大殿面阔3间13米，进深3间14.5米，高约15米。歇山顶，单檐斗拱，木架结构，上覆琉璃瓦。殿前檐下有木制卷廊，檐枋皆饰以彩绘，殿内顶梁上有“大清顺治丁酉九月吉旦钦命督抚，山东领尚书孙廷铨、御史赵班玺重建”等字样。

我注意到，颜文姜祠与其他祠庙不同，它既不弘扬佛法，也不歌颂帝王将相和赞美文人墨客，而是为了纪念一位孝顺的普通村妇。这在几千年遗留下来的万千古建筑中极其罕见，可谓凤毛麟角。它反映了上自帝王将相下至平民百姓对孝文化的推崇和爱戴，也成为孝文化代代相传的重要媒介。

友人告诉我，千百年来，颜文姜祠香火不断，并逐渐演变成了盛大的民俗活动——文姜庙会。每逢农历七月初三，即颜文姜的生日，博山及其周边地区的老百姓都会自发举办规模宏大的庙会活动，成千上万的百姓前来虔诚地进香供奉，祈祷许愿。庙会长达四天，从八陡镇到山头街道神头村，沿途十多公里的道路两边都摆放香案供品；颜文姜祠内更是人头攒动，场面壮观。时至今日，文姜庙会也成为当地弘扬孝文化的重要载体。由此，不难看出，生活在孝妇河源头的博山人高度重视孝文化的挖掘和开发利用，把孝文化作为文化产业的主要内容在不断做大做强。

我站在颜文姜祠大门口，望着静静流淌的孝妇河水，情不自禁地联想起家乡临沂白沙埠的孝河。

一掬清泉饮，冷然动远飔。孝成天地感，名重古今知。我想，孝河是因被誉为孝圣的王祥卧冰求鲤的故事感天动地得名，而孝妇河是因孝妇颜文姜至孝成神的传说而名之。两河源不同，一派流芳润。

乐善好施乃中华民族之美德，崇尚孝道系中华儿女之传统。博山地处鲁中山区北部，曾为东夷先民衍生之地，齐鲁界疆分与此，“阳者为鲁，阴者为齐”，鲁文化和齐文化在此融合，造就了鲁孝王祥和齐孝颜文姜所体现出来的乐善好施、崇尚孝道的齐鲁孝文化。

百善孝为先，人间有大爱。王祥和颜文姜的故事千古流传，这是一种地域民俗文化，也是一种民族精神。它们弘扬德孝文化，是一种传统美德，是国人所崇、世人所望的。

我认为应该把孝文化，做成品牌，做成精品，让孝之文脉历久弥新，孝水长留，孝事永传。

（原载2016年12月31日《沂蒙晚报》）

看　锅

一进入腊月，年味渐浓，就感觉离过年越来越近了。看到现在有些年轻人对过年的那种淡漠疏离，我总会想起小时候过年的情景。

那时，孩子们最盼望的事儿就是过年，在20世纪六七十年代，过年时不仅能吃到平时很少吃到的肉、鱼等好东西，还可以穿件新衣服和得到少许的压岁钱。其中，最让人怎么也忘不了的，就是现在一想起来就想吃的猪头肉。

猪头肉是我们临沂人过年时不可或缺的一道美食，也是那时条件较好的家庭过年的标志菜。做得好的猪头肉成冻后，色泽光亮，香气四溢，盛在盘子里颤乎颤乎的，吃时横竖切上几刀，成条成块皆可，那滋味鲜香软滑，口感极好，令人百吃不厌。猪头肉虽然好吃，但在那个年代，老百姓平常日子想买个猪头却不容易，一般只有等到快过年时，食品公司或肉联厂才会给单位发一些盖着大红印章的猪头票，凭票购买。要是有猪蹄、猪下水一起下锅做成猪头冻，那就是很奢侈的事了。

1967年，我11岁，父亲被错打成“右派”后和母亲一起被下放到临沂城北一个叫北店子的完小教书。过小年的一天傍晚，父亲托关系买回一个猪头。为此，全家沸腾起来了，兄弟姐妹们欢呼雀跃，纷纷围上来看热闹，那猪头肥肥大大的，足有20多斤。搞笑的是，猪鼻孔里还塞着一张写着父亲名字的红纸条，表示是分给父亲的。欢喜是欢喜，但天寒水冷，谁也不想伸手干活，父亲见状便厉声施令：“都得干活，你们谁不干，肉煮好了不准吃。”听了父亲的话，大家各负其责，都开始忙活起来。煮猪头之前，有道关键的工序，就是去毛除污。母亲拿来早已备好的松香融化后浇在猪头上冷却拔毛，效果不错，但还不够干净。作为家中长子的我，很认真地找来镊子、刀子、烙铁仔细地处理，冻得小手通红也不叫苦。在全家共同努力下，猪头终于被收拾得达到了较为理想的境界。

父亲在大家的围观下，用刀从猪头上取下两耳，又将后脑劈开，一阵忙碌。收拾妥当后，天色已晚，到睡觉时间了。

兄弟姐妹们望着炉子上煮着猪头肉的锅有些恋恋不舍，父亲看着我们几个说：“这肉要煮好需要两三个小时的时间，你们谁愿意看锅，煮熟后，可以第一个先吃点。”听后，我压抑不住内心的兴奋，急忙应答：“我看锅！”父亲同意了，并向我交代注意事项，譬如及时加煤捅炉子，防止开锅后汤溢出来什么的，我不断点头称是，并表示一定把锅看好。

重任在肩，重利在前。我很激动，打起精神，密切关注着炉子上开始散发出阵阵香味的锅，这个过程既是享受又是煎熬。

那年的冬天特别冷，当时我们家住在学校三间较为低矮的东屋，室内温度较低。窗外西北风呼啸，天上不时飘来零星雪花，我在煤油灯昏暗的灯光下，穿一件黑棉袄蜷缩在炉前的板凳上，认真观察着肉锅的情况，目光在炉火和锅上来回地看，总觉得时间过得很慢，期盼锅里的猪头肉早熟，不觉睡意来袭，开始打盹。这时，我突然想到锅里的猪头肉熟了可以先吃不能打盹呀，顿时又振作精神，睁大了眼睛。

夜深人静的时候，锅里散发出来的阵阵香味，我的口水不自觉流了下来。我感觉锅里的肉好像是煮熟了，回头观察一下家里人都已睡觉了，便迫不及待地揭开锅盖，夹起一块肉就往嘴里塞，结果烫得乱跳，肉咬不烂还没熟，搞得我很扫兴。大约又过了近一个小时，我又悄悄地尝了几次，总算是煮好了。我抬头看去，时针已指向十一点半。我把父亲叫醒，父亲用筷子插了一下，满意地说："是熟了"。又说："你看锅有功，得奖励你！"说着，父亲随手捞起一块猪头肉切给我吃。我吃着香喷喷的猪头肉，虽然困一点但心里很得意。那晚，我很快进入了甜美的梦乡。

半个世纪过去了，一想起过年那次看锅，那猪头肉的香味仿佛仍在空气中弥漫。这些年，人们的生活越来越好，餐桌上的东西可以说应有尽有。现在过年时，猪头肉也已经不是让孩子们垂涎三尺的菜肴了。

是啊，猪头肉好吃，但肥腻，含胆固醇也高，确实也不适合我这个年纪的人多吃了，过去是想吃没得吃，现在是有得吃却不能吃，这种人生境遇的变化真是让人无可奈何。

但猪头肉中饱含着的人生体验的苦涩温情，却会激起峥嵘岁月的浪花，荡起我心灵的涟漪。

（原载2017年1月6日《临沂日报》）

河内走笔

说起越南，我总有一种别样的复杂心情，16年前曾随人民日报社组织的考察活动去过这个国家。

2016年12月初，我去广西会战友，应友人之邀再次来到越南，并在河内小住两日。 这个时节，我国北方已是寒气袭人，但在越南却气候宜人，很适合旅行。

我们一行抵达越南首都河内时，已是华灯初上，映入眼帘的是街道两旁种植的以榕树和椰子树为主的热带植物。中巴车在河内大街上行驶，我有一种陌生而又充满好奇的感觉，环视四周，城市大而疏旷，街道不是很宽敞，市容也算不上美观，但是法式风格的建筑却比较多。

第二天，早上起床后，我在下榻的酒店16层凭窗远眺，发现河内和我当年来时有了较大的变化，但高层建筑还不是很多，除几条大街较宽敞外，其他街道普遍较狭窄，但临街的房子有特色，每家都有宽四五米的底层门面房，一般是二三层的楼房，全开着小店铺，门面房后延伸10米或20米不等，整座建筑窄而长，就像一个侧立的火柴盒，一家家沿街排列，鳞次栉比，别有风情。

早饭后，我们在导游的引领下来到河内的巴亭广场，抬眼望去，整个广场约有我国北京天安门广场的三分之一那么大，广场正面设有观礼台，虽不够恢宏气派，但十分简约。这是越南政府举行盛典的地方。1945年9月，胡志明主席就是在这里向世界宣告越南独立的。巴亭广场上有两座醒目的建筑物，一座是胡志明纪念堂，另一座是胡志明纪念博物馆。我上次来河内时因为时间关系没有去过。

位于巴亭广场西侧的纪念堂，安放着胡志明主席的遗体。纪念馆每年9月至12月闭馆，我们去时刚开馆一个多星期。据导游介绍这里每天都有很多世界各地的友人来瞻仰凭吊胡志明主席的遗容，缅怀他的丰功伟绩。

我戴红领巾时就知道胡志明伯伯，他是越南人民的伟大领袖，他和我国人民的伟大领袖毛泽东主席、敬爱的周恩来总理等老一辈无产阶级革命家有着深厚的感情，他曾在中国工作战斗过多年，是中国人民信赖的老朋友。

这次，能有机会瞻仰胡志明主席遗容，我的心情自然有几分激动。当我随着人流，走进庄严肃穆的纪念堂，首先看到的是胡志明主席水晶棺两侧的四位礼兵表情严肃地持枪立正守护在那儿，棺内的胡志明主席遗容是那样的淡定慈祥，人们放轻了脚步，围水晶棺一周，一步三回头，大家的表情是那样的庄重虔诚。离开纪念堂，我的心情，久久不能平静。

时近中午，我们来到越南河内主席府，这里我上次曾经参观过，主席府面积不大，在法属殖民地时是法国总督的行宫。这是一座呈四方体的建筑，是典型的法式建筑，外墙装饰为明黄色，显得端庄典雅、金碧辉煌。在主席府周围有一些散落的建筑物，其中有一座很有越南特色的吊脚楼，是胡志明主席生前生活和工作过的地方。再次参观胡志明主席的故居，我的心底有一种比较亲切的感觉。胡志明主席生活俭朴，为了越南人民的解放斗争无暇顾及个人的生活，79岁病故，终生未娶。他不屈不挠，戎马一生，带领着人民反法抗美，建立越南民主共和国，“鞠躬尽瘁，死而后已”的奋斗精神，深深感动着我们。

主席府四周种着很多越南特有的植物花草。其中有一种树，越南人称之为佛树。这种树很特别，在它的周围几米内，它的树根会一根一根的长出地面来，矮矮的树根冒出地面就像一尊尊的佛像，所以被称为佛树。而旁边几株高大的树枝上盛开着艳丽的花朵，五彩缤纷的煞是漂亮。

走出主席府不远，就看到一面湖像镜子一样地镶嵌在河内市中心，它叫还剑湖，湖水清澈透明，湖的四周绿树成荫，岸边老人孩子在休憩游玩，这里一切显得宁静安详。在还剑湖的旁边，映入我们眼帘的是另一幅景象，那里是河内的三十九条古街。古街是法国人统治越南时建造的房屋街道。这些房屋都是法式建筑，虽然楼房略显古旧，古旧的房屋在湖水的辉映下冷静清冽，仿佛在无声地诉说着越南被法国统治时的沧桑和耻辱。现在，越南人民赋予这三十九条古街新的生命色彩和希望。在这古街上，河内的人民安居乐业，一幢幢楼房变成酒店或商场，它就像是一幅市井画面，通过这里的繁华我们看到了勤劳的越南人民的新生活、新气象、新变化。

漫步还剑湖畔，路边商铺林立，宾客盈门，比肩继踵。让我感到奇怪但开心的是，人民币可以直接使用，交易时摊主反倒更喜欢人民币，我们在入关时换的越南盾差点用不掉。河内大街给人印象深刻的是，这里随处可见粗大的红木树，而且每棵树均有编号，还有悬挂着长长须根的大榕树。

越南人喜欢骑摩托，在河内大街上满目都是摩托车流，据说仅河内市就有300万辆摩托车，成为一道特有的风景线。

越南自古就和我国有着紧密的联系，也一度成为法国的殖民地，因此在河内处处可见到与中国、法国相关的历史痕迹。所有寺庙古建筑完全是我国明清的风格，匾额都是用汉字楷体书写，廊柱上的楹联皆为中文的词句。城西的文庙供奉着孔子，庙内大堂匾额上的“万世师表”四个大字是康熙皇帝的御笔。这让我们感到特别亲切。

时间虽然短暂，但这次越南河内之行的确给我留下了比较深刻的印象，这里繁华而又宁静，发展前景不可小视。我想，经过近百年战乱的越南人民现在终于迎来了经济发展的春天，越南人民定会用他们的勤劳和智慧建设一个新的更加美好的家园。

（原载2017年1月14日《沂蒙晚报》）

张荣校长沂蒙情

“草长莺飞二月天，拂堤杨柳醉春烟。”初春的沂蒙大地，到处生机勃勃。2月25日傍晚，临沂城沂河岸边，一道夕阳铺水中，铂尔曼大酒店在晚霞的辉映下，显得格外华丽。酒店二楼会客室，君子兰花正盛开。山东大学临沂校友会成立10周年庆典暨2017年新春联欢即将在大会议室举行。

当前来参加活动的山东大学校长张荣满面笑容地走进会客室时，大家纷纷起立热情地向他问好致意。张校长亲切地和在场的每一位校友逐一握手，并连声说道：“大家好，辛苦了，谢谢你们。”

雨露滋润笑春秋，桃李芬芳满天下。百年山大，历史悠久，文化灿烂，才俊辈出。母校是我们校友共同的精神家园和心灵港湾。虽然离校多年，但是我们对母校和师友的眷恋与牵挂不仅没有改变，反而历久弥新。我作为20世纪90年代初毕业于山大中文系的学生对母校校长的光临感到特别高兴。

山大临沂校友会副会长兼秘书长魏元龙悄声向我介绍说，张校长工作很忙，一般校友会的活动不参加，但这次临沂的活动他利用周末休息时间破例参加了，来之前他一再交代，临沂正在开“两会”，一定不要打搅市里领导，听到这里我对这位过去虽未谋面却神交已久的大学校长不禁肃然起敬。

久闻张荣校长是中科院院士，学术水平比较高，曾先后主持国家“973计划”、“863计划”、国家自然科学基金重大项目等十余项国家和地方重大研究课题，是“长江学者奖励计划特聘教授”和“国家杰出青年基金获得者”，在物理学领域取得了多项优秀成果。2013年10月，经党中央批准，他从南京大学常务副校长职务调到山东大学任校长。我定睛看去，张校长50岁出头的年纪，中等身材，宽额头圆脸，双目炯炯有神，身着深色西服，系暗红色领带，儒雅的举止言谈和不事声张的内敛气质给我留下了良好的第一印象。

在亲切友好的气氛中，山大临沂校友会会长朱绍阳先生和我热情地向张校长介绍了近年来临沂经济社会发展的情况。

张校长认真听后动情地说：“我来山东工作三年多了，这是第一次来临沂，过去只知道临沂是著名的革命老区，这里是一块奉献的热土。耳闻，近些年来发展得比较快，城市建设得也比较好，这次来真没有想到临沂发展得这么快，更没有想到城市建设得这么漂亮，与我想象中的临沂大不一样！”

张荣校长还告诉我，他的老家是江苏盐城，离临沂不远，从小他就会唱《沂蒙山小调》，从小就知道红嫂乳汁救八路军伤员的故事，临沂是他十分向往的地方。

我对张校长说：“当年，陈毅元帅的新四军军部在江苏盐城，1945年抗战胜利后，转战到山东临沂的河东区，这里是新四军的最后一个军部和华东野战军的诞生地，临沂和盐城在政治、经济、文化方面有着千丝万缕的联系。”张校长听后，高兴地说：“我们两地都是革命老区，都为中国革命的胜利，做出了重大贡献。”

张荣校长接着说，在战火纷飞的年代，临沂是中共华东分局的首府，当时学校迁到这里与华中建设大学合并，名字叫临沂山东大学，因此，山东大学的血液里包含着沂蒙的基因，山东大学是在沂蒙这块红色的土地上，经过革命战争的洗礼不断发展壮大的，山大和临沂有着深厚的革命历史渊源。

夜幕降临，华灯初上。晚六点，大会议室内华灯璀璨，春意暖人，庄重典雅的舞台张灯结彩，舞台两侧屏幕上“红色山大，情系沂蒙”八个大字格外醒目，传递出革命文化的深邃与厚重。 谁言寸草心，报得三春晖。在联欢现场，我看到那些满头白发、步履蹒跚的老校友们心潮澎湃，仿佛又回到了那个激情燃烧的岁月，耳旁犹闻琅琅书声，山大校风将永远影响他们壮丽人生最美的夕阳。

在联欢现场，我看到那些英姿勃发、青春盎然的新校友们激情四射，仿佛在跟随老校友们完成了一次历史的穿越，眼前如见学习的榜样，实现强国的梦想将是他们一生最大的渴望。

随着弘乐和鸣、歌声飞动，在来自全省各地300余名校友的热烈掌声中，张荣校长发表了热情洋溢的讲话。

张荣在讲话中向长期关心支持学校发展的校友们表示感谢，并认真介绍了学校改革发展的最新情况。他表示，下一步学校将继续广开言路，积极听取广大师生、校友及社会公众的意见、建议，努力把主校区建成文化校园、开放校园、智慧校园、绿色校园、创新校园，使之成为蕴含山大文化、彰显山大特色、传承山大精神的美丽家园。同时，张荣强调，学校情系沂蒙，关注沂蒙发展，希望临沂校友会守正创新，开拓进取，奋发有为，积极促进母校和临沂及校友事业的交流与合作，把校友会的工作推向一个新的高度。

张荣校长的一席话，让校友们如沐春风，很受鼓舞。席间，我作为主陪与张校长边就餐边交谈，我对张校长说：“传承红色基因，铸牢灵魂之基，是我们今天晚上联欢活动最厚重的底色，最崇高的格调。”张校长庄重地说：“无论我们走多远，都不能忘记走过的路，不能忘记为什么出发，红色文化的力量在于它能让处在不同历史阶段和不同生活空间的校友实现心灵上的连通，共享生命的体验，让一种精神得以不断延伸。”听到这里，我再次向他投去敬佩的目光。

欢声笑语叙友情，繁管急弦歌声飞。这时，校友们纷纷前来请求与张校长一起照相，每次，他总是放下手中的筷子，彬彬有礼地起立，非常谦和地与大家合影留念，这让校友们十分开心愉快。

当联欢庆典晚会即将结束时，山大临沂校友艺术团的青年校友张馨文深情演唱了我作词的歌曲《相约沂蒙》。张校长热情地握着我的手说：“明天一早济南有活动，我要尽快赶回去，有机会我一定再来临沂，走一走，看一看，感受沂蒙文化，学习沂蒙精神。”

我热情地回应道，张校长，我们相约沂蒙，期待您再次来临沂，祝愿我们的母校明天更加辉煌。

（原载2017年3月18日《沂蒙晚报》）

又见存葆老师

“春分雨脚落声微，柳岸斜风带客归。”3月6日上午，春光明媚的日子，我在临沂又一次见到了著名军旅作家李存葆老师。

几年未见，存葆老师看上去变化不大，浓郁亲切的乡音透着底气，炯炯有神的眼睛闪烁着智慧，依然是那样才思敏捷，饱含激情，和蔼可亲。

“我是地道的沂蒙人，因为我的家乡五莲县属于沂蒙山区，我的很多创作灵感都来源于对它的记忆，这里是我生于斯长于斯的地方。”在和大家的交谈中，存葆老师毫不掩饰他与生俱来的沂蒙情结。

我和存葆老师相识多年，他既是我的良师益友，又是我十分敬重的首长。

20世纪90年代初，我在当时的临沂地委宣传部任新闻科科长，他和著名作家王光明一起来临沂采风，撰写长篇报告文学《沂蒙九章》。部领导安排我和科里的同志全程陪同他们采访。在四个多月的时间里，存葆和光明两位老师冒着酷暑，克服种种困难深入到山区，深入到基层，深入到群众中，召开座谈会，找当事者采访，搜集各种资料，足迹踏遍八百里蒙山沂水。

存葆老师当时40多岁，担任济南军区政治部创作室主任，英姿勃发，激情洋溢，因中篇小说《高山下的花环》的发表在全国引起强烈反响而一举成名。

在临沂采访期间，存葆老师那种谦虚低调、严谨细致、朴实无华的作风，给人留下非常深刻的印象。大家都说："存葆老师哪像个大作家，一点架子也没有。"

我从小喜爱文学又在部队工作过十几年，和存葆老师有许多共同的话题和语言，很快我们就成了无话不谈的好朋友。我之所以称存葆先生为老师，是因为存葆老师的确是我文学道路上成长进步的引路人，譬如散文写作，我就是在存葆老师的热情指导下慢慢成熟起来的。

1991年秋，我在存葆老师的帮助和推荐下加入了山东省作家协会，同时还被推选为山东省散文学会常务理事，这让我在文学创作的道路上更加坚定了步伐。

存葆老师和王光明合著的长篇报告文学《沂蒙九章》是一部具有强大心灵震撼力和艺术感染力的经典之作，在1991年11月《人民文学》上以整本篇幅发表后，立即在全国引起了较大的轰动，荣获1990年至1992年全国优秀报告文学奖之首。

存葆老师和王光明饱蘸激情地把对沂蒙的情和爱融进笔中，绘革命历史之画卷，展英模豪杰之风采，唱辉煌时代之大风，真实地记录了沂蒙人民紧跟时代的脚步声，也对进一步宣传临沂、了解临沂、弘扬沂蒙精神起到了重要的积极作用。

记得是1993年的夏天，我去济南开会，存葆老师得知后，热情地邀请我去他位于军区政治部宿舍楼的家里做客。济南天气炎热，素有"火炉"之称。他的夫人赵永浩忙里忙外，汗流浃背地做了一桌丰盛的菜，这让我十分感动。席间，我和存葆老师边喝酒边聊天。酒至酣畅，存葆老师动情地说："每当我想起在临沂采访的日子，沂蒙那山，那水，那人，那情，总让我激动不已，一次沂蒙采访，一生沂蒙情怀。”说到此处平时很少喝酒的他竟一扬脖喝了满满一大杯。此情此景，让我至今记忆犹新，历历在目。

存葆老师1996年调北京任解放军艺术学院副院长，兼《解放军艺术学院学报》主编，1997年他被中央军委授予少将军衔。他还曾连续三届担任全国政协委员和中国作家协会副主席，无论职务如何变化，地位多么显赫，他始终保持旺盛的创作热情，始终保持浓郁的沂蒙情结，始终保持低调朴实的工作作风，还是那般重情重义。

2004年夏天，我当时任临沂市文联主席，为宣传临沂，组织“全国知名作家赴沂蒙老区采风”活动。为支持我的工作，存葆老师带军旅作家和《文艺报》记者专程从北京赶来参加活动。在他的带动和影响下，整个采访活动获得圆满成功，受到时任临沂市委书记李群同志的高度赞扬。

书生文章千古事，风雨同舟师生情。2006年7月，我加入了中国作家协会，存葆老师专门从北京打来电话表示祝贺，他在电话中说：“作为一名作家重要的是对人和社会的良知，要宣扬真善美，努力传播正能量。”他热情鼓励并希望我贴近生活、贴近实际、贴近群众写出更多更好的作品来。

如果说存葆老师的小说《高山下的花环》为中国新时期军事文学树立了标识，那么《我为捕虎者说》则标志着他的创作笔锋开始向大散文掘进，并在突破中取得了新收获。谈起创作转变，存葆老师说：“最终证明一个国家、一个民族伟大的是她的文化。文化是人类心灵之树上结出的圣果。一个民族的文化是这个民族智慧果实的长期积累。而最能让骚人墨客绪意飞驰的是散文。我们的散文应该更贴近中国人的生活。”

从《鲸殇》《大河遗梦》到《祖槐》《沂蒙匪事》《飘逝的绝唱》……存

葆老师以小说家的眼光发现故事，以散文家的情怀重说故事，字斟句酌出来的大文化散文，使简单的故事升华为精神的追求与叩问。

那年，存葆老师把他在解放军文艺出版社新出版的散文集《大河遗梦》亲笔签名后从北京寄给我，这本沉甸甸的书收录了他近年来潜心创作的文化大散文及随笔，这些文章不仅体现了他对散文品位的追求与思考，也体现了他散文独有的艺术特色。

存葆老师的散文贴近人们的生活，关注人类面临的生存危机与种种困境，字里行间充满情感、哲学和作家的正义、良知。我认真拜读后获益匪浅。

存葆老师曾和我交谈过，散文易写难工，将没有呼吸、没有知觉的汉字小方块，排列成稍大一点的方块并鼓捣得活蹦乱跳，明智达理，魂牵梦绕，实在不易。

2010年，我把近些年来在报刊发表的60篇散文结集成册，名曰《那年，放电影》。存葆老师在济南大暑之日以《蒙山沂水的歌者》为题亲自写了近3000字的序文。

“落红不是无情物，化作春泥更护花。”存葆老师在序文中满怀深情地叙述了我俩的友情，对我的散文既充分肯定又给予了热情鼓励，并寄予了殷切的期望。无疑他的文章为我的散文集增添了一笔厚重的光彩。

蒙师领吾入学路，吾爱蒙师夕阳红。如今，存葆老师已退休，年龄也已过古稀，但他仍饱含激情，笔耕不辍，不断有新作推出。

午饭时，我问起他夫人的近况，存葆老师告诉我：“近些年，你嫂子退休后，几乎每日在家临帖，书法大有长进，已加入山东省书法家协会。”说完，他很自豪地打开手机让我看他夫人创作的书法作品。刚劲的笔法，娟秀的字体，如行云流水一般，让我好一阵惊喜。

存葆老师要走了，临行前，他握着我的手深情地说："我一直在关注临沂的发展，有机会我还要来采访，还要来看望你们。"望着他渐行渐远的汽车，我在心里默默祝福存葆老师及其夫人身体健康，平安吉祥，期待他再来沂蒙。

（原载2017年3月25日《沂蒙晚报》）

雪地笑声

提起妈妈，我相信每个人都有说不完的故事，道不尽的亲情。母爱，总是能击穿我们心灵最柔软的地方。

1998年的冬天，天气真冷。刚入腊月，第一场雪就悄然而至。

下雪那天的早晨，纷纷扬扬的大雪，把我家在市区砚池街一巷老宅院内落光了叶子的树上挂满了毛茸茸、亮晶晶的银条儿，冬夏常青的绿色植物上堆满了蓬松松、沉甸甸的雪球，到处白茫茫一片。

躺在床上的妈妈，已经与癌症顽强斗争了四年多，病情一直不稳定。看着妈妈日渐消瘦的身体，我们这些做儿女的心情沉重，但妈妈却十分乐观，她经常坚强地说，你们不用为我担心，我会好起来的。妈妈病情那么重，却每日把孩子们的工作学习和家庭生活放在心上，用深深的母爱温暖着我们每一个儿女的心。

那天上午，妈妈要去市肿瘤医院做放疗，路面积雪，庭院深深，从家里到巷口，有近百米的距离，巷道狭窄，车子开不进来。已70多岁，一向要强的妈妈，坚持要我们姐弟搀扶着走着出去。

望着室外仍在下个不停的大雪，我坚定地说："妈妈，我来背你走吧！"姐姐说："你行吗？"我说："当年在部队千里野营训练时，全副武装，背着70多斤重的行李一夜还走过100多里地呢！”姐姐开玩笑地说：“弟弟别忘了，你当年20岁不到，今年你已40岁出头了。”妈妈用慈祥的目光看着我，点了点头轻声说：“我看儿子能行。”

蹲下身子，背起妈妈，虽觉有些沉重，但心里踏实，这一刻，我感觉劲头十足。

迎着寒风，迈开双脚，风吹在脸上，雪落在身上，全然不顾，脚下的积雪，发出扑哧扑哧的声音，雪地巷道留下我和姐姐深深的脚印。

此时，我想起了多年前妈妈无意中讲过的往事。在我不满两周岁的时候，妈妈赵美蘼在现在的河东区一个农村完小当老师，深秋时节下雨天，妈妈背着我到几里路外的区里开会。由于乡村道路泥泞，鞋子陷到泥窝里拔不出来，妈妈赤着双脚，把我紧紧地背在身上，并把外衣脱下来盖在我的身上，路上的碎石划破了她的双脚，仍冒雨忍痛坚持把我背到开会的地点。

哀哀父母，生我劳瘁。想到这里，我能感到妈妈是多么的不容易，又是多么的艰辛，她贤良淑德，省吃俭用，含辛茹苦把我们拉扯成人，这一刻，我这做儿子能孝敬她老人家是幸福的，也是必需的。

走出大约50多米，我渐感体力有些不支，步伐也沉重起来。我咬牙坚持着，但力不从心，突然两腿发软脚下一滑摔倒在雪地上，妈妈也同时仰倒在地。我心里咯噔一下，心想这下可坏事了，把病重的妈妈摔着了。

我双手扶着雪地，气喘吁吁地正要问妈妈摔伤了没有，这时却从我的后面传来妈妈咯咯的笑声，那是我好久未听过的笑声，那笑声极具穿透力地在雪地巷道上空回荡。

我擦了一下眼泪，急忙说：“妈妈，儿子真无用，把您摔着了，您咋还笑呢？”妈妈没有回答我的问话，而是关切地问：“儿子你没事吧？”听到这里，我心头一热，眼泪夺眶而出。我感觉妈妈的笑声是那么温馨，而这笑声传递给儿子的是一种温暖，是一种抚慰，更是一种大爱。

妈妈笑着说：“瑞雪兆丰年，大雪天我儿子孝顺，背着我去医院看病，摔一下没事，我一点都不感觉到疼。”听了妈妈的话，我的眼泪又一次流了出来。我明白了舐犊情深、母爱如山的真正含义。

妈妈接着又说：“儿子你蹲下，背着你妈继续往前走。”妈妈的话，让我感到温暖和感动，同时也给了我鼓舞和力量。

风雪中，妈妈双手搂着我的脖子，我背着妈妈在姐姐的搀扶下，迈着坚定的步伐，一步一步地走出了巷口。

岁月如梭，寒来暑往，妈妈离开我们已经整整18年了。失去妈妈的日子，我感到很漫长，很痛苦。但那年妈妈雪地里的笑声，却在我的脑海里定格，记忆犹新，永远难忘。春光明媚，阳光和煦，又是一年清明节，我又一次跪在妈妈的墓前。

纸灰化为黑蝴蝶，泪血染成红杜鹃。我想对她说，亲爱的妈妈，儿子想您啊！

（原载2017年4月2日《齐鲁晚报》）

让书香浸润生命*

作家梁晓声曾用四句话来概括文化：根植于内心的修养；无须提醒的自觉；以约束为前提的自由；为别人着想的善良。

那么，要做一个文化人，必须首先是一个读书人，要做到有文化，就必须要学习，要读书。

一、为什么要读书

中国人有读书的传统。五千年中华文明史，处处氤氲着书香。

今天我和大家交流，在座的同学或许都会有这样的感慨：我在大学学了什么？我走出校园后能干什么？这让不少同学有过迷茫，缺少自信心。所以我认为同学们应该多抽出时间来多读书，就像李嘉诚先生所说："读书虽然不能给我们带来更多的财富，但它可以给我们带来更多机会。"而多读书不仅仅是读学校课本上的。有人说，世界上最优秀的民族是犹太人。美国的金融大亨多是犹太人，他们影响着美国政府，也影响着全世界。

---

* 本文是作者于2017年世界读书日在临沂职业学院谈读书学习的讲演稿，有删节。

犹太是世界上每年阅读量最大的民族。他们的智慧让以色列这个国家，依然顽强勇敢地屹立在世界。在2014年世界读书日之际，出现过一份调查问卷，数据显示，2013年我国成年国民人均纸质图书阅读量为4.77本，远低于韩国11本、法国20本、日本40本、以色列60本，这样一组数据让人惊叹，不过情况正在改变。近日，新闻出版研究院公布了第14次全国国民阅读调查报告，2016年人均图书阅读量，中国上升到7.86本，全国国民阅读内容倾向及购书排名，北京第一，上海第二，江苏第三，浙江第四，天津第五，山东第六。

知识改变命运，环境改变生活，这一点我深有体会。我在部队时，我的一位姓胡的同乡战友就十分喜欢读书，而且善于思考。他曾经对我说，没事时就会看书，如果有一天从部队转业了，他依然可以选择干别的，因为他从书里已经对社会有了了解，做起来并不陌生。他在部队干得非常好，从连队饲养员做起，经过团、师、军、大军区和总部机关锻炼，后来被授予中将军衔，担任了国防大学副政委。从他身上，我们可以清楚地认识到，是知识改变了他的命运，环境改变了他的生活。

在这个浮躁、物质的年代，我们更需要静下心来读书充实自己。社会在发展，人的观念也在改变。但我们要改变哪些？不管怎么样，一个人的正确价值观是不可以随便改变的。我发现有一段时间很多低俗的文章在网上不停地发表，并不停地被人转载，这让我很气愤。因为这些垃圾文章在引导一个错误的人生价值观。前段时间，我还看到一篇文章鼓励毕业的女大学生嫁给比她们大15岁到20岁甚至年龄更大一些的大款。其中，理由还不少，并被不少女生转载。我感到很可笑，也很可悲。现实中，有多少年轻的女孩是真的因为爱情嫁给大款的？到最后，她们又会得到什么？真爱吗？我希望大家要善于分辨良恶，多读好书，要务实，树立正确的人生观、价值观，而这是实实在在的！

我有时听朋友说，他对现在的工作很不满意，但他又不知道他还能干什么。他大学读的就是这个专业。但我可以举一个例子告诉你，你可以改变你现在的工作。我的一个战友的孩子，考了两次大学都没有考上，但他现在在一家证券公司当总经理，收入很高。他没有读过大学，但他喜欢读书，读理财方面的书，经过努力，他改变了自己的命运。就像李嘉诚先生所说的，读书可以给我们带来更多的机会。

大家知道胡宗南是一个喜欢读史书的人，在他报考黄埔军校时，由于他个头不高，被阻挡在大门外，他一气之下大骂，“个头小又怎样，法国拿破仑个头虽小，不也成为一代枭雄吗？”他的这句话被一名考官听到，破例让他报考了黄埔军校。他最终以优秀的成绩考入了黄埔军校。在一次和黄埔军校校长蒋介石的例行聊天中，胡宗南以他对中日历史的了解，谈了他的看法，并认为中日早晚会有一战。他的智慧在这次和蒋介石的聊天中尽显出来，深得蒋介石欣赏，也为他以后的发展奠定了基础。

二、怎么样读好书

中华民族推崇的人生理想，是追求有所作为；看重的立身之本，是真才实学；认定的成才之路，是勤奋学习。

中国人重视读书，勤奋好学，这已成为世代相传的优良传统。中国民间有许多关于学习的格言，如“少壮不努力，老大徒伤悲”“书山有路勤为径，学海无涯苦作舟”“活到老，学到老”等，也流传着很多古人珍惜时间、发愤苦读的故事。

孔子一生勤奋学习，到了晚年，他特别喜欢《易经》。《易经》是很难读懂的，学起来很吃力，可孔子不怕吃苦，反复诵读，一直到弄懂为止。孔子所处的时代，还没有发明纸张，书是用竹简写成的，又笨又重。把许多竹简用皮条编穿在一起，便成为一册书。由于孔子学习刻苦，勤展书简，次数太多了，竟使皮条断了三次。后来，人们便创造出了“韦编三绝”这个成语，以传诵孔子勤奋好学的精神。

匡衡，西汉东海人。他出身农家，祖父、父亲都是农民。传到匡衡，他却喜欢读书。他年轻时家里贫穷，白天给人做雇工来维持生计，晚上才有时间读书。可是家里穷得连灯烛也点不起。邻家灯烛明亮，却又照不过来。匡衡就想出个法子，在与邻居相隔的墙上凿穿一个洞，“偷”它一点光亮，让邻家的灯光照射过来。他就捧着书本，在洞前借着光来读书。

汉朝有个叫孙敬的人，从小勤奋好学，每天晚上都学到深夜，以防犯困，他用绳子一头拴住头发，另一头拴在房梁上。战国时，有个名叫苏秦的人，他想干一番大事业，便刻苦读书。每当深夜读书时，他总爱打盹，于是他就在自己打盹的时候，用锥子往大腿上刺一下，以提精神。孙敬和苏秦的故事感动了后人，人们用“悬梁刺股”来表示刻苦学习的精神。

欧阳修四岁时父亲就去世了，家境贫寒，没有钱供他读书。太夫人用芦苇秆在沙地上写字，教给识字，还教给他诵读许多古人的篇章。当他年龄大些了，家里没有书可读，他便就近到读书人家里去借书来读，有时借来进行抄写。就这样夜以继日、废寝忘食地读书，他从小写的诗、赋文字，下笔就有了成年人的水平。

读书可以有以下几种方法。一是广泛阅览，拓宽自己的知识面。正所谓

“读书破万卷，下笔如有神”。二是结合自己的实际有所选择，使自己在某一个方面有所专攻。三是粗读。现在的书籍太多了，即便一天24小时什么都不干，也读不过来。所以，选到一本书后，可先粗略地读，遇到好的章节，再仔细地读（建立自己的剪报本，把好的文章剪下来，分门别类地贴在一起）。四是细读。对于比较好的书，需要仔细地读，甚至要做一些读书笔记。常言说，眼过千遍，不如手过一遍。五是精读。我认为，读经典时需反复阅读，每一遍阅读都会有不同的感受在里面。对于好的书籍，读时不仅要仔细，还要能真正领会其中的精气神。六是研读。一边读一边研究，力争在读的过程中就能出点成果。总而言之，读书讲究的是不仅要广，而且要专；不仅可粗略，而且要精细；同时要研究，关键是要把握时点，一切以时间、地点、条件为转移。但是，切不可读死书。书要越读越“薄”。此外，要真正提高写作水平，还需要勤观察、勤动手、勤修改。

在当下全民阅读环境下，如何选读书籍呢？我认为，读书首先从经典入手，不管是中国经典还是外国经典，都要找来读一读。就像“四书五经”、“二十四史”、“四大名著”、唐诗、宋词等经典，是经过上千年历史长河大浪淘沙留下的精华，是经过亿万读者审定后的书目，读起来可以陶冶情操，增长知识。经典最好能够背诵，比如《古文观止》。我有时就经常拿来大段大段地背诵，除了可以了解我们的文化，在日常生活交流时，也可以信手拈来，“腹有诗书气自华”。

一言以蔽之：读书需要热爱，需要得法，需要勤奋，需要刻苦，就能出点成果。

三、读书使人优美

如何做一个优美的人，做一个美好的人？著名作家毕淑敏说，最简单的方法便是读书。

确实，读书能改变一个人的气质，培养一个人的修养。好读书，读好书，读书使人优美。

优美在字典上的意思是美好。做一个美好的人，我相信是绝大多数人的心愿。除了心灵的美好，外表也需美好。为了这份美好，人们使出了万千手段，如“刀兵相见”的整容，如涂脂抹粉的化妆。为了抚平脸上的皱纹，人们竟然发明了用肉毒杆菌的毒素在眉眼间注射，让人胆战心惊。

其实，有一个最简单的美容之法却被人们忽视了，那就是读书啊！

女孩子都爱美，都喜欢漂亮。我认为，万般浓妆艳抹，不如翰墨修身。

读书的时候，人是专注的。因为你在聆听一些高贵的灵魂的自言自语，不由自主地谦逊和聚精会神。即使是读闲书，看到妙处，也会忍不住拍案叫绝。经常读书可以使人养成恭敬的习惯，知道这个世界上可以为师的人太多了，在生活中也会沿袭洗耳倾听的姿态。而倾听，是让人神采倍添的绝好方式。所有的人都渴望被重视，而每一个生命也都不应该被忽视。你重视了他人，魅力就降临在你的双眸了。

读书的时候，常常会会心一笑，那些智慧和精彩，那些英明与穿透，让我们在惊叹的同时拈页展颜。微笑是最好的敷粉和装点，微笑可以传达比所有的语言更丰富的善意与温暖。有人觉得微笑很困难，以为是一个如何掌控面容的技术性问题，其实不然。不会笑的人，我总疑心是因为读书不够广博和投入。

书是一座快乐的富矿，储存了大量的浓缩的欢愉因子。当你静夜抚卷的时候，那些因子如同香氛蒸腾，迷住了你的双眼，你眉飞色舞，中了蛊似的笑了起来，独享其乐。也许有人说，我读书的时候，时有哭泣呢！哭，其实也是一种广义的微笑，因为灵魂在这一个瞬间舒展，尽情宣泄。告诉在座的各位，我大半生中的快乐累加一起，都抵不过我在书中得到的欢愉多。而这种欣悦，是多么简便和利于储存啊，物美价廉，重复使用，且永不磨损。

读书让我们知道了天地间的很多奥秘，而且让我们知道还有更多奥秘不曾被人揭露，我们就不敢用目空一切的眼神睥睨天下。你在书籍里看到了无休无止的时间流淌，你就不敢奢侈，不敢口出狂言。自知是一切美好的基石。当你把他人的聪慧加上你自己的理解，恰如其分地轻轻说出的时候，你的红唇就比任何美丽色彩的涂抹显得更加光彩夺目。

你想美好吗？你就读书吧。不需要花费很多的金钱，但要花费很多的时间。坚持下去，持之以恒，优美就像五月的花环，某一天飘然而至，簇拥在你的颈间。

书籍和阅读带给我们的是对心中理想世界的坚持，更是对我们思想和心灵的升华。这不仅能改变我们的气质与精神面貌，而且对于我们有限的生命来说也是一件幸福的事。

我一年读60多本书，今年到目前为止，我已经读了20多本书了。古人云，读书要厕上、马上、枕上，就是说上厕所、行军时和睡觉前都要进行阅读。我读书就是见缝插针挤时间。

网上曾经流行过一句话，据说是杨绛先生讲的，你的问题在于读书不多而想得太多。其实对于一个不读书的人，可能连真正的诗意畅想都做不到，又怎么可能拥有诗意生活？

人生的所有意义，其实都是为了遇见更好的自己；读书的价值，就是能够遇见更好的自己。从这一层面讲，读书才是人生的正确打开方式。如果我们要想增加人生的高度、宽度和厚度，那就要努力多读几本书。让我们一起读书吧，让书香浸润我们的生命，让书香在大学弥漫，让书香在我们这个有着深厚历史文化底蕴的城市弥漫……

（原载2017年5月13日《沂蒙晚报》）

难忘千里野营拉练

也许生活就是这样，平静容易使人的记忆淡去，只有那些曾经的艰辛，才能在头脑中留下深刻的印痕。

时光如水，岁月如歌。40多年过去了，当年在部队千里野营拉练的情景却使我永远难忘。

1974年，我在驻陕西渭北高原的步兵第141师422团政治处宣传股担任放映员，那年我刚入党不久，也刚满18周岁。

这年10月，我师接中央军委命令，遵照毛泽东“野营拉练好”的重要指示，以摩托化与徒步开进相结合的方式赴甘肃庆阳地区进行为期两个月的适应性千里野营战备演练。对于这次千里野营演练，兰州军区首长高度重视，要求我师必须遵循以下四个原则：一是要从难、从严、从实战需要出发，全面提高部队真实的作战本领；二是要走、打结合，走中有打，打中有走，要把“走、打、吃、住”能力作为重点进行全面训练；三是以培养部队战斗作风为主，通过野营拉练，培养“一不怕苦，二不怕死”的革命英雄主义精神；四是通过野营拉练进一步密切军民关系，培养军人做群众工作的本领。

军情急，任务重。为落实军区首长指示，自10月中旬始，我团党委多次召开会议，层层发动，组织准备，反复研究千里野营拉练的具体实施计划。

西风烈，天欲晚。11月1日，我团指战员按作战要求，全副武装趁夜暗自从澄城县出发，连日夜行晓宿，经南菜，绕阎良，过铜川，沿马栏镇，转角一线向甘肃庆阳开进。

现在想来，当时的部队装备的确比较落后，我们一个满编步兵团2700余人，仅有两台吉普车和几台解放牌汽车做运输用，重武器主要靠骡马驮运。行军时，前面是侦察、工兵、通讯小分队和团司令部、政治处、后勤处机关人员，后面是团属炮兵、高射机枪分队，再后面是营属炮兵、重机枪和步兵分队以及后勤保障分队，最后是收容小分队。行军时，队伍足有一公里长，金戈铁马，浩浩荡荡，十分壮观。

当时行军，按作战要求，每一个步兵连的战士，除了背包、挎包、水壶、米袋、军用锹或战备盆和一支步枪以及30发子弹外，还要佩带4个手榴弹。班长持冲锋枪，携带3个弹匣和45发子弹。一般每个战士的负重在40公斤左右，我是放映员，除背包随电影机放在团运输队的马车上外，其他装备和步兵连的战士一样必须徒步。

部队行军时，我们团政治处机关人员还要深入到连队开展宣传活动，了解战士的思想动向，采访野训好人好事，编印《野营战报》。到宿营地休整时，我除放电影外，还要抓紧时间书写张贴诸如“衷心感谢驻地人民群众对子弟兵亲切关怀！”“向人民群众学习！致敬！”等大字标语。有时行军来不及张贴标语，就把写好的标语在大路边摆放好再用土块压住，虽然休息时间少了些，但自己感觉心里好像有一团火，干起来很带劲。

庆阳地区是甘肃省唯一的革命老区，是陕甘边区我党在革命战争年代从未丢失过的一块完整的革命根据地。它后来与陕北革命根据地连成一片，为北上抗日的红军和党中央提供了落脚点，为中国革命的胜利做出了重要的贡献。

我们野营拉练部队所经过的沿途各地党委、政府和广大人民群众，对子弟兵非常拥护和支持，特别是进入庆阳后，当年老区人民“千家万户把门开，快把亲人迎进来”的热烈气氛又重现，到宿营地后当地老百姓男女老少夹道欢迎，还把自己的热炕让出来给我们宿营。有一天拂晓在西峰镇，一位老大爷热情地拉着我的手激动地说：“多少年没见过大军了，当年我亲眼看见红军在这里走过，在这里会师。”喜悦之情溢于言表。

我们部队行军往往都是白天休息，晚饭后在夜幕下成纵队出发。行军时要求，不得拉开距离，不得大声喧哗，不准脱离队伍，不准丢失物品，不准用明火照明，同时一般不走大道，而是按照军用地图指定路线沿黄土高原崎岖的山路行进。

开始十天左右，部队行军速度每天在45公里左右，我都能跟上队伍，同时较好地完成首长交给的宣传任务。但随着行军强度的增大，我渐感体力有些不支。

夜茫茫，路漫漫。11月13日晚五时许，部队由庆阳县肖金镇向宁县早胜镇开进，我随团直属队行军。开始，我还能帮背背包的战友扛枪走上一段，但走了两个多小时后，棉衣内的衬衣就湿透了。行至半夜，部队中途休息时，内衣冰凉地贴在身上，感觉十分不舒服。我在一个山坡席地而坐，一阵寒风吹来，不禁打了一个哆嗦，感觉又饿又冷，有些疲惫，环顾四周，层峦叠嶂，群岭起伏。这时，我在想家乡临沂离这儿一定很遥远吧。此刻，家里的亲人已进入梦乡，也许妈妈正在想我呢，我必须坚持下去。想到这里，我吃了一块随身携带的战备干粮，喝了一口军用水壶里的凉开水，拧紧手榴弹柄上的保险栓，检查好全身的装具，我又紧随队伍出发了。

高原寒，路难行。初冬的西北，天气说变就变，一会寒风阵阵，一会又飘起了零星雪花。上坡下坡，道路曲折，又走了两个多小时，脚底起泡，疼痛难忍，这时疲惫和困意一起袭来，举目望去行军的队伍前不见头后不见尾，听到的只是部队前进的脚步声，我在想，何时才能走到目的地呢。

向前看，年龄比我大20岁左右的团长、首长，他们以身作则，身先士卒地与战士们一起徒步行军。那时的团长、首长大都是解放战争时期入伍的老前辈，入伍时间还有更早一点的。向后看，干部战士官兵一致，团结友爱。我暗自默读毛泽东语录：“下定决心，不怕牺牲，排除万难，去争取胜利！”

行军途中，我团指战员提出了响亮的口号“谁英雄，谁好汉，野营路上比比看”“流血流汗不流泪，掉肉掉皮不掉队”“平时多流汗，战时少流血”等豪言壮语，目睹此情此景，我脚下的步伐坚定了许多。

行进中，有的战友跟不上渐渐掉队了，队伍拉得越来越长，我脚下的步伐也越来越沉重。深夜里，沿途村庄的乡亲们送来热水、大枣、花生，我被老区人民的热情深深感动着。喝一口老大娘双手捧着的热水，感到特别甜美，我急切问大娘，到早胜还有多远？大娘慢慢悠悠地操着浓浓的甘肃口音说：“不多远，过了一个要斜（这是当地话，就是拐一个大弯的意思），再走20多里路就到了。”大娘的话给我带来了希望和信心。看看天上的星星，望望脚下的山路，我紧了紧腰带，努力坚持又走了一个多小时。我心想，早胜，早胜，早点到达就是胜利！

脚底疼痛，筋疲力尽，路边有一小土堆，我索性休息一会。不远处一位提着马灯，头扎白毛巾，上着羊皮袄的老大爷向我走来，我再次以期盼的心情询问，到早胜还有多远？老大爷说不远啦，前面过个坡再走20里路就到了。我听后心里咯噔了一下，倍感恼火，心想，这路怎么越走越远？此时，我实在是不想走了。

“小高怎么回事儿，坐着不走啦？”团卫生队队长孔庆祥路过时关切地问。我小声回答：“老队长，我实在走不动了。”老队长听后拖着山东腔严厉地说：“你这个时候充孬种，丢死人了，还不赶快起来跟我走！”老队长是山东定陶人，于1945年抗日战争胜利前夕入伍，是团里年龄最大、资格最老的前辈，全团广大指战员对他都很敬重，平时老队长对我这个小老乡挺好的。听了老队长严父般的话语，我别无选择，乖乖地站起来，跟着他大踏步地汇入前进队伍中。

行进中，我问老队长，战争年代部队夜行军也是这样吗？老队长若有所思地说：“那时候我们打仗，有时夜行军强度比这还要大，但今晚的行军强度也够大的了。”老队长停了停，接着又说：“夜行军，这是考验一支部队战斗力强不强，作风是否过硬，能不能打胜仗的基本要求，也是对每一个参战人员意志的考验。”

听了老队长的话，我脸上一阵发烧，感觉羞愧难言，望着老队长前行的步伐，我暗下决心，作为一名新党员，绝不能掉队当孬种，我必须咬紧牙关坚持走到底。想到这里，步伐似乎变得轻松起来，脚也不那么疼了，不知不觉步伐也加快了，经过半个多小时的急行军，我汇入了原序列前行的队伍中。

“东方欲晓，莫道君行早，风景这边独好。”经过12个小时的长途跋涉，我们行军近70公里，终于在第二天早晨胜利到达目的地——早胜镇。

到宿营地后，我放下行装，挑开脚上磨起的血泡，进行了简单的包扎，又投入到工作中去。部队在早胜休整了一天后，第二天傍晚又开始了新的长征。

就这样在整整两个月的时间里，我随我的团队按照上级的要求，徒步经阎良、铜川、正宁、宁县、庆阳、长武、彬县、永寿、乾县、礼泉、咸阳、泾阳、三元、富平、蒲城等两省三市15个县，行军875公里。全师一万余人，无重大责任事故发生，圆满完成了上级交给的千里野营战备演练任务。

这次千里野营拉练，虽然路途遥远，环境条件艰苦，有时还要风餐露宿，行走于高原野岭之巅，感受饥渴劳累、筋骨疲惫之苦，但我经受住了考验，收获了铁一般的体魄，钢一般的意志，雷厉风行的作风，坚定不移的毅力，这些都将是我一生中无比宝贵的财富。

（原载2017年6月10日《沂蒙晚报》）

追忆副军长郝忠云

作为一个老兵，我特别崇拜英雄。因为当民族存亡的关键时刻，是他们勇敢地站了出来，挑起了为民族命运不屈抗争的重担，并毫不吝啬地泼洒出自己的鲜血。

1972年底，我从山东临沂入伍来到陕西澄城中国人民解放军步兵第141师422团当兵。

下连队不久，我就经常听干部和老兵们说起我们这支从抗日烽火中诞生的英雄部队的光辉历史和可歌可泣的英模事迹，特别是说起全国著名的战斗英雄时任副师长的郝忠云时，大家都对他赞不绝口，无比崇敬。

我清楚地记得，当时老连长以无比崇拜的口气说，郝副师长那可是个了不起的人物，打仗勇敢不怕死，解放战争时期就当连长，是特等功臣，全国著名的战斗英雄，多次受到毛泽东主席、周恩来总理、朱德总司令等中央领导的接见。

指导员拖着湖南话十分敬重地悄声对我讲："郝副师长在朝鲜战场被志愿军总部授予'老秃山功臣营'营长，荣立一等功。他的夫人是他1953年参加志愿军英模报告团回国做报告时，周恩来总理亲自介绍的部队文工团团员呢。"

当时，我无缘见到郝副师长，但他在我的心目中是无限敬仰的大英雄。

1975年初，我在团政治处宣传股当放映员。有一天团接到师里通知，1月21日上午，全国人大代表郝忠云副师长要来我团传达全国第四届人大会议精神，政治处通知我们电影组在团部大礼堂布置会场，并安排我在主席台负责广播扩音设备。听到此消息后，我激动了好一阵子，心想盼了这么久，这下我可以近距离见到我崇拜已久的战斗英雄了。

那天上午八点半，大礼堂内座无虚席，歌声嘹亮，群情振奋。当郝副师长在团长胡学忠、政委马洪贵的陪同下从礼堂后台右侧向主席台走时，恰好经过我放扩音设备的工作台，我怀着激动的心情急忙起立向郝副师长敬了一个军礼，并问候首长好。这时胡团长介绍说："这是团里的放映员小高。"郝副师长握着我的手亲切地说："辛苦了。"这让我十分感动。

我定睛看去，首长50岁出头，军容严整，身材魁梧，额头宽阔，气宇轩昂，在他身上体现了我军指挥员的威武之气。

报告会在全场指战员热烈的掌声中开始，郝副师长浓厚洪亮的山东话在礼堂上空回荡。会议结尾讲到部队训练时，他说："现在我们部队的干部战士文化水平都比以前高了，这是好事，但是不刻苦训练是不行的，我记得过去炮团有个姓宋的排长，靠刻苦训练，练就硬功夫，打炮瞄准目标上下打量就中了。"

郝副师长接着又强调，训练一定要从实战出发，战场上不但要勇敢，而且要机动灵活，随时处置一切突变的情况。他说："1953秋在朝鲜战场上，有一次我带一个尖刀连深入到美军前沿阵地进行火力侦察，突然和美军一个十多人的巡逻小分队撞上，我果断命令，迅速包围就地先办了他们，你们想想俺的一个连有100多人，他美军只有十几个人，这不就等于小鸡掉到老鹰嘴里啊呜一口被我们吃掉了。”郝副师长朴实无华生动感人的报告，受到在场全体指战员的热烈欢迎和阵阵喝彩。

而我这个山东兵听着那熟悉的乡音，倍感亲切，倍受教育，同时又为有这样一位出自山东的战斗英雄首长而感到无比的自豪和骄傲。

大会结束后，宣传股梁干事问我，郝副师长在报告中讲的那个“啊呜一口”是什么意思？我有点得意地说：“这你就不懂了吧，这是我们山东鲁南一带的方言，就是很轻松的一口吃掉的意思。”郝副师长的那场报告，给我留下了非常深刻的印象，让我记忆犹新，有些精彩之处至今耳熟能详。

见到十分崇拜的英雄郝副师长，我一连写了十几封信，与家里的亲人、同学和工友们一起分享我的喜悦和欢乐之情。

1976年郝忠云升任我们141师师长，他严于律己，从严治军，关爱部属，把全师的各项工作抓得风生水起，多次受到上级的表彰。三年后，郝师长又被中央军委任命为我们47军副军长，分管全军的军事训练等工作。

郝副军长经常对全军指战员讲：“军人就是要打仗，就是要战胜敌人，你不刻苦训练，没有过硬的本事，一旦打起仗来，你战胜不了敌人，就要吃大亏，就要打败仗，就要掉脑袋。”

在郝副军长的组织领导下，我们整个部队掀起了练兵习武的热潮，在军事训练中涌现出一大批先进集体和先进个人，我们团司令部就被评为“兰州军区标兵司令部”。在全军区巡回演示时，我有幸随团司令部机关工作了近三个月。

听团首长讲，郝副军长夫妇膝下有一双儿女，都在部队当兵。温柔漂亮的女儿郝红，从兰州军区军医学校毕业后，分配在我们军512医院工作，到了谈婚论嫁的年龄，周围的热心人以为首长讲究门当户对，给郝红介绍了一些干部子弟。结果郝红看中的却是来自山东沂蒙山区沂南县农村，我的老乡战友、年轻有为的师炮团司令部机要股股长姜保时。

在部队期间，我去师部开会或到军部办事时与老首长有过几次接触，但一般都是听首长在台上讲话，或匆忙一见。而每次见到首长，我总是投去十分敬佩的目光，心中升起无限的敬意。

1983年初秋，我担任团政治处组织股股长，在整理部队的组织资料时，无意中发现了一本著名作家老舍先生写的书——《无名高地有了名》。从书中我了解到，当年老秃山战斗是47军在朝鲜战场上一次著名的战斗。

书中这样记载："1953年3月23日，在朝鲜战争的第三个春天里，这一天，英雄的志愿军攻击营营长贺种耘和他的突击队，英勇顽强，不怕牺牲，以大无畏的革命英雄主义精神，趁夜幕在我军猛烈炮火的掩护下，对上浦防东山（即老秃山）美军阵地发起强大的攻击，经过一个多小时的激烈战斗，摧毁敌人7道铁丝网和近200个钢板地堡，消灭了躲在地堡里顽抗的400多个敌人；像插入敌人心脏里的一把利刀，将这个嵌在敌人主阵地的两个高地之间的制高点夺过来，把红旗插上了老秃山。"

当年54岁的老舍先生为了采写这一英雄事迹，不顾年老体弱和生命危险，深入到朝鲜前线与郝忠云共同生活了半个多月，近距离接触采访这位英雄。书中贺种耘营长的原型便是郝忠云。

部队转业五年后，1992年夏，我去西安参加新华社举办的全国优秀通讯员工作会议，专程去军部临潼看望已离休在家的郝副军长，受到老首长和夫人吴威凤阿姨及全家的热情接待。几年不见，老首长身体还是那么硬朗，我感到非常高兴。中午吃饭时，老首长还亲自下厨炒了两个菜，他高兴地对我说："你大老远从老家来看我，真高兴啊！"老首长还亲切地询问了我回到地方以后的工作和生活情况，勉励我发扬部队的好作风，好好地干。临别时，老首长和夫人吴阿姨还高兴地与我合影留念，这一幕给我留下了十分深刻美好的回忆。

1995年金秋，山东省在西安举办商品展销会，我们临沂市组织了300多人的展销团参加，我带五名记者随团开展宣传报道活动。

到西安后，我给时任兰州军区临潼干休所政委姜保时战友打电话，请郝副军长和他一同来参观展销会，得到姜政委的热情支持。

10月9日上午，老首长郝忠云从20多公里以外的临潼赶来，他饶有兴趣地仔细观看了每一件展品，认真听取讲解员对产品的介绍。老首长高兴地拉着我的手说："真没想到沂蒙革命老区临沂的变化这么大，经济发展得这么快，产品的档次这么高。"我热情地邀请老首长抽时间一定回山东，到临沂看一看。老首长愉快地答应道："好的，好的，我老家是济宁嘉祥，离临沂不远，到时我一定去看看！"

随同前来的郝红给我介绍说，父亲1924年7月出生在一个贫苦的家庭，1938年参加革命，1945年8月参军，1946年3月加入中国共产党。参加过抗日战争、解放战争、湘西剿匪和抗美援朝战争，历任班长、排长、连长、营长、团长、副师长、师长、副军长等职，1983年9月离职休养。曾荣立特等功1次，大功4次，一等功2次，三等功2次，小功3次。1947年被东北军授予"模范干部"称号。1950年9月参加了第一届全国英模代表大会，被授予"全国战斗英雄"称号。1953年出席朝鲜人民民主共和国全国战斗英雄代表大会。1965年任副师长时被广州军区评为"学习毛主席著作标兵"，是第三届、第四届全国人民代表大会代表。

听到这里，我对眼前的这位老首长、老英雄、老功臣更加崇拜敬重。我深深感到郝忠云副军长的戎马生涯带有以命相搏的彻底性，他的赫赫战功是用信念、热血和忠诚铸就的，他身上凝聚着民族的、党性的、血缘的精神内涵。

自西安回山东后，我一直和姜保时、郝红夫妇保持密切的联系，询问老首长的身体情况、生活状态，盼望老首长能回山东到临沂来，我这个小兵能向他老人家表达一下崇敬的心情，再敬一个军礼。

谁料人生无常，世事莫测。1998年9月，一个乌云密布的晚上，郝红从西安打来电话说，他父亲因在朝鲜战场被美军炮弹炸伤导致的陈旧性腰脊骨折复发，医治无效去世了，终年75岁。听到此消息后，我手拿电话愣了许久，热泪不禁夺眶而出。

敬爱的老首长郝忠云，您是全国著名的战斗英雄，全国那么多爱戴您的人在关心着您，广大青年一代还想听您讲战斗故事，您怎么就走得这样急？您还没有到临沂来呢？想到这里，那一夜我竟彻夜未眠。

2010年夏，我由临沂乘飞机去西安开会，借此机会又一次专程去临潼47军军部，此行的主要目的是参观军史馆。

在馆内，当我走到全国著名战斗英雄郝忠云的半身雕像前时，我伫立在那里，默默地注视着他，耳边仿佛又听到了他在战场上叱咤风云、英勇顽强的厮杀声，他和蔼可亲的慈祥面容又在眼前浮现，我无比虔诚地向敬爱的老首长深深鞠了一躬！

白驹过隙，岁月如梭。郝忠云副军长离开我们快20年了，人虽逝魂相守，境虽迁情未了。在纪念中国人民解放军建军90周年之际，作为一个老兵以此文聊表衷肠，告慰英灵。

在这里，我想说的是，正是无数个像郝忠云这样的英雄，他们代表着这个国家最巍峨的精神丰碑，他们传承了这个民族最伟大的精神魂魄，他们的品质指引着人们冲破险阻、不断前进。

换言之，一个不崇尚英雄的民族注定是没有希望的民族，崇尚我们的英雄就是守卫我们的民族精神，就是守卫我们民族的希望和未来。

愿我们中华民族的每一位伟大的英雄与先烈，在重寻信仰的人们的捍卫下，永远安享，无上光荣。

郝忠云，我敬爱的老首长，我军优秀的指挥员，您是中国人民的优秀儿子，全国著名的战斗英雄，山东人民的骄傲，您永远活在我们心中！

（原载2017年7月1日《沂蒙晚报》）

刘红军中将的家国情怀

这是一篇历时十多年迟迟没有完成的文章，几次动笔又放下，一个主要原因是，2001年春节前我专程赴京去武警总部采访刘红军将军，他曾很认真地说：“谢谢家乡人民的厚爱，我的确没有什么可写的，只是作为一个从沂蒙山走出来的老兵，为国为民做了点应该做的事情，最好不要写。”

谁想，时光就像静静的沂河水一样在无声无息地流淌，一晃十六七年就这样过去了。刘将军也已退休几年了，但随着时间的推移，撰写这篇文章让家乡人民了解将军的念头在我的心中却愈发强烈。

我是于2000年6月中旬在北京举办的一次座谈会上认识刘红军将军的，时任武警部队副参谋长的他，身着戎装，英武儒雅，气宇轩昂。谈到家乡，刘将军动情地说：“临沂是生我养我的地方，我时刻关注着家乡的发展和变化，家乡建设如果需要我，我一定尽力而为，真诚地祝愿临沂的父老乡亲生活得更加美好。”

刘将军热情质朴的话语和对家乡的深情挚爱，深深感染了在场的每一个人，给我留下了非常深刻的印象。

在这之前，我和刘红军将军虽未谋面，但对他在部队的出色表现却早有耳闻。我在临沂做宣传文化工作，又有十多年当兵的经历，和他的共同语言自然就多起来。从那以后，我和刘将军就建立了比较密切的联系。他十分关心家乡的发展建设，关注中央媒体对临沂的宣传报道，临沂有什么大事、喜事他总会来电询问，我也会及时向他报告。

“来世一趟，要为国家做点事情。”这是刘红军将军平日里常说的一句话。此话听去看似简简单单，却是刘红军一生实践的坐标。

刘红军，1947年7月出生在临沂市平邑县一个普通农民家庭。艰苦的环境、贫困的生活磨炼了这个沂蒙后生坚强的意志和不屈的性格。他天资聪明，勤奋好学，从小学到高中，学习成绩在班级一直名列前茅。正当他即将迈入北京大学门槛的时候，一场轰轰烈烈的“文革”破灭了他的大学梦。好男儿志在四方，1968年初他应征入伍来到首都北京。

入伍后，刘红军这个沂蒙山的儿子，凭着崇高的信念、一腔热血和对党的忠诚努力拼搏，无论在什么岗位上做什么工作都尽心尽责，奋发图强，别人能干好的事情，他要干得更好，对待上级的工作安排从不说“不”字，无论做什么工作都力求做得最好。由于各方面的工作表现十分出色，他不断受到党组织的提拔和重用。1983年，刘红军调任团参谋长，并随部改编为武警部队。

根据上级指示，刘红军参与组织实施了恢复“文革”后鸣放欢迎国宾仪式礼炮任务，每一次都获得圆满成功。每当迎接外国元首与政府首脑时，响彻寰宇的礼炮声变成了向世界宾朋展示我国精神风貌的独特语言。

1992年，时任武警北京总队参谋长的刘红军又参与组织实施了“改革天安门广场升旗仪式”这一神圣的任务，受到社会各界的高度赞扬。现在去北京天安门观看升旗仪式已成为爱国主义教育的一个重大项目。庄严神圣的升旗仪式，把人们平日潜藏在内心深处的对祖国的情感激发唤醒，一种对祖国的崇敬热爱之情得到进一步地生发强化。

1999年国庆50周年时，武警北京总队在刘红军总队长的带领下圆满完成了受阅、游行、升国旗、鸣放礼炮、放焰火和安全保卫等29项任务。因此，他受到了党和国家领导人的表扬和上级有关部门的嘉奖。

40多年来，刘红军参与组织了许多国家举行的重要会议、重大活动、重要外宾访华，出色完成了国庆大典、北京奥运会、上海世博会、广州亚运会等重大活动安全保卫任务，参与处置过多起重大突发性事件和抢险救灾工作，都十分圆满地完成了任务。因此，他被誉为安全保卫工作的“专家”和处置突发事件的高手。

刘红军将军身在京城，情系沂蒙，充分体现了他的家国情怀。这些年来，刘红军将军为家乡做了许多事情，凡临沂在京举办的大型活动只要有时间他一定会出席，其中有些事至今让我记忆犹新，永远难忘。

2005年8月中旬，经中央宣传部批准，山东省暨临沂市在北京国家博物馆举办“纪念抗日战争胜利60周年沂蒙精神大型展览”，刚刚担任武警部队副司令员不久的刘红军得知后，亲自安排有关人员在交通、安保等方面给予大力支持，有力地保证了此次晋京展活动的圆满举办。开展十天，轰动京城，感动中国。

2008年6月，国家文化部抽调临沂柳琴剧团大型现代柳琴戏《王祥卧鱼》剧组代表山东晋京参加迎奥运国家非物质文化遗产优秀剧目展演。演出地点在民族文化宫大剧院。我参与了此次活动的组织实施，在筹备演出过程中遇到一些困难和实际问题。

着急中，我拨通了刘红军将军的电话，并提出三点请求：一是请他出席活动并观看演出；二是请安排有关人员做好临沂车辆进京和演出安保工作；三是请安排300名武警官兵观看演出，以保证观众人数。将军听后，略沉吟后热情地答复道："家乡的剧团来京演出是大好事，我支持，全部满足你的要求。"此事至今仍让我感到温馨温暖和激动不已。

2009年底，临沂市委领导为进一步弘扬沂蒙精神，安排我带有关人员赴京到国防大学、北京大学和驻京武警部队等单位放映多次获奖的中华人民共和国成立60周年献礼片《沂蒙六姐妹》。当我将此事向刘红军将军报告后，他亲自安排人员和车辆随同保障，使活动得以顺利进行，并取得非常好的宣传效果。

在繁忙的工作之余，刘将军喜欢练习书法，收藏鉴赏砚台，编著砚文化著作。他编著的《砚台博览》成为当今我国编入砚台实物种类最多、品种最全的砚文化著作，填补了中华民族文化的一项空白，并荣获"中华传统文化著作金奖"。

2010年底，刘红军将军卸任。在武警总部党委为他退休举行的由师以上干部参加的欢送会上，他总结自己的军旅生涯，讲了四条："很幸运，很努力，很满足，很感谢。"

他充满深情地说："很幸运，自己生活工作在党领导的新社会，参军43年，换了20余个工作单位，遇到了许多好领导，亲历了许多国家大事，从尼克松访华的安全保卫工作开始到现在国家的许多大事儿都赶上了，提供了一个展示锻炼自己的平台，让自己得到了锻炼，提升了自己；很努力，自己是个地道的农家子弟，高中毕业来到部队，没有任何背景，全靠沂蒙人骨子里的倔强和对命运的不屈，认真工作，奋发向上，如今自己官居武警副司令员，被授予中将警衔，回过头看看走过的路，没有任何遗憾，很满足；所以，很感谢自己人生道路上遇到的陪同前进的所有的人。”

从刘红军将军的话语中，我们由衷的感慨，付出了“努力”才可能得到“幸运”，懂得“感恩”的人才能够得到更多的“满足”，这就是从沂蒙山走出去的将军。

在与刘红军将军的交往中，我总感觉他是一位有情怀重感情的人，应该说，那是他对党的感情，对军队的深情，对故乡的亲情，对事业的激情，以及对朋友的真情。

2014年10月，我作词的歌曲集《亲情沂蒙》即将在山东教育电子音像出版社出版。刘红军将军闻讯后，亲笔题写了“赞临沂美，颂沂蒙情，其文郁郁，其采华丽，其歌高亢，其音绕梁。祝贺作词歌曲集出版”的题词，给予热情的鼓励。

2015年8月，为纪念抗日战争胜利70周年，我著的长篇纪实文学《渊子崖壮歌》在山东教育出版社出版。刘红军将军得知后，十分高兴，又热情洋溢地亲笔为此书的出版写了推荐语，给予充分肯定。

将军的厚爱给了我极大的鼓舞和鞭策，让我心存感激，难以忘怀，同时也坚定了我在文学艺术创作之路上，不忘初心，不断前进的步伐。

“莫道桑榆晚，为霞尚满天。”刘红军将军现任全国政协委员、中华炎黄文化研究会名誉副会长兼中华砚文化联合会名誉会长。他常说：“人生很短暂，能为国家、为社会多干点事，就尽量地干。”

退休后，刘红军将军自称是“弘扬中华砚文化志愿者”，他把日程安排得满满当当。他创办注册了“聚砚斋”商标品牌，作为砚台收藏鉴赏、研究博览、学术交流的平台，打造普及砚文化知识的基地。目的是利用这个平台，编著有关砚文化研究的书籍，开办砚文化论坛，建立砚台博物馆，用实际行动弘扬发展中华民族文化，振奋民族精神。

今年5月中旬，刘红军将军应邀回临沂参加“红嫂文化博物馆”开馆仪式。谈到部队的生活和民族文化，我对刘红军将军说：“您这一生，做了那么多富有开创性和影响力的事情，真是够辉煌的了。”将军闻后，淡然一笑道：“其实，当兵40多年来，我就干了一件事，就是为祖国站岗放哨。退休后，做点实事，弘扬民族文化，奉献于祖国和人民就是我最高的荣誉。”

这朴实无华的语言，是多么生动感人，又是多么催人奋进。我想，这就是我们共和国的将军，这就是一个老兵的情怀，这就是我们的沂蒙人。

最美不过夕阳红，夕阳是未了的情。刘红军将军就像那美丽的夕阳把光和热献给了祖国和人民，温馨又从容。

（原载2017年7月22日《沂蒙晚报》）

名医赵宪荣

“您好！请帮我联系一下山东省煤炭临沂温泉疗养院的赵宪荣主任好吗？请她给我一个熟人扎扎针。”我接着追问了一句，“你怎么知道赵主任针灸好的？”朋友回答：“昨晚刚在临沂电视台《名医面对面》看了她的节目。”这是我一个熟人的朋友打来的电话。

近些年，类似这样的电话，我曾接过很多个，都是熟人托熟人，来找赵宪荣主任针灸治疗的。

想来，认识赵宪荣主任已有20多年了，除了工作上的交际外，还有一层关系是她的父母和我的岳父母都是济南在临沂工作的老乡，半个世纪以前就是老朋友。

救死扶伤尽天职，妙手神针众人夸。赵宪荣是山东省煤炭临沂温泉疗养院理疗科主任，她从事中医针灸治疗工作近40年，经过多年的潜心研究，创新开展的无痛进针疗法，大大缓解了进针时病人的疼痛，并有效拓宽了针灸治疗的范畴。经过赵主任针灸治疗过的病人都说她的针法独特。

多年来，她不断创新，大胆地将传统针灸与平衡针灸有机结合，形成了独具特色的治疗手法，对急性扭伤的关节肌腱疼痛，如急性腰扭伤、急性踝关节扭伤、落枕等，都有十分明显的治疗效果。我的老朋友疗养院院长骆万军曾多次夸奖说：“赵主任医术精湛，这些年为我们院赢得了很多荣誉，是我们疗养院的知名品牌。”

赵宪荣在原有的针灸推拿的基础上，创新开展了电针、拔罐、循经刮痧配合矿浴，“四联疗法”治疗运动关节系统疾病，如颈椎病、强直性脊椎炎、腰椎间盘突出症、肩关节周围炎、腰背肌筋膜炎、腰三横突综合征、风湿及类风湿性关节炎等疾病有着丰富的临床经验和独到的治疗方法，每年收治该类病人千余人次。她治疗的时间短，见效快，病人对她赞不绝口。她在从医的道路上不断探索，从不歇息，针对临床上的疑难杂症勇于钻研探索，攻坚克难，积极拓宽治疗的范畴，在对糖尿病、肥胖症、继发性高血压、头痛、牙痛、失眠、面瘫、盗汗、耳聋、耳鸣、偏瘫和更年期综合征等病症的治疗中也取得了骄人的成绩和满意的效果。

特别是在治疗各种疑难杂症方面，赵宪荣以特殊的手法，取得了良好的治疗效果。她主张“取穴少而精准，给足针灸的剂量，治疗时间短”的标准。记得八年前，山东省委宣传部我的一位老领导突患面瘫，因种种原因耽误了最佳治疗时间，我去省里的医院看望他时，见其面部周围竟扎了30多根针，但治疗效果一直不理想。我便介绍老领导到临沂找赵主任，经一个疗程的治疗，病情明显好转。更为神奇的是，枣庄电业局一位年近40岁的高位截瘫的女病人，上下肢瘫痪，大小便失禁，自身状况很差，在赵主任近三年的精心治疗下，竟然奇迹般恢复到生活基本能自理。

谈起中医文化，赵宪荣曾对我讲：“中医是国粹，针灸是国宝，历史悠久，独具特色，操作方便，安全易学。真是一根银针治百病，常常能起到立竿见影的效果。因而，中医针灸一直被认为是世界上最神秘的医学之一。中医针灸能生生不息数千年和不断发展壮大，其最重要的原因是见效快、操作方便、绿色安全。”

赵宪荣接着说，两千多年以前，神医扁鹊用针灸治好虢国太子的“尸厥”，让太子起死回生的故事，在我国流传甚广。几千年的医疗实践证明，针灸可以治疗300多种疾病，并且对100多种疾病疗效显著。我作为一名老中医、一名中医药师承教育指导老师和针灸学科带头人，应该把传承中医文化，培养针灸人才作为自己义不容辞的责任，将针灸传承队伍发展壮大，给人们的健康送去“未病先防，既病防变”的保健理念，服务患者，造福一方。

疗养院一位朋友告诉我，20多年前赵宪荣参加山东中医学院的招生考试，高考发榜时大家一时在录取名单里找不到她的名字，后来大家惊讶地发现赵宪荣的名字赫然名列榜首。她后被山东中医大学特聘为教授，成为山东省中医药师承教育指导老师。赵宪荣在破格晋升副主任针灸医师和主任针灸医师的过程中，都是靠着自己高超的技术和深厚的医学功底，名列前茅，顺利通过的。

提起此事，我问赵宪荣，您当主任要管理全科，要亲自为患者治病，还要照顾家中年迈的父母，况且自己的身体又不是很好，怎么取得如此骄人的成绩的。赵宪荣淡然一笑认真地说，这没有什么窍门和捷径，我就是六个字“热爱、勤奋、刻苦”。另外，她还说做医生要心地善良，乐于付出，不求回报，方能成大医。

“蜂儿酿尽百花蜜，只愿香甜满人间。”这是赵宪荣最喜欢的诗句。近年来，赵宪荣毫不保留地把自己的业务知识和临床经验传授给学生，为社会输送了大批热爱中医事业的针灸推拿人才，还先后独立撰写了20余篇论文，分别发表在国家级刊物上。她还参与了两部专著的编写，并有十多项科研成果荣获省部级科技进步二、三等奖。

杏林春暖沐朝霞，绿叶扶疏绽百花。随着时间的推移，赵宪荣医术的水平愈来愈高，名气也愈来愈大，国内外慕名来找她治病的人也愈来愈多，至今有20多个国家和地区的病人慕名前来找她诊治。近40年来，她对病人始终怀着一颗仁爱之心，无论是国家省市级的领导，还是农村老百姓，无论患者贫穷富贵，她都一视同仁，精心诊治，除患者之痛苦，扬医生之美德，把大医精诚的精神落到工作的实处，把最灿烂的微笑、最温馨的话语、最高超的治疗技术奉献给患者。

走进赵主任的办公室，墙上挂满了病人赠送的镜匾和锦旗，原山东省委书记赵志浩亲自为她题写了“德艺双馨”四个遒劲有力的大字。临沂市第十七届人大常委会党组书记、第一副主任朱绍阳先生为她撰联题词“乾坤泰合双畅顺，气脉经络一针通”，来表达对赵宪荣高超医术的褒奖。

赵宪荣有着一连串在业内十分瞩目的头衔：全军平衡针灸学会会员、山东省疼痛专业委员会理事、临沂市针灸学会副会长、临沂市针推学会副主任委员、物理康复学会委员等，成为名副其实的临沂市针灸专业的学科带头人。近日，她还被评为临沂市卫生领军人才。此外，她还先后被评为山东省中医药传承指导老师、山东省保健工作先进个人、“临沂市劳动模范”、临沂市“三八红旗手”、“巾帼建功优秀标兵”、“临沂市名老中医”等。她还是临沂市河东区第十七届、十八届、十九届人大代表。我认为，赵宪荣的今天来之不易，这是她以坚强的毅力、刻苦的精神和不懈的追求，从实践中努力得来的。

我们祝愿她像一株芳香四溢的红梅，一片丹心向阳开。

（原载2017年第4期《齐鲁英才》）

附　录

那年·那山·那水·那情

——序高明散文评论集

胡秀堂

2010年八一建军节后不久，一只印有“印刷品”字样的厚厚包裹从山东沂蒙飞来南国羊城。看着封皮上那熟悉飘逸且不失遒劲的字体，我知道老战友高明又有新著问世了。多年来，高明每有新作，我总是有幸成为首批读者。打开一看，果然，一本散发着油墨馨香的散文集《那年，放电影》呈现在我的面前。

我和高明是40年的老战友了。那年，1972年11月，我们与家乡热血儿女一道同乘一列火车奔赴祖国大西北为国戍边。当时，他16岁，我则虚长他一岁，正可谓“恰战友少年”、风华正茂的时节。高明少年持重，虽然在同批战友中年纪最小，但其为人处事却似与实际年龄不符，给人以老成沉稳之感，大有成熟“解放军叔叔”的味道。那时正是“文革”时期，全国大学冬眠，加之社会就业渠道有限，优秀青年多汇集于部队，而高明正是这诸多优秀青年中的出类拔萃者。他天资聪颖，再辅以勤奋好学，很早便显示出较为出众的写作才能。团里慧眼识珠，很快把他从营报务员调到团宣传股工作，从文始于此。天道酬勤，功不亏人，他是我们战友中提干最早的，从电影组组长、宣传干事、连指导员到团政治处组织股股长、营教导员，家乡战友一直为之自豪。我想，这既始于他出身于知识分子家庭从小受到的良好教育，也得益于他入伍前一段工人工作生活的磨砺，更重要的是我总感到有一股力在牵引着他、推动着他。后来我明白了，这个力其实就是他心中的一个目标，上面镌刻着“忠诚、理想、作为”六个大字。心中有了方向，人生便有了动力，他不愿浑浑噩噩虚度光阴，便把别人用以打老K、扯闲篇的时间花在读书学习上，并以忠诚为基、以理想为经、以作为为纬，编织着人生梦想与现实的花环。《那年，放电影》应该是这花团锦簇中撷取的一朵吧！花开于今，育之于往，斯人于是。

从西北那座军营里走出来，他的目标依然清晰而坚定。无论是任临沂市委宣传部新闻科科长、副部长兼市文联主席，还是任市旅游局局长再任市委宣传部常务副部长，他一直笔耕不辍。从转业到地方发表《临沂利用山区优势，大力发展食草动物》首篇新闻报道，到冰心散文奖《坚强的妈妈》、全国散文一等奖《新临沂之大美》、“五个一工程”文艺精品奖《锦绣沂蒙》等20多个大奖作品，再到《沂蒙山的回响》《回望沂蒙》《沂蒙采风》等大著问世；从《人民军队报》普通战士报道员，到中国作家协会会员、中国摄影家协会会员、中国散文学会会员，再到山东省文艺评论家协会副主席、山东省写作学会副会长、山东省当代文学研究会副会长，一路走来，步伐是那么快速而坚实，成果是那么多产而丰硕。如果有人“问君何以这多成”，阅读书中《人生的坐标》一文，必定豁然。

与高明相处，让人时常感受到他心中一直耸立着两座高山：一座是革命老区临沂的沂蒙山；一座是革命圣地延安的宝塔山。沂蒙山区是他一生割舍不离的故土，宝塔山际则是他魂牵梦萦的第二故乡。这两座山，虽遥隔千里，却又离得很近，沙石相连，水土相系，两情相依，始终是高明的精神寄托。收于《那年，放电影》集子里的多篇文章，无不彰显着“两山”的精彩倒影，承载着他无尽的绵绵眷恋。仁者乐山，高明是仁者。何谓仁？时常寻根溯源者为仁，永矢不忘恩者为仁。

披阅《那年，放电影》一书，尤其是夜深人静之时，临窗危坐，耳畔时常鸣起哗啦啦流响，似觉清泉般的清凉，心中便有了涟漪般的荡漾并伴以随记忆之波漂流的酣畅。书中，既有自然河流，如《临沂赋》《滨河夜景》等美文中如诗如画的沂河之水，《走近伊瓜苏瀑布》《感受威尼斯》等佳作中诸多国度的多姿水韵，涓涓潺潺，令人神往；又有历史人文清流，如《文化临沂》所叙，此地文化源远流长，诸葛亮、王羲之、刘勰、颜真卿、刘洪、王祥、匡衡等数名人杰汇入历史河流如浪花般淘尽，中流砥柱，高山仰止；更有革命洪流，《蒙山沂水的回响》等多篇文章，笔墨中流淌出那段波澜壮阔的历史，滋润着这片风光无限的沃野；还有记忆的细流，《那年，放电影》《人生的坐标》等诸多篇章，把一滴滴军旅记忆的水珠儿集成溪、连成片、汇成湖。智者乐水，高明又是智者。何为智？行文流水者为智，上善若水者为智，柔情似水者亦为智。

与高明相处，我总感到他身上有一团火，而这团火的燃料则是情，那是对党的感情，对军队的深情，对故乡的乡情，对事业的激情，对家人的亲情，对朋友的真情，乃至对常人的热情。情化为文，于是便有了《那年，放电影》这本散文集，便有了录入这本书中反映共产党和人民军队与人民血肉相连的《沂蒙“红嫂”第一人》《血奶·大爱》，便有了充满军旅情结的《连长老孙》《国庆往事》，便有了浓郁乡情的《沂蒙情深》《相约沂蒙》，便有了椎心泣血的《坚强的妈妈》《父亲的信念》，便有了字字情真的《将军回乡》《战友情》，便有了古道热肠的《卖鸡蛋的小姑娘》，便有了这60篇美文……

无情未必真豪杰，大爱无边，大情无形。这就是高明。

这就是《那年，放电影》。

是为序。

（原载2012年2月10日《临沂日报》）

（作者系中国人民解放军广州军区空军政治部主任、空军少将，第十一届全国人大代表。）

蒙山沂水的歌者

——读高明《那年，放电影》

李存葆

高明是我结识近20年的文友。20世纪90年代初，我和王光明赴临沂地区采写《沂蒙九章》时，时任临沂地委宣传部新闻科科长的他，曾陪同我们四个月之久。他为人的热情和坦诚，工作的干练和认真，看待问题的敏锐和深刻，都给我们留下了难以忘怀的印象。

高明出身于一个知识分子家庭。他初中毕业时正值“文革”，刚14岁的他就到临沂半导体厂做工，还不到参军的年龄，就踮着脚尖去体检并有幸通过。投身军旅后，他在大西北、伟大的国际主义战士罗盛教生前所在的部队里，度过了15个寒暑。当时，由红、蓝、黄三原色染成的国防绿，给了他自豪的荣耀，也使他懂得了职守和责任。1986年底，他作为营职干部转业回到故土临沂后，自小就喜文舞墨的他，很快就在新闻战线上烁闪其华。我们与他初识时，他已是临沂乃至山东新闻界的佼佼者，并多次获得省以上新闻大奖。后来，我又常见他以宣传沂蒙为主调的新闻、通讯、随笔等作品问世。应该说，他为讴歌老区人民的善良、勤劳、奉献、创业等诸多高尚品质，为弘扬沂蒙精神做出了有目共睹、功不可没的贡献。

近些年，高明的工作岗位几经变动，他见缝插针，忙里偷闲，笔不停挥，先后有《沂蒙山的回响》《沂蒙采风》《回望沂蒙》等集子出版。最近，20多万字的散文集《那年，放电影》又即将付梓。灵感从不拜访懒惰的人，高明创作的勤奋令我咂舌。

散文是文人喜爱的体裁。散文举要治繁，含宏万汇，高可到九天摘星，低可到沧海猎珍，大可拥抱三山五岳，小可拾取泪珠一滴。散文的触角无所不包，无所不亲。高明亲看、亲闻、亲察、亲历了沂蒙新时期以来的大变迁、大变革、大发展，我们从他的《沂蒙山的回响》中的诸多文章里，可依稀听到世纪大潮撞击老区人民心灵堤岸所发出的回声。故土情结是人类诸多情感中的重要情愫。故土如同胎记，深嵌在每个人的肌肤上；一个人如果不爱自己的故乡，遑论公忠体国！高明在市委宣传部供职和任临沂市文联主席、市旅游局局长期间，对沂蒙的山川风物了然于胸。他挚爱着这里的一山一河，一峰一崮，一瀑一溪，一园一林，一庙一寺，一鸟一石。他的《沂蒙采风》饱含深情地向读者展现了沂蒙风土人情的淳厚质朴和山川原野的壮美秀丽。

《那年，放电影》一书，是高明近年来散文写作的新成果，代表了他散文创作的新成就。书中有数篇作品追忆了他军旅生涯中的所见所闻。沉淀的感情一旦被新生活的浪花搅动，抚今追昔，读来别有一番滋味在心头。良知，是人类心匣中最宝贵的珍珠；良知，更是作家心灵杯盏中最圣洁的玉液。《那年，放电影》追忆的是昔时高明在部队任电影放映员时，随部队野营拉练为山村老百姓放映革命样板戏时所发生的事情：几个“地富反坏”分子在帮电影组挂好银幕、清理完场地、架好机器后，立即被驱逐出场；当放映结束后，高明才从前来收拾机器、打扫现场的“四类分子”口中得知，他们是隔着一道山梁，躲在山沟里听着唱腔度过的……这则故事听来简单，却在高明心灵的回音壁上刻下了永难磨灭的音符。高明在娓娓的诉说中，留给读者的是难以用语言表达的人们命运的悲怆与凄凉。文学作品若不关注人生之多艰，是很难触及“世道良心”的。《卖鸡蛋的小姑娘》一文，记叙的是陕西关中某山村一娴静秀美的姑娘，因生活所迫，父亲把她许配给一个比她大十多岁的残疾人。一天，这个小姑娘因鸡蛋卖不掉，竟眼泪汪汪地望着过往行人。其时，已是西安陆军学院干部队学员班班长的高明见状，忙掏钱将鸡蛋全部买下来……前几年，高明到内蒙古去参加北方旅游交易会，与当年卖鸡蛋的小姑娘邂逅，此时，她已成为某旅游公司的副总……人类的历史总是在耐心等待处于“零度状态”生活的最底层的民众去获得福音。高明在凄美的文字描述里，给了我们关于生活、命运、人性、人情的无尽思索。

我曾和高明交谈过，散文易写难工。将没有呼吸、没有知觉的汉字小方块，排列成稍大一点的方块，并鼓捣得活蹦乱跳，明智达理，魂牵梦绕，实在不易。几天前，高明打电话告诉我，近几年，他认真学习、研究诗词歌赋，并对临沂的灿烂文化、历史掌故也极有兴趣。在读了他发表在《光明日报》上的《临沂赋》后，从他那辞采飞扬、顿挫有致的诵吟里，我感到他的学养在提升；收录书中的在《人民日报》文艺副刊发表的《临沂建城记》，贯通古今、条分缕析地叙述临沂城市建设的天缘、地缘、人缘和风神脉息，读来使我感到他的学问和文学修养在大进。

高明是时代的歌者，是蒙山沂水的歌者。他有丰富的文学素材和“库存”，又有对家乡父老的一腔赤诚，我们完全有理由相信，他会写出更为精美的散文。

2010年大暑之日于济南

（原载2010年第10期《山东文学》）

（作者系中国作家协会副主席，全国政协委员，解放军艺术学院原副院长，少将。）

后　记

我喜欢散文

“自古逢秋悲寂寥，我言秋日胜春朝。”我喜欢秋天，因为这是一个收获的季节，秋高气爽，硕果飘香。

2010年秋，我的散文集《那年，放电影》由山东文艺出版社出版。七年后的秋天，她的姊妹篇《那年，看电影》近日将由山东教育出版社出版。此时，我的心情自然有许多感慨。

《那年，放电影》收录了新时期以来我在报刊上发表的百余篇散文中的60篇，出版后，一时获得广大读者的好评。省内外30余位文艺评论家对此书做了热情中肯的评论，给予了充分鼓励和肯定，使我很受鼓舞和鞭策。

“一年一度秋风劲，战地黄花分外香。”岁在丁酉，我从近些年来已公开发表的近百篇散文中又选了55篇，名曰《那年，看电影》结集出版。有文友问，您散文集的名字，为什么总是围绕“电影”二字。因为，我从小喜欢看电影，参军以后放电影，也是在部队放电影时提拔的军官。同时，电影是由蒙太奇分镜头故事片段组成的，收录在散文集里的一些文章，是我人生片段的真实记录和情感抒怀。因此，我和电影有着浓厚的不解之缘。

大家知道，散文是文学殿堂中一种影响广泛并备受广大读者青睐的文体。

根据其表达方式的侧重点不同，散文又分为叙情散文、叙事散文和评论性散文。它在文学中是自我情感的表现和抒发，无论写天地人间、山川河流，还是写家事、国事、天下事，都是用眼睛观察、心灵思考、情感抒发的结果。要写好散文，我觉得要做到以下几点。

第一，散文写作贵在情的真实。因为真实是艺术的生命，更是散文的生命。散文是作者面对读者抒发情感、感叹人生、诉说忧乐的最真实、最诚挚的艺术。因此，在文学创作的园地里，散文以它可贵的品质“真”而独树一帜。无论是散文大家还是散文爱好者，在创作或品评散文作品时，在对散文的真、善、美做艺术鉴赏时，无不把“真”放在首位，正如台湾作家余光中所说：“在一切文学的类别之中，最难作假，最逃不过读者明眼的，该是散文。”

我想，散文就是真人真事、真思想、真感情，是将一颗真诚之心付诸文字并捧给读者。

所以，我一直认为散文来不得半点虚构，更不能移花接木。虽然，有的人说散文可以虚构，但没有发生的事情，不能虚构。散文不是小说。小说是靠故事吸引人，靠人物抓住人心；散文则是真情的凝聚，具有诗的蕴涵和文采，具有哲理的思考，更具有人生真谛的探究和独具个性的语言，从而感染人、陶冶人、净化人。也只有真实发生的东西用散文叙述，才能给人真实、真切的感觉。因此，“真实”是一条船，会把我们载向“善良”和“美好”的彼岸。

第二，散文写作必须热爱生活。我认为，作家应该首先是一个很好的生活家，具备慈悲之心，具备博爱之心，热爱生命，热爱自然，热爱他人，才能锻炼出一双善于观察、善于发现的眼睛，才会锻炼出敏锐、激情的头脑，在生活、学习和思考的相互碰撞中激发出写作的冲动。同时，作家本人也一定要吃苦耐劳，守得住清贫和寂寞，这样内心极其真实、真情的散文才会从优美的思想里流淌出来，成为启迪人类灵魂的华章。

第三，散文写作要多读书，要写出个性。写散文要博览群书，通古达今，写出来的东西才有底蕴。这样的散文耐读、耐看，哪怕是平实的记录，都有它蕴含历史内涵的一面。所以，写好散文，博览群书，多读，“多才之士，才储八斗；博学之儒，学富五车”。杜甫说：“读书破万卷，下笔如有神。”钱锺书先生在写《管锥编》时引用中外典籍数千种，可见读书之多。读书要有个标杆，“古人学不厌，读书辄千遍。熟则能生巧，其义可自见”。读多了就知道什么文章好，什么文章差。所以书不可乱读，文章则要厚积薄发。此外，写散文还要注意不跟风，要有自己独特的思想和个性，既要把自己的欢乐或痛楚淋漓尽致地抒发出来，也要把人类的欢乐或痛苦写出来，才能够感染人。许多读者也就会随之而欢欣鼓舞或泪水滂沱，这就是散文创作的成功和幸运！

第四，散文写作一定要讲究美。有人将散文直接称为美文。其实，散文之所以称为美文不仅是因为它的语言美，而是应该从整体上将散文称为美的艺术，只不过这种美的艺术的表现形式是以语言符号进行的。而音乐美的艺术是靠音符旋律表达的；绘画美的艺术是靠线条、色彩体现的。各种艺术形式在美的艺术共性中，各有它们不同的审美艺术个性。

写散文要有美的情操，美的境界，特别是美的语言。唐代大诗人杜甫，有一追求美之语句的名言是“为人性僻耽佳句，语不惊人死不休”。可见杜甫对语言的要求是何等严格。我想，散文与诗只是一邻之隔，如果说诗歌是语言的河岸而约束着河水的流淌，那么当河水涨满冲决了堤岸而变成湖泊，这湖泊便成了散文。因而，散文的语言之美显得更自由，更洒脱，更多姿多彩。

散文大家梁衡讲，文学是以发现美为己任，我们既然可以到山水中去体验美感，体验雄伟与秀丽、险绝与舒展、激越与恬静，为什么不可以到人物的群山中去寻找体验呢？体验他们的创造与失败、奋斗与牺牲、欢乐与悲伤，其所取得的辉煌之美、深邃之美、悲怆之美又更在对山水的体验之上。

我认为，散文这一文体，不像诗歌那样受韵律的约束，也不像小说特别是中长篇小说那样洋洋洒洒几万言乃至几十万言的形式叙事，更不像戏剧那样要靠人物的对白推动矛盾的发展，它完全是靠自由灵活的形式，在文坛上占有一席之地。正是由于散文的形式之美，才使散文家得以用散文这一文体将自己无拘无束的内心情感表露出来。

我喜欢散文，就在于它的随意性和多样性，就在于它是一种没有固定格式的最自由自在的文体。我喜欢读各种风格的散文，喜欢鲁迅的深沉冷峻、巴金的自然真挚、茅盾的淳厚质朴、冰心的弯月清秀，也喜欢林语堂的幽默隽永、徐志摩的浓艳绮丽、汪曾祺的恬淡纯净、秦牧的博识睿智。同样，我也喜欢郭沫若的散文，他的散文像诗一样，有的写得豪放激越、气势磅礴，也有的写得柔婉清丽、秀美含蓄。

我的老师、著名军旅作家李存葆曾说过："散文易学难工。"我感觉写好散文尤其难，因为散文这种文体人人都会写，但真正写好一篇散文不容易。每个人都有自己的爱好和观点，但是真正要让读者看了以后喜欢是很难的。要做到读者喜欢，然后让读者感动，我认为满怀深情含着眼泪写的散文往往是好的散文。为什么呢？因为它首先要感动自己才可能感动他人。如果自己马马虎虎写得很不认真，那怎么能让读者感动呢。所以，要很真诚地写自己对人生的感受，对人生苦难的感受。我自己也有这样的体会，虽然写了很多的散文，但让自己满意的却不多。所以，我觉得散文作品不在于数量而在于质量，这对每个作家来说都是如此的。一个散文作家一生中能够写出几篇经典的散文就了不起了。好的散文能够在感情上让读者看了以后感动、回味，能够让读者在心灵上受到震撼。

我热爱生活，钟情文艺，喜欢散文。多年来，我以个人抒情为主，把抒情、叙述、议论融为一体，从细处落笔，小中见大，写了不少东西，有些是比较深刻的，但更多的是比较浅显的。在此，诚请诸友批评指正。在今后的散文创作中，我会不断学习，不断总结，不断提高，在创作之路上坚持走下去。

“以文常会友，唯德自成邻。”这本书的出版得到了很多领导、同事和好友的支持和帮助。我尊敬的好友、著名诗人、解放军报社孙临平将军热情洋溢地为本书做了序；好友、著名书法家、淄博市原人大常委会党组书记、第一副主任王顶岐先生为本书题写了书名，在此表示诚挚的感谢。

高明

2017年10月28日